À la croisée des chemins

TOME 3 • *Les éclaircies*

DU MÊME AUTEUR CHEZ LE MÊME ÉDITEUR :

À la croisée des chemins, tome 1 : *La dérive*, 2023
À la croisée des chemins, tome 2 : *Les vents contraires*, 2023
Place des Érables, tome 1 : *La Quincaillerie J.A. Picard & fils*, 2021
Place des Érables, tome 2 : *Le Casse-croûte Chez Rita*, 2021
Place des Érables, tome 3 : *La Pharmacie V. Lamoureux*, 2021
Place des Érables, tome 4 : *Coiffure des Érables*, 2022
Place des Érables, tome 5 : *Variétés E. Méthot & fils*, 2022
Place des Érables, tome 6 : *Le nouveau rendez-vous du quartier*, 2022
Les héritiers du fleuve 1 (1887-1914) : tome 1, 1887-1893 (2013) et
tome 2, 1898-1914 (2013), réédition 2022
Les héritiers du fleuve 2 (1918-1939) : tome 3, 1918-1929 (2014) et
tome 4, 1931-1939 (2014), réédition 2022
Les souvenirs d'Évangéline, 2020
Du côté des Laurentides, tome 1 : *L'école de rang*, 2019
Du côté des Laurentides, tome 2 : *L'école du village*, 2020
Du côté des Laurentides, tome 3 : *La maison du docteur*, 2020
Mémoires d'un quartier 1 : *Laura* (2008), *Antoine* (2008) et
Évangéline (2009), réédition 2020
Mémoires d'un quartier 2 : *Bernadette* (2009), *Adrien* (2010) et
Francine (2010), réédition 2020
Mémoires d'un quartier 3 : *Marcel* (2010), *Laura, la suite* (2011) et
Antoine, la suite (2011), réédition 2020
Mémoires d'un quartier 4 : *Évangéline, la suite* (2011), *Bernadette, la suite* (2012) et
Adrien, la suite (2012), réédition 2020
Entre l'eau douce et la mer, 1994 (réédition de luxe), 2019
Histoires de femmes, tome 1 : *Éléonore, une femme de cœur*, 2018
Histoires de femmes, tome 2 : *Félicité, une femme d'honneur*, 2018
Histoires de femmes, tome 3 : *Marion, une femme en devenir*, 2018
Histoires de femmes, tome 4 : *Agnès, une femme d'action*, 2019
Une simple histoire d'amour, tome 1 : *L'incendie*, 2017
Une simple histoire d'amour, tome 2 : *La déroute*, 2017
Une simple histoire d'amour, tome 3 : *Les rafales*, 2017
Une simple histoire d'amour, tome 4 : *Les embellies*, 2018
L'amour au temps d'une guerre, tome 1 : *1939-1942*, 2015
L'amour au temps d'une guerre, tome 2 : *1942-1945*, 2016
L'amour au temps d'une guerre, tome 3 : *1945-1948*, 2016
L'infiltrateur, roman basé sur des faits vécus, 1996, réédition 2015
Boomerang, roman en collaboration avec Loui Sansfaçon, 1998, réédition 2015
Les demoiselles du quartier, nouvelles, 2003, réédition 2015
Les années du silence 1 : *La tourmente* (1995) et *La délivrance* (1995), réédition 2014
Les années du silence 2 : *La sérénité* (1998) et *La destinée* (2000), réédition 2014
Les années du silence 3 : *Les bourrasques* (2001) et *L'oasis* (2002), réédition 2014
La dernière saison 1 : *Jeanne* (2006), réédition 2023
La dernière saison 2 : *Thomas* (2007) et *Les enfants de Jeanne* (2012), réédition 2023
Les sœurs Deblois, tome 1 : *Charlotte*, 2003, réédition 2020
Les sœurs Deblois, tome 2 : *Émilie*, 2004, réédition 2020
Les sœurs Deblois, tome 3 : *Anne*, 2005, réédition 2020
Les sœurs Deblois, tome 4 : *Le demi-frère*, 2005, réédition 2020
De l'autre côté du mur, récit-témoignage, 2001
Au-delà des mots, roman autobiographique, 1999
«*Queen Size*», 1997
La fille de Joseph, roman, 1994, 2006, 2014 (réédition du *Tournesol*, 1984),
(édition de luxe) 2020

Visitez le site Web de l'auteur : www.louisetremblaydessiambre.com

LOUISE TREMBLAY D'ESSIAMBRE

À la croisée des chemins

TOME 3 • *Les éclaircies*

SAINTJEAN

Guy Saint-Jean Éditeur
4490, rue Garand
Laval (Québec) H7L 5Z6
450 663-1777
info@saint-jeanediteur.com
saint-jeanediteur.com

Données de catalogage avant publication disponibles à Bibliothèque et Archives nationales du Québec et à Bibliothèque et Archives Canada

Nous reconnaissons l'aide financière du gouvernement du Canada par l'entremise du Fonds du livre du Canada (FLC) ainsi que celle de la SODEC pour nos activités d'édition. Nous remercions le Conseil des Arts de l'aide accordée à notre programme de publication.

Financé par le gouvernement du Canada | Canada — SODEC Québec — Conseil des arts du Canada / Canada Council for the Arts

Gouvernement du Québec – Programme de crédit d'impôt pour l'édition de livres – Gestion SODEC

Révision : Isabelle Pauzé
Conception graphique et mise en pages : Christiane Séguin
Page couverture : Toile peinte par Louise Tremblay d'Essiambre, « L'été dans la cour de Béatrice ».

Dépôt légal – Bibliothèque et Archives nationales du Québec, Bibliothèque et Archives Canada, 2023
ISBN : 978-2-89827-510-4
ISBN EPUB : 978-2-89827-511-1
ISBN PDF : 978-2-89827-512-8

Imprimé et relié au Canada
1re impression, novembre 2023

Association nationale des éditeurs de livres
Guy Saint-Jean Éditeur est membre de l'Association nationale des éditeurs de livres (ANEL).

Liste des personnages

FAMILLE FITZGERALD EN 1943

Connor Fitzgerald : le père de famille, marié à Ophélie Vaillancourt. Ensemble, ils auront 13 enfants.

Ophélie Fitzgerald (née Vaillancourt) : la mère de famille, l'épouse de Connor.

Les enfants :

Marjolaine : sœur jumelle d'Henry. Elle a 19 ans.

Henry : frère jumeau de Marjolaine. Il a 19 ans.

Claudette : 18 ans

Thomas : 16 ans

Darcy : 13 ans

Edmund : 12 ans

Delphine : 11 ans

Owen : 10 ans

Simone : 6 ans

Patricia : 5 ans

Adèle : 3 ans

Adam : frère jumeau de Lisette. Il est né en novembre 1943.

Lisette : sœur jumelle d'Adam. Elle est née en novembre 1943.

FAMILLE O'BRIEN EN 1943

Neil O'Brien : le cousin de Connor, marié à Kelly. Ensemble, ils auront quatre enfants.
Kelly O'Brien : l'épouse de Neil.
Les enfants :
Shanna : 16 ans
Robert/Bobby : 15 ans
Martin : 12 ans
Paul : 10 ans

FAMILLE VAILLANCOURT

Léopoldine Vaillancourt : la mère d'Ophélie. Elle est veuve. Elle a quatre filles :
Clémence : célibataire. Elle a 50 ans.
Jeanne d'Arc (sœur Saint-Eustache) : sœur cloîtrée chez les Ursulines.
Justine : vit aux États-Unis. Mariée à Jack Campbell. Ils ont trois enfants.
Ophélie : épouse de Connor O'Brien.

AUTRES

Ruth Fillion : copine de Marjolaine.
Clotilde Marceau : copine de Marjolaine.
Suzanne Bergeron : copine de Marjolaine.
Michael Kennedy : patron de Marjolaine.

Sophie Martin : amie de Patricia.

Ferdinand Goulet : voisin amoureux de Marjolaine.

Béatrice Goulet : mère de Ferdinand Goulet.

Oscar Caldwell : vendeur de commerce et ami d'Ophélie (ses parents se prénomment Josephine et Anthony).

Jean-Louis Breton : « amoureux » de Claudette.

Madame Irène : tenancière d'une maison close.

Estelle : une des filles qui travaillent pour madame Irène.

Partie 1

Juillet et août 1944

Chapitre 1

«Lollipop lollipop
Oh lolli lolli lolli
Lollipop lollipop
Oh lolli lolli lolli
Lollipop lollipop
Oh lolli lolli lolli
Lollipop… (pop)
Call my baby lollipop
Tell you why
His kiss is sweeter than an apple pie
And when he does his shaky rockin' dance
Man, I haven't got a chance
I call him
Lollipop lollipop»

~

Lollipop, Julius Dixon / Beverly Ross

Interprété par The Chordettes en 1958

Le mardi 18 juillet 1944, dans la chambre de Ferdinand Goulet, à l'aube d'une journée grise

Depuis le samedi précédent, depuis, en fait, l'instant précis où Marjolaine avait dit qu'elle était sincèrement désolée, mais qu'elle n'avait pas le choix de rester célibataire pour un bon moment encore à cause de ses petites sœurs, Ferdinand éprouvait la désagréable sensation de ne plus avoir d'avenir. Comme si on avait tiré un grand drap noir devant lui, cette réponse l'avait laissé complètement abasourdi, surpris et dévasté.

Un coup de marteau sur la tête n'aurait pas été plus douloureux que le refus de Marjolaine de marcher à ses côtés dès maintenant. Alors, depuis samedi, il dormait très peu et très mal, repassant inlassablement dans sa tête cette belle soirée d'été où son quotidien avait été mis sur pause.

Même sa mère n'avait pas su le rassurer complètement.

En effet, Béatrice Goulet avait eu beau essayer par tous les moyens possibles de lui faire entendre raison, de lui faire admettre que la situation aurait pu être bien plus catastrophique que ce qu'il était en train de vivre, il n'y avait aucun argument qui avait pu le calmer suffisamment pour le rendre plus serein.

Même s'il avait compris ce que sa mère avait tenté de lui expliquer, dès son retour à la maison.

La mère et le fils étaient au salon, là où Béatrice avait attendu son garçon, parti en promenade avec Marjolaine. Elle seule savait que Ferdinand avait l'intention de demander la jeune femme en mariage, au moment où, nerveux comme jamais, il avait proposé cette promenade à deux. Comme Béatrice était entièrement d'accord avec ce projet de vie, elle avait espéré le retour de son fils avec impatience.

Toutefois, un simple regard posé sur lui, quand Ferdinand avait traversé le petit vestibule, avait suffi pour que la vieille dame devine que cela ne s'était pas passé comme prévu. Inquiète, Béatrice avait alors appelé le jeune homme pour qu'il vienne s'asseoir avec elle.

— Holà, Ferdinand ! Viens donc ici un peu...

Visiblement à contrecœur, ce dernier s'était approché de sa mère et il s'était laissé tomber sur le fauteuil en face d'elle, sans pour autant lever carrément la tête pour la regarder droit dans les yeux. En revanche, sachant qu'il ne servait à rien de cacher une vérité qui devait être d'une évidence aveuglante pour cette vieille dame qui le connaissait comme si elle l'avait tricoté, Ferdinand avait tout raconté.

Béatrice était restée silencieuse un instant, puis elle avait hoché la tête.

— Est-ce que tu lui as donné la bague ?

— Non... Elle l'a même pas vue... En fait, j'ai pas eu le temps de la sortir de ma poche.

— Ah bon... Dommage, parce qu'elle est très jolie... D'un autre côté, Marjolaine aurait très bien pu te dire un «non» bien franc parce qu'elle ne t'aurait pas aimé, avait-elle signalé avec une pertinence difficile à contredire.

Les yeux dans le vague, Béatrice semblait réfléchir à voix haute. Puis, elle avait tourné le regard vers son fils.

— Ça aussi, c'était une possibilité, tu ne penses pas?

Ferdinand pouvait reconnaître que cette éventualité aurait pu, en effet, être une donnée importante dans l'équation, et qu'il l'avait peut-être échappé belle. Ce n'est pas parce qu'on s'entend à merveille avec quelqu'un qu'on a envie de passer le reste de ses jours avec lui, c'était évident. Sur ce point, sa mère ne se trompait pas en disant que la situation aurait pu être bien pire. Toutefois, cela n'empêchait pas les circonstances qui prévalaient d'être terriblement décevantes et, par la même occasion, plutôt décourageantes. Ferdinand était très bien placé pour le savoir, et cela faisait plus d'une demi-heure que son cœur battait à grands coups douloureux dans sa poitrine.

Pendant cette réflexion, sa mère, elle, avait poursuivi sur sa lancée.

— Si Marjolaine avait déclaré qu'elle ne t'aimait pas d'amour, j'avoue que la situation aurait été sans appel. Ce qui m'aurait grandement chagrinée, je le reconnais, parce que j'apprécie beaucoup cette jeune femme. Par contre, avec ce que tu viens de me raconter, on dirait que ce n'est pas vraiment le cas... Et toujours selon toi, ça serait une simple question d'emploi... Est-ce que je me trompe ?

— Pas vraiment, avait murmuré Ferdinand, la gorge nouée par cette violente tempête d'émotions qui faisait rage en lui.

— Alors pourquoi cette face d'enterrement ? avait demandé Béatrice avec une pointe d'impatience dans la voix, car elle trouvait l'attitude de son fils un brin enfantine. Tu vois bien que tu t'en fais pour rien !

Ferdinand n'avait pas répondu immédiatement. Dans un sens, sa mère avait raison.

Pourquoi était-il préoccupé à ce point ?

Puis, sans crier gare, l'ensemble du contexte qui avait prévalu durant cette courte promenade lui était revenu, comme un direct de la droite en plein visage, et de surcroît, donné par un adversaire qui semblait plus fort que lui : le mariage était relégué aux calendes grecques, encore une fois selon ce qu'il avait cru comprendre, et c'était Marjolaine elle-même qui avait tranché.

Avait-elle seulement dit clairement qu'elle l'aimait ?

Ferdinand n'était plus sûr de rien. Il voyait dans le dénouement de cette soirée catastrophique une grande part d'injustice, puisque Marjolaine avait refusé tout dialogue.

Alors, il s'était entêté.

N'en déplaise à sa mère, il n'en démordait pas : il allait avoir trente ans très bientôt, et il n'avait ni l'envie, ni le loisir, ni la patience, surtout, d'attendre plus longtemps. Il voulait fonder une famille et c'était tout de suite qu'il espérait le faire.

Ce qu'il avait péniblement tenté d'expliquer.

En vain.

— Tous mes compagnons de la caserne sont mariés, avait-il donc fait remarquer sur un ton amer pour conclure. J'en ai assez de me faire traiter de «vieux garçon». Même si je sais que c'est une preuve d'amitié de leur part, une sorte de taquinerie sans méchanceté, puisqu'ils connaissent la présence de Marjolaine dans ma vie. Ça empêche pas que j'en ai jusque-là de leurs farces plates, avait fini le pompier, en passant la main au-dessus de sa tête.

À des lieues d'un tel raisonnement, que Béatrice considérait superficiel et totalement inutile, elle avait balayé les doléances de son fils avec un long soupir bruyant, avant de reprendre le fil de ses observations.

— D'accord, mon garçon, avait-elle toutefois admis. Je peux très bien comprendre que ce n'est pas vraiment agréable d'être un sujet de moqueries à répétition, mais c'est comme ça que ça marche parfois, dans la vie, et tu ne pourras rien changer à cette triste réalité. De toute façon, comme le disait si bien mon père : qui ne vaut pas une risée ne vaut pas grand-chose !

— Je suis d'accord avec vous, et vous le savez très bien, mais c'est pas d'accepter ce fait qui va régler mon problème.

Ce dernier mot avait fait tressaillir la vieille dame. Elle s'était redressée en fronçant les sourcils.

— Ton problème ?

Puis, tout en continuant de discourir, Béatrice s'était mise à secouer négativement sa belle tête blanche. De toute évidence, elle ne saisissait pas du tout ce que son fils cherchait à exprimer. En fait, elle ne comprenait pas qu'il puisse être à ce point déprimé.

— Mais de quel problème parles-tu, mon pauvre enfant ? J'appellerais ça plutôt une sorte d'épreuve, ça ne fait aucun doute ; ou encore un contretemps désagréable, c'est bien certain... Mais ce n'est pas un « problème » pour autant de voir un projet comme celui-là être retardé un peu. Voyons donc ! C'est juste partie remise, voilà tout ! Surtout que c'est pour une bonne raison.

— Une bonne raison ?

À ce moment-là, ça avait été Ferdinand qui avait eu beaucoup de difficulté à suivre le raisonnement de sa mère.

N'était-ce pas elle qui se réjouissait d'un mariage prochain ? Qui disait que la présence à temps plein d'un homme dans le logement d'en haut serait une bonne chose ?

— Avant l'hiver, avait-elle-même avancé lorsqu'ils en avaient parlé ensemble. Un mariage d'automne, ce serait parfait.

Alors non, Ferdinand ne voyait pas en quoi la réponse de Marjolaine donnait matière à être heureux.

— C'est comme si vous teniez pas compte de mon salaire, quand vous parlez comme ça ! avait-il rétorqué sur un ton acerbe. Si on se mariait, Marjolaine aurait plus besoin de travailler, et vous le savez !

— Ça n'a aucun rapport.

— Ben il va falloir que vous m'expliquiez, parce que je comprends vraiment pas pourquoi Marjolaine doit absolument garder son emploi, si c'est pour nous obliger à repousser le mariage !

— Et moi je te répondrai que je comprends très bien que ça puisse être une excellente raison pour remettre la cérémonie... La retarder de quelques mois, disons ! Un mariage durant le temps des Fêtes est aussi beau que celui en automne. Surtout s'il tombe une belle neige fine.

À ces mots, Ferdinand avait levé les yeux au plafond. Voir que c'était ça, l'important !

— Qu'est-ce qui vous fait croire que l'attente serait juste de quelques mois ? De la manière que Marjolaine m'a dit ça, j'ai eu la fâcheuse impression qu'elle parlait plutôt d'années !

— Allons donc ! Elle t'aime ou pas, cette belle Marjolaine ?

— Je crois qu'elle tient à moi, oui.

— Bon ! Qu'est-ce que tu veux de plus ? Si tu te donnes la peine de regarder juste un peu plus loin que le bout de ton nez, mon garçon, tu vas admettre facilement que Marjolaine n'a pas vraiment tort de dire qu'elle a besoin de son travail.

— J'ai l'impression qu'on tourne en rond ! Je viens de vous le dire : je fais un excellent salaire et…

— Et moi je me répète : ton salaire n'a rien à voir dans sa décision.

— Ah non ?

— Pas du tout… Ici, en ce moment, c'est de la fierté de Marjolaine dont nous parlons.

— Ah ça ! Tabarnouche, moman ! C'est trop souvent l'amour-propre de quelqu'un qu'on sort du chapeau comme un lapin quand on cherche des excuses.

À ce moment-là, un ange avait passé.

Ensuite, sur un ton las, Béatrice avait repris.

— Pourquoi parles-tu comme ça, Ferdinand ? Marjolaine n'a pas le droit d'être fière de ce qu'elle tente d'accomplir pour le bien-être de ses petites sœurs ?

— J'ai jamais dit ça !

— Pourtant, ça y ressemble… Comment est-ce que je pourrais bien t'expliquer ça, pour que tu comprennes qu'à mes yeux, la fierté peut être pas mal plus qu'une simple excuse ?

Le temps de remonter le temps jusqu'à ses jeunes années, Béatrice avait baissé les paupières.

Elle se revoyait, jeune mère accablée de douleur quand son mari était mort de la grippe espagnole, puis complètement désemparée devant l'existence qui s'offrait désormais à elle et à ses deux enfants, qu'elle devrait nourrir, habiller et faire éduquer. Seule, sans ressources.

— Oui, avait-elle repris d'une voix songeuse. Je peux très bien comprendre ce que ressent Marjolaine. Vois-tu, Ferdinand, lorsque ton père est décédé, j'en ai arraché, comme on dit. Tu étais probablement trop petit pour t'en souvenir encore aujourd'hui, mais quand le garde-manger a été vide et que le notaire a exigé le paiement des deux mois de loyer en retard, je n'avais absolument rien devant moi pour faire face à toutes les obligations qui étaient désormais les miennes. Ma famille habitait loin en campagne, et je savais fort bien que mon père n'aurait jamais les moyens de me soutenir financièrement. Le souvenir que je garde de mon enfance en est un de privations, de nombreuses tartes aux patates et de robes que ma mère rallongeait avec les vieux pantalons de mon père. La seule chose qu'on avait en abondance, c'était le plaisir d'être ensemble... Or, ce n'était pas ça qui pouvait beaucoup m'aider, même si les lettres de ma mère, débordant de mots gentils et d'amour, arrivaient à me faire oublier un peu de mon chagrin, le temps de ma lecture. Quant à mon frère Germain, le seul que j'avais eu, il était décédé durant la Grande Guerre. En fait, je ne savais même pas par quel bout commencer notre nouvelle vie, car c'était ton père qui voyait à tout. Alors, je me suis tournée vers la seule personne en qui j'avais une confiance absolue et je me suis présentée au presbytère pour demander à monsieur le curé s'il n'aurait pas, par le plus grand des hasards, quelques besognes à me proposer contre un petit salaire. Oh! Je n'étais pas gourmande. J'espérais tout simplement arriver à joindre les deux bouts. Je n'en demandais pas plus.

Sur ce, Béatrice avait fait une courte pause pour reprendre son souffle. Devant elle, les coudes appuyés sur ses genoux et le regard attentif, Ferdinand semblait boire ses paroles. Il était si rare que sa mère reparle de ce passé familial qu'il avait facilement compris à quel point elle voulait que les choses soient claires entre eux, en ce moment bien précis. Il s'était alors montré encore plus vigilant lorsqu'elle avait repris la parole.

— Le curé Nelson aurait pu me renvoyer à mes fourneaux, où je n'avais plus grand-chose à cuisiner, d'ailleurs, sous prétexte que je n'avais pas d'instruction. Mais il ne l'a pas fait, et surtout, il ne m'a pas regardée de haut. Bien au contraire, il a eu la délicatesse de me dire qu'au couvent, on pourrait sûrement trouver de l'ouvrage pour moi et que ça serait probablement une bonne idée d'aller frapper à la porte des religieuses. Pourquoi est-ce qu'il savait ça, le curé Nelson? Je n'en ai aucune idée et je n'ai pas cherché à le savoir. Je n'avais ni le temps ni l'intérêt, et encore moins l'énergie de poser une telle question. Tout ce que je voulais, c'était un peu d'argent pour élever dignement mes deux garçons. Parce que, vois-tu, j'avais encore la fierté de m'en sortir sans y laisser toutes mes plumes. Oh! Je sais bien que c'était une manière détournée de demander la charité, je n'étais pas totalement idiote, mais personne ne m'a fait sentir misérable, et j'en remercie notre vieux curé Nelson et la supérieure qui dirigeait le couvent à cette époque-là. J'ai peut-être fait reluire les planchers d'une maison qui n'était pas la mienne, et aidé la sœur blanchisseuse à laver les vêtements souillés de toute une communauté de religieuses enseignantes, mais ça n'avait aucune espèce d'importance à mes yeux. J'ai sarclé le potager et récolté des légumes qui se retrouvaient souvent sur notre table ; et j'ai nourri les poules qui me permettaient de faire les omelettes ou les crêpes du vendredi soir. Au bout du compte, tout le monde y a trouvé son profit, et je m'en suis tirée sans devoir piler sur ma fierté, justement. J'ai pu garder la maison qui m'assure aujourd'hui une vieillesse à l'abri du besoin, sans être riche, et j'ai pu continuer à marcher la tête haute, quand je me promenais dans le quartier. En plus, tu pouvais m'accompagner au travail quand tu étais encore tout petit, ce qui m'a enlevé une grosse épine du pied. Si je me souviens bien, tu ne t'es jamais ennuyé avec les religieuses, qui te gâtaient horriblement.

— C'est vrai...

À la suite de ce bref retour dans le passé, Ferdinand avait esquissé un petit sourire nostalgique.

— C'est vague... C'est comme si je regardais une vieille photo délavée, mais je me rappelle très bien le fudge de la sœur cuisinière... Elle mettait des morceaux de noix dedans... Je pense souvent à elle, parce que j'ai jamais rien mangé d'aussi bon de toute ma vie !

— Et c'est bien depuis ce temps-là que tu es devenu un gourmand impénitent ! avait alors lancé Béatrice avec entrain, afin de détendre l'atmosphère quelque peu lourde qui planait sur le salon. Tout ça pour en arriver à dire que tu devrais avoir de l'admiration pour ta belle Marjolaine, et non du ressentiment envers la vie, qui a choisi de se montrer capricieuse.

— D'accord... Maintenant, je comprends un peu mieux ce que vous cherchiez à m'expliquer... Par contre, j'en veux absolument pas à Marjolaine. J'espère que vous me croyez.

— Bien sûr que je te crois, voyons !

— Tant mieux. Mais tout ça change rien au fait que je vieillis comme tout le monde, pis que j'aimerais avoir une famille avant qu'il soit trop tard pour m'en occuper comme il faut...

Ensuite, sur un ton résigné, Ferdinand avait ajouté :

— J'ai tellement hâte d'être marié, maman.

À ces mots, Béatrice avait laissé échapper un sourire attendri. Il lui semblait entendre le gamin d'hier qui trépignait comme un petit cheval devant la barrière lorsque les choses n'allaient pas assez vite à son goût.

— Je comprends très bien ton impatience, Ferdinand. Je suis consciente que tu n'as plus vingt ans et que l'envie de te marier te ronge depuis un certain moment déjà.

— Vous voyez bien que j'ai raison de m'impatienter, non?

— Laisse-moi finir! Tu peux quand même admettre que «presque» trente ans, ce n'est pas le grand âge non plus! Je suis persuadée que tu as devant toi quelques bonnes années encore pour devenir père. Non?

— Non, justement!

Un simple regard de la part de Béatrice, et Ferdinand se rétractait... En partie du moins.

— D'accord, vous avez raison: j'exagère un peu... Mais un peu seulement! C'est pas de ma faute si j'aime Marjolaine du plus profond de mon cœur, pis que j'ai hâte en tabarnouche que les choses soient officielles entre nous.

— Bonté divine, Ferdinand!

— Quoi?

— C'est une belle entourloupette que tu viens de nous faire là, mon pauvre enfant!

C'était plus fort qu'elle, et Béatrice n'arrivait pas à réprimer le sourire qui s'était dessiné spontanément sur ses lèvres.

— C'est bien toi, ça, quand tu es mal à l'aise d'aborder un sujet. Tu passes par Trois-Rivières pour aller au coin de la rue! Tu ne te vois pas: tu es rouge comme une tomate.

— Je comprends pas...

— Ah non? Quand même, mon garçon, ne me prends pas pour une imbécile! Je ne suis pas née de la dernière pluie, et quoi que nos enfants puissent en penser, on a déjà vécu...

— Oui, et?

— Et à travers l'impatience que tu manifestes, j'ai cru entendre que tu avais hâte de partager non seulement ta vie avec ta belle amie, mais ton lit aussi... Est-ce que ça se pourrait, ça?

À ces mots, Ferdinand avait instantanément viré au rouge vif, comme une écrevisse cuite à point. Il avait promptement baissé les yeux sans répondre, retrouvant ainsi son air piteux d'enfant pris en défaut. Béatrice avait alors élargi son sourire malicieux.

— Il n'y a pas de quoi être mal à l'aise, Ferdinand. C'est le Bon Dieu Lui-même qui a voulu ça comme ça... Et on n'a surtout pas à être gêné d'appeler un chat un chat!

Ferdinand n'était plus rouge, il était cramoisi. Maintenant, il n'avait plus qu'une seule idée en tête: c'était que sa mère en finisse au plus vite pour qu'il puisse se réfugier dans sa chambre afin de se soustraire à cette conversation qui était en train de prendre une tournure des plus embarrassantes.

Depuis quand un fils de vingt-neuf ans discutait-il de sa vie amoureuse et de ses désirs, surtout, avec sa vieille mère?

Et comme si cela ne suffisait pas, Béatrice en avait rajouté une couche!

— Regarde-moi quand je te parle, Ferdinand, parce que je sais très bien ce que tu peux ressentir...

Dans le cas contraire, ton frère et toi, vous ne seriez probablement pas là !

Sur ce, devant l'air réellement malheureux de Ferdinand, Béatrice avait choisi d'en rester là, et elle avait retenu ses derniers avertissements. Après tout, son fils était un homme courtois et non un goujat. Il saurait sûrement garder sa place en attendant le mariage qui, selon elle, ne tarderait pas tant que cela. Il suffisait peut-être, en toute subtilité, de faire comprendre à Marjolaine combien la vie au jour le jour pourrait être infiniment plus agréable si elle acceptait la proposition de Ferdinand. Et s'il y avait quelqu'un capable de mener à terme cette mission délicate, c'était peut-être elle-même.

Ou Kelly…

Elle y réfléchirait bien, avant de dire quoi que ce soit.

En revanche, comme elle ne pouvait garantir le moindre résultat, la vieille dame avait tu ses opinions et ses espoirs. « L'avenir saura bien parler pour moi », avait-elle cependant pensé.

Malheureusement, cette longue conversation n'avait pas empêché Ferdinand d'avoir de la peine. Beaucoup de peine.

Ce matin, les cris d'un oiseau chicanier avaient suffi à le tirer du léger sommeil dans lequel il avait traversé la nuit, passant d'un état de veille somnolente à un état de repos tourmenté, peuplé de rêves tous plus abracadabrants les uns que les autres.

Il entrouvrit les paupières en bâillant, puis il soupira quand il aperçut un coin de ciel entre les pans des tentures mal jointes.

La journée serait grise, s'accordant ainsi à merveille à l'état d'esprit qui était devenu le sien en quelques jours à peine.

Ferdinand se retourna sur le côté en refermant les yeux. Peut-être qu'un beau rayon de soleil bien franc aurait pu lui soutirer un sourire et lui donner l'envie de se lever sans tarder.

Peut-être.

Mais encore là, ce n'était pas du tout certain.

En revanche, incapable de se rendormir, Ferdinand se leva quelques instants plus tard, même si aujourd'hui, il ne devait se présenter à la caserne qu'en toute fin d'après-midi, puisqu'il faisait partie du quart de soir.

Quand il ouvrit la porte de sa chambre, ce fut une bonne odeur de café qui l'accueillit dans le corridor. C'était plutôt inusité, car depuis le début de cette fichue guerre qui n'en finissait plus de faire pleuvoir ses bombes sur l'Europe, sa mère gardait cette boisson rationnée et hors de prix pour les grandes occasions. Or, depuis ces derniers jours, Ferdinand ne voyait pas du tout ce qui aurait pu susciter l'envie de se réjouir.

La table avait été soigneusement dressée, et sur le comptoir de bois fraîchement sablé et reverni par Ferdinand, le bol de faïence bleu ciel voisinait le petit poêlon de fonte et la motte de beurre dans l'assiette ébréchée.

De toute évidence, il y aurait des crêpes pour le déjeuner !

Ferdinand tourna un regard interrogateur vers sa mère.

— En quel honneur des crêpes un matin de semaine ? demanda-t-il.

— Assis-toi mon garçon, je vais tout expliquer ça. Tu vas voir que malgré son grand âge, ta vieille maman a encore d'excellentes idées… Nous allons nous régaler pour bien commencer la journée et après, nous parlerons.

— C'est comme vous voulez.

Le ton de Ferdinand manquait indéniablement d'entrain. Qu'à cela ne tienne, Béatrice savait posséder un atout qui ramènerait fort probablement son sourire, raviverait sa bonne humeur habituelle et ferait renaître ses espoirs devant l'avenir.

La vieille dame se montra donc joyeuse pour deux.

— À la bonne heure ! Alors, qu'est-ce que tu préfères sur tes crêpes ? Du sirop d'érable ou de la cassonade ? Et dans ton café, est-ce que tu veux de la crème ou du lait ?

* * *

Depuis sa visite éclair à Montréal, Henry n'avait qu'un seul désir en tête : quitter Sherbrooke pour ne plus jamais y revenir, Montréal lui ayant fait la plus favorable des impressions.

Ne serait-ce que pour cette mémorable fête de quartier organisée expressément pour sa jumelle afin de lui souhaiter la bienvenue dans son nouveau logement.

« Pendre la crémaillère » était une expression qu'Henry n'allait pas oublier de sitôt.

Et dire qu'avant ce jour-là, il n'avait jamais connu d'autres réjouissances qu'un simple gâteau, parfois sans glaçage, pour souligner leur anniversaire, à Marjolaine et lui.

Et encore, pas tous les ans !

Chez les Fitzgerald, les moments joyeux et les petites fêtes fluctuaient avec l'humeur de leurs parents, qui, elle, variait en fonction des sous disponibles.

Pas très loin derrière la réception, il y avait eu aussi les O'Brien dont il avait apprécié l'accueil et la jovialité ; et Ferdinand qui, selon Henry, ferait un excellent mari pour sa sœur et un parfait beau-frère pour lui-même. Il n'y avait qu'à voir le regard que le pompier posait tendrement sur Marjolaine pour en être convaincu.

Ensuite, il y avait eu un certain sourire timide qui l'avait laissé bouche bée.

Comment se faisait-il que Marjolaine n'ait jamais pensé à lui parler de ses amies téléphonistes ?

La jeune Clotilde était un feu follet absolument charmant et Suzanne, avec une discrétion qui semblait toute naturelle chez elle, avait su le séduire dès les premiers mots échangés. Quant à Ruth, son humour pince-sans-rire le faisait rigoler à tout coup.

Néanmoins, c'était le sourire éblouissant de la jolie Clotilde qui l'avait suivi, tout au long du trajet, alors que le train le ramenait à la maison, le lendemain matin.

Il lui tardait maintenant que la semaine de vacances promise par son patron arrive enfin pour qu'il puisse repartir vers Montréal.

Alors, que son père se le tienne pour dit : rien ne pourrait le retenir à Sherbrooke au début du mois d'août !

Il y pensait au réveil le matin, à la pause de midi et tous les soirs quand il parcourait à l'envers le court chemin de la Paton à chez lui. Le reste du temps, Henry était trop occupé pour avoir la moindre réflexion débordant de son quotidien épuisant.

Et lorsqu'il se couchait, sur le coup des onze heures, il était vraiment trop fatigué pour imaginer à quoi ressemblerait son avenir dans quelques semaines ou dans quelques mois.

En revanche, le jeune homme était conscient qu'il y avait encore très loin de la coupe aux lèvres.

À commencer par le fait qu'il n'avait pas d'emploi stable qui l'attendait à Montréal, alors qu'ici, à la manufacture, il avait gravi quelques échelons, et présentement, à titre de chef d'équipe, il gagnait relativement bien sa vie. Sur ce point, Connor avait entièrement raison : il lui serait difficile de trouver mieux ailleurs.

Puis, une fois rendu à Montréal, où logerait-il ?

Ce n'était pas en s'installant dans l'appartement de sa jumelle qu'il allait améliorer les détails du quotidien que sa sœur avait cherché à modifier pour le mieux-être des petites. Il ne ferait alors que reproduire une partie des problèmes vécus à Sherbrooke, et ils se retrouveraient tous, Marjolaine, les filles, bébé Adam et lui, coincés les uns contre les autres.

Était-ce vraiment ce qu'il voulait ?

Pas vraiment.

Et finalement, Henry n'était pas du tout certain d'avoir la patience nécessaire pour jouer au père de famille avec ses nombreuses petites sœurs, advenant le cas où Marjolaine accepterait tout de même de le loger, ne serait-ce que temporairement.

Déjà qu'il trouvait extrêmement exigeant de voir à ses frères lorsque Connor devait s'absenter le soir, c'est-à-dire de plus en plus souvent…

Et ce n'étaient pas forcément les plus jeunes qui étaient les plus difficiles à discipliner !

Du haut de ses seize ans, Thomas était de plus en plus rebelle. Si, le jour, il travaillait avec leur père à la gare du CP, rares étaient les soirées où il restait à la maison. De soir en soir, il refusait systématiquement de préciser où il allait et avec qui il passait son temps.

Malgré cela, depuis le départ des filles et jusqu'à la fin des classes, la routine n'avait pas semblé trop lourde à porter pour Henry. Jeune et en parfaite santé, il était capable d'en prendre, comme il le disait lui-même.

Si, pour le travail, il devait quitter la maison très tôt le matin, il savait toutefois que les jeunes suivraient dans l'heure pour se rendre à l'école, alors il ne s'inquiétait pas pour eux. À son retour, en fin d'après-midi, Edmund était déjà rentré et il s'occupait d'Owen pour que ce dernier fasse ses devoirs.

Et durant toutes ces semaines de printemps, comme Henry se l'était répété *ad nauseam* : ce n'était que pour un temps. Quoi qu'il puisse se produire, en mars prochain, il aurait vingt et un ans. Il partirait alors de la maison, et son père ne pourrait plus l'obliger à quoi que ce soit. Henry aurait la loi de son côté. Il serait considéré comme un adulte libre de ses choix et de ses allées et venues. En attendant, le jeune homme arrivait tant bien que mal à faire cohabiter son travail éreintant à la manufacture et les corvées domestiques. Cela ne se faisait pas en parfaite harmonie, mais il avait accepté de prendre son mal en patience.

Puis, les écoles avaient fermé leurs portes pour les mois d'été, une bande de chiens fous avait envahi leur appartement, et Henry avait eu la désagréable sensation de perdre la maîtrise de la maisonnée. Les garçons se levaient n'importe quand, entraient et sortaient sans aucun préavis, oubliaient les corvées qui leur avaient été imposées…

En moins d'une semaine, Henry n'en pouvait déjà plus de ce rythme de vie incohérent, où il avait dû préparer le souper trois jours d'affilée et faire le lavage à la place de Thomas qui, lui, ne rentrait que pour dormir.

Inutile de dire que les trente-six heures qu'il avait vécues à Montréal en compagnie de Marjolaine et des filles, dans un quartier où la bonne humeur et l'entraide semblaient aller de soi, avaient exacerbé cette sensation de dérapage total.

Il ne lui restait plus que les appels qu'il faisait à Marjolaine, tous les vendredis matin, en arrivant à la manufacture, pour entretenir l'espoir que cette vie insensée aurait bientôt une fin. Ils se promettaient de prendre du bon temps ensemble, car sa jumelle avait un drôle de ton depuis ces dernières semaines. Comme si elle était lasse de tout.

— Tiens bon, Marjo ! l'encourageait Henry, s'apercevant que sa sœur semblait toujours plus fatiguée d'une fois à l'autre. J'entends dans ta voix que tu es épuisée, toi aussi. Mais ça se comprend, avec la vie que tu dois mener avec les filles. Mais ça achève ! Promis, on va se payer quelques petites folies, toi et moi, et ça va nous requinquer, comme on dit ! Je vais partir vendredi dans trois semaines, et je vais me rendre directement à la gare dès que mon quart de travail sera terminé. Mon billet est déjà acheté, et comme ça, si je ne passe pas par la maison, je n'aurai pas à donner une partie de ma paye à *dad*, comme il m'oblige de le faire d'habitude… À nous, la grande vie !

— Ce n'est peut-être pas l'idéal d'agir comme ça, si tu veux t'attirer les bonnes grâces de notre père.

— Bof ! À mon avis, ça ne changera pas grand-chose. Il n'est jamais content, de toute façon.

— C'est vrai.

— C'est pourquoi j'ai la ferme intention de m'amuser à fond, quand je vais être à Montréal...

— Tant mieux !

— Sais-tu ce qui serait vraiment plaisant ? Ce serait d'organiser une petite soirée avec tes amies téléphonistes et Ferdinand. Rien de bien compliqué, remarque ! C'est juste que je m'ennuie de tout ce beau monde-là, et ça me ferait bien plaisir de revoir tes amies... Penses-tu que ce serait réalisable ?

Marjolaine ne répondit pas immédiatement, et elle avala péniblement sa salive.

Dès que le nom de Ferdinand était prononcé devant elle, la jeune femme devait fournir un effort conscient pour se ressaisir, afin que personne ne puisse se douter du chagrin qu'elle ressentait à l'idée d'avoir blessé son ami.

Pourtant, elle était entièrement convaincue qu'elle agissait ainsi pour une bonne cause.

Il y eut donc le temps d'un soupir silencieux qui pouvait apparaître comme un petit moment de réflexion, puis, d'une voix étrangement calme, elle laissa tomber :

— Ça pourrait se faire, oui. On regardera ça quand tu seras là, Henry. Maintenant, il faut que je te quitte, j'entends Lisette qui s'égosille dans son lit. On se reparle la semaine prochaine.

Sur ces mots difficilement articulés parce qu'elle ne voulait rien laisser percevoir de son désarroi, Marjolaine raccrocha précipitamment, tout en essuyant du revers de la main les larmes qui s'étaient mises à rouler sur ses joues.

La demande en mariage de Ferdinand était probablement le seul événement, et la seule vraie tristesse, qu'elle n'avait pas confiés spontanément à son frère, et elle ne savait pas pourquoi. Les mots ne lui venaient pas, tout simplement. Comme si une pudeur nouvelle s'était curieusement emparée de ses pensées.

Ainsi, en plus de sa déception de ne pas avoir pu accepter cette demande en mariage, elle en avait fait un secret qu'elle n'arrivait pas à partager avec celui qui avait toujours été son *alter ego,* son conseiller, et parfois même la voix de sa conscience. Alors, cela la tourmentait d'être incapable de lui parler.

Henry et elle étaient-ils en train de s'éloigner l'un de l'autre inexorablement ? Était-ce ainsi que des jumeaux devenaient des adultes, en apprenant à vivre seuls, comme tous les autres ?

Ou était-ce la vie, tout simplement, qui le voulait ainsi ?

Sur un dernier soupir, Marjolaine s'éloigna du téléphone, sans être capable de formuler une réponse valable, et avant que la petite ne réveille tout le monde, elle se hâta vers la chambre rose.

— Arrête de crier, ma belle Lisette ! Marjo s'en vient.

Chapitre 2

«Je ne sais pas si l'en est de plus blonde
Mais de plus belle il n'en est pas pour moi
Elle est vraiment toute la joie du monde
Ma vie commence dès que je la vois
Et je fais «Oh»
Et je fais «Ah»
C'est si bon, de partir n'importe où
Bras dessus, bras dessous, en chantant
des chansons
C'est si bon, de se dire des mots doux
Des petits rien du tout, mais qui en disent long»

~

C'est si bon, André Hornez / Jerry Seelen / Henri Betti

Interprété par Yves Montand en 1948

Le mardi 25 juillet 1944, au Connecticut, dans la chambre qu'avait occupée Ophélie, en compagnie de Léopoldine, le matin d'une superbe journée d'été

Tous les jours, en se regardant dans le miroir au-dessus de la commode, Léopoldine n'en revenait toujours pas de l'image qui lui était renvoyée. Si elle avait su que les cheveux courts lui donneraient si fière allure et que le gris de sa chevelure pouvait être si joli quand elle était libre d'ébouriffer ses bouclettes, la vieille femme aurait opté pour une coupe bien avant cet été.

Bien que…

Léopoldine esquissa une moue dubitative. Elle avait toujours été franche, envers les autres comme envers elle-même. Elle reconnaissait donc aisément que c'était surtout par souci d'économie si elle avait choisi de conserver ses nattes aussi longtemps, comme lorsqu'elle était jeune fille et jeune mère.

Mais peut-être avait-elle gardé ses cheveux ainsi coiffés en souvenir de cette vie à deux qui avait été trop courte?

L'idée mériterait sûrement qu'on s'y attarde!

Quoi qu'il en soit, au fil des années, Léopoldine avait de plus réussi à se convaincre que ses tresses étaient sa petite vanité personnelle, ce qui peut sembler singulier chez une personne nullement attirée vers les bijoux et autres accessoires de mode. Elle ne portait que son alliance en or, parce que même sans son mari, elle serait toujours une femme mariée. Puis, à l'occasion, elle sortait le collier de perles que son époux lui avait offert à la naissance de Clémence, la première de leurs quatre filles. En revanche, l'occasion devait être de la toute première importance pour que ces petites billes nacrées se retrouvent à son cou, un peu comme le jour où sa fille Jeanne d'Arc avait prononcé ses vœux permanents au couvent.

De toute façon, Léopoldine – allez donc savoir pourquoi ! – était persuadée que les cheveux longs lui donnaient l'air plus jeune.

De toute évidence, il n'en était rien !

Mais une chose était certaine, cependant : plutôt que d'aller gaspiller de l'argent si durement gagné, elle préférait, et de loin, garder ses sous pour sa boîte de poudre *Muguet des bois* de Yardley, qu'elle achetait deux fois l'an au comptoir des parfums du magasin Pollack. Elle en faisait une utilisation quotidienne parcimonieuse, car c'était dans sa nature d'être économe et rigoureuse dans l'administration de son budget, et la boîte avec houppette coûtait très cher. En revanche, elle abusait de cette même poudre si délicieusement odorante les jours de bain. Durant des années, le nuage de poudre Yardley avait été la seule folie dépensière qu'elle s'était autorisée, une fois par semaine.

— Sapré mensonge que je me faisais à moi-même de croire que mes cheveux longs me donnaient l'air plus jeune, admit-elle à voix basse, tout en remuant la tête sur ses épaules pour s'examiner de profil. J'aurais ben dû écouter Clémence, aussi, quand elle disait que c'était pas tellement beau, mes deux tresses ! Comment ça se fait que c'est Justine, que j'avais pas vue depuis des années, qui m'a convaincue en affirmant que ça faisait « négligé » ? Je comprends pas... À moins que ça soye précisément ce mot-là qui a finalement accroché mon oreille, pis ça a fait toute la différence. Négligé... Ouais, pour une femme qui a fait des ménages durant la majeure partie de sa vie, je vois rien que ça... De toute façon, j'ai toujours pensé qu'il y avait des mots, de même, qui fessaient plus fort que d'autres pour attirer notre attention. Négligé... Sacrifice ! Pour moi, c'est vraiment un mot qui passe pas, surtout quand il est supposé me décrire... Non, mais ! Dire de moi que j'ai l'air négligé, c'est comme me lancer en pleine face que je suis une malpropre ! Il y a de quoi se sentir en beau joual vert... Mais comme c'est Justine qui payait la coupe, j'ai dit oui. Ça fait que me v'là pognée à devoir aller chez la coiffeuse deux ou trois fois par année... Sacrifice ! Il va falloir que je prévoye un budget pour ça, astheure !

Par la fenêtre entrouverte sur la cour, le murmure des voix de sa fille Justine et de son mari Jack qui, tous les matins, buvaient un café ensemble avant que ce dernier parte pour son travail, avait soutenu, sans le savoir, son monologue à voix basse.

Léopoldine s'arracha donc à sa contemplation d'elle-même. Elle attrapa sa robe de chambre par une manche et elle l'enfila, tout en sortant de sa chambre. Elle aimait bien, elle aussi, prendre le temps de saluer son gendre avant son départ pour la journée.

En effet, dès les premiers instants, et malgré le français parlé par Jack, plutôt approximatif et qui lui écorchait les oreilles, la vieille femme avait rapidement sympathisé avec cet homme d'apparence assez ingrate qui lui rappelait vaguement son défunt mari.

Les quelques jours suivants n'avaient fait que confirmer cette première impression, et à l'instant où Justine avait reparlé de cet éventuel voyage avec eux, Léopoldine avait acquiescé sans la moindre hésitation.

— Pourquoi pas, ma fille ? J'y ai bien pensé pis je me suis dit que ça me changerait les idées.

Tant pis pour Clémence et Claudette, Léopoldine avait décidé de les abandonner à leur sort pour une période indéterminée.

— Sacrifice ! C'est toujours bien plus des enfants ! C'est un peu niaiseux de ma part de m'en faire pour elles.

Elle s'était dit qu'au besoin, elle rattraperait le temps perdu à son retour, et elle remettrait les pendules à l'heure en cas de nécessité absolue. Sinon, qu'elles se débrouillent sans elle !

Et en grommelant ainsi, Léopoldine songeait surtout à ce fameux Jean-Louis, qu'elle prenait un malin plaisir à détester cordialement. Jamais elle ne pourrait comprendre que sa petite-fille Claudette puisse lui trouver un charme quelconque. Les manières de dandy mal embouché de Jean-Louis, comme elle le disait en son for intérieur, lui donnaient des démangeaisons. Être loin de lui et de ses mièvreries durant un certain temps lui ferait le plus grand bien.

Cela avait donc été ainsi, par une belle matinée d'été tout en brise légère que Léopoldine avait quitté le seul logement qu'elle eut connu depuis plus d'un demi-siècle. Comme elle l'avait déclaré à sa fille Clémence, qui regardait sa mère s'en aller avec une drôle de mine, elle partait à l'aventure.

— Pis fixe-moi pas de même, Clémence, t'as l'air d'avoir mal au ventre ! Je m'en vas pas à l'échafaud, sacrifice, je pars en voyage avec ta sœur... On se reverra un autre tantôt !

Léopoldine avait donc traversé une partie des États-Unis, le nez à la portière pour ne rien rater du spectacle, livrant ses impressions à voix haute et argumentant quand cela ne faisait pas son affaire.

— Non mais... As-tu vu ça, Justine ?

— Quoi donc ?

— La maison qu'on vient juste de passer devant. Sacrifice ! C'est complètement ridicule que quelqu'un puisse trouver ça beau du jaune orange pétant comme celui-là, quand le toit est en tôle rouge !

La découverte de Montréal, quelques jours auparavant, avait eu droit au même jugement tranchant et irrévocable. La courte visite de quatre jours, l'avait laissée plutôt indifférente.

— Avec notre Château Frontenac, pis nos vieilles maisons en bas de la côte de la Montagne, Québec est une ville ben plus belle que Montréal, dirait-elle plus tard à Clémence, qui voulait tout savoir de son voyage. Pis leur parc La Fontaine, c'est juste comme une sorte de jardin qui va pas à la cheville de nos plaines d'Abraham, avec le fleuve qui coule en bas... En plus, il me semble que les rues puent pas autant, par chez nous.

Fin de la discussion !

Le Connecticut, cependant, avait été un véritable coup de foudre, et depuis son arrivée à la demeure des Campbell, Léopoldine ne parlait ni d'ennui de chez elle et des siens ni de retour prochain dans sa ville natale.

Quand elle descendit dans la cour, son café à la main, Jack s'apprêtait déjà à partir pour le travail. En galant homme qu'il avait appris à devenir dès son plus jeune âge pour pallier une prestance qu'il n'avait pas et une beauté qu'il n'avait jamais eue, il prit la main forte et sans élégance de cette vieille femme qui avait trimé dur tout au long de sa vie et il lui baisa le bout des doigts, ce qui, chaque fois, faisait rougir Léopoldine comme une gamine.

— Bonne journée, belle-maman. Avec cette superbe journée, vous devriez aller vous promener à la plage. Et n'oubliez pas le chapeau de paille que je vous ai offert l'autre jour ! Le soleil va taper fort. On se revoit au souper.

Puis, Jack embrassa Justine sur les deux joues et il quitta la cour de son petit pas pressé, tout en sifflotant.

Léopoldine se laissa tomber sur une des chaises blanches, en métal luisant et ornée d'un coussin, qui jouxtaient la table, en métal elle aussi. Elle prit une première gorgée prudente de son café, et une seconde plus longue, parce qu'il avait refroidi, puis elle déposa sa tasse de porcelaine avec une infinie précaution devant elle, avant de lever la tête vers Justine, qui ajustait le parasol pour qu'elles puissent toutes les deux se protéger des rayons qui étaient déjà chauds.

— Sais-tu, ma fille, que j'suis pas mal fière de toi, pis de la vie que tu mènes ici, dans ton Connecticut. Depuis mon logement, sur la rue D'Aiguillon, pis même avec les cartes de Noël que t'avais la gentillesse de m'envoyer chaque année, j'aurais jamais pu imaginer ça.

— Pourquoi ? demanda Justine en s'asseyant à son tour. Il me semble que je n'ai rien fait de spécial de ma vie. Du moins, rien qui mérite votre fierté.

— Oh que oui ! Regarde autour de toi, pis tu vas vite comprendre ce que j'veux dire.

Justine s'exécuta. Elle admira au passage la platebande fleurie, le potager, qui n'avait pas trop souffert de son absence, et la clôture repeinte de blanc chaque été, puis elle revint à sa mère.

— Désolée, mais je ne vois rien de particulier.

— Ben voyons donc ! Sacrifice, Justine, ouvre-toi les yeux ! Il me semble que c'est clair comme de l'eau de roche !

Justine regarda encore une fois autour d'elle.

— Non, je ne vois pas ! Il va falloir que vous m'expliquiez ce que vous voulez dire, maman.

Léopoldine poussa un long soupir contrarié.

— Il me semble que t'es suffisamment intelligente pour comprendre qu'il y a juste du beau chez toi.

— Ah, ça !

— Oui, ÇA, comme tu dis. À commencer par ta belle demeure ! C'est pas donné à tout le monde de vivre au jour le jour dans une grande bâtisse de même, qui ressemble à un hôtel chic. Comme les manoirs du haut de la ville, où je faisais mes ménages. On mettrait ben trois logements comme le mien dans ta maison ! En plus, tu la gardes ben à l'ordre, pis ça, ma p'tite fille, laisse-moi te dire que c'est pas pour me déplaire. J'aime ça quand une demeure sent le net... C'est probablement pour cette raison-là que j'ai jamais rechigné quand venait le temps de partir travailler... Je mettais de l'ordre partout où je passais, pis du « sent-bon » dans la vie du monde chez qui je gagnais mon pain. Ma façon de faire était bien appréciée, on me l'a dit souvent. Pis regarde ta pelouse, verte comme une grenouille en santé, tes grandes plates-bandes fleuries. C'est pas mêlant, il y a pas un seul brin d'herbe qui retrousse ! Ça demande ben de l'ouvrage, tout ça, pis c'est toi qui le fais. Même ton jardin a survécu à ton voyage, pis il déborde de beaux légumes de toutes les couleurs, comme du temps où tu vivais chez nous, à Québec. C'est ben clair que t'as le pouce vert, ma belle enfant. Depuis toujours !

Devant cette dernière remarque, Justine s'était vivement détournée pour que sa mère ne la voie pas rougir. L'abondance du potager, c'était aussi un peu à Ophélie qu'elle le devait.

Et à son ami Oscar.

C'était Ophélie elle-même qui lui avait parlé du désastre que ce dernier avait pu éviter en mettant à profit les quelques notions de jardinage qu'il possédait. La première fois que Léopoldine avait quitté la maison toute seule pour une longue promenade sur la plage, Justine avait appelé Ophélie, qui avait trouvé refuge chez son ami Oscar, en attendant que leur mère retourne au Québec, et les deux sœurs avaient eu une longue conversation.

Pendant ce bref moment de réflexion, Léopoldine, elle, continuait de vanter les mérites de sa fille.

— Pis en plus, à travers tout ça, t'as pris le temps d'élever une belle famille... Trois enfants, c'est quand même quelque chose... Ouais... Quand je pense que ces jeunes-là sont mes petits-enfants, ça me fait un petit velours. Pis en plus, me voilà arrière-grand-mère ! C'est ben dommage que j'aye pas connu tout ce beau monde-là avant aujourd'hui...

Mais que c'est tu veux que je fasse? Tu demeurais trop loin pour les visites du dimanche, j'en suis bien consciente. Pis ça valait aussi pour ta sœur Ophélie! Sherbrooke, c'est pas à la porte, quand on vit à Québec. Pis c'est pas un reproche que je fais là! C'est juste une constatation. Aujourd'hui, par contre, j'suis à même de réaliser que t'as vraiment fait de la belle ouvrage avec tes enfants. Comme avec ta maison.

— C'était bien le moins que je pouvais faire, maman: m'occuper de mes enfants et entretenir la maison, parce que pour le reste, je n'ai pas grand mérite. C'est pas mal plus à Jack que je dois tout ça, rectifia Justine en désignant l'ensemble de la propriété d'un large mouvement du bras.

— Sacrifice Justine! C'est en plein ce que je voulais dire. Il faudrait surtout pas que tu t'imagines que j'enlève du mérite à ton mari. Pas pantoute! C'est plate à dire, mais pour une femme, il y a pas trente-six solutions qui s'offrent à nous autres! Pour réussir dans la vie, réussir au-delà d'une petite vie ordinaire, comme de raison, ou ben on fait un bel héritage, mais c'est plutôt rare que ça arrive, ou ben on marie le bon gars. Pis c'est en plein ce que t'as fait! Ton Jack est peut-être pas le plus beau des hommes, c'est facile à voir, mais sacrifice qu'il est gentil, en plus d'avoir du cœur au ventre devant l'ouvrage! Pis ça, pour une femme mariée, ça vaut de l'or! En plus, quand il ouvre la bouche, c'est pas pour nous lâcher des insignifiances de niaiseries plates, comme ben des hommes que j'ai pu connaître tout au long de ma vie. Sais-tu quoi, Justine? Ton Jack, il me fait pas mal penser à ton père. Ouais... Ça m'arrive souvent de me demander ce qu'on serait devenus, lui pis moi, s'il avait vécu plus longtemps. Sacrifice que j'ai trouvé ça dur le jour où j'ai appris qu'il venait de mourir! J'en ai-tu voulu au Bon Dieu, pas rien qu'un peu, de m'avoir enlevé mon homme, pendant qu'on était encore en pleine jeunesse, lui pis moi!

Sur ce, Léopoldine fit une courte pause toute respectueuse, avant de reprendre son discours là où elle l'avait interrompu.

— Pas que j'aurais voulu continuer la famille, comprends-moi bien. Quatre filles, c'était ben assez pour vous occuper une journée, en plus des quelques ménages que je faisais déjà à cette époque-là. Non, dans le domaine de la descendance des Vaillancourt, même si on avait pas eu de garçon, j'estimais avoir fait en masse ma part. Par contre, la vie en général aurait été probablement pas mal différente de celle qu'on a vécue, si ton père était resté avec nous autres.

— Sans doute oui, reconnut Justine sur un ton songeur, elle qui avait la chance d'avoir une excellente mémoire et qui gardait bien vivantes dans son esprit certaines images de l'époque où leur père vivait encore avec elles.

— Mon Hector était peut-être pas, lui non plus, le plus beau des hommes, déclara bien calmement Léopoldine, mais sacrifice que c'était quelqu'un de généreux! Pis il était tellement gentil.

— Je sais.

— En plus, c'était un sapré bon *cook*. Pis grâce à ça, il a jamais manqué d'ouvrage. Que ce soye dans les chantiers, où il passait tout l'hiver, ou à la binerie du coin, où il faisait à manger durant l'été, je l'ai jamais vu prendre plus que deux jours de congé d'affilée.

— Je m'en souviens, oui… L'été, quand il vivait avec nous autres, c'était lui qui préparait nos repas. Tous les soirs, quand il revenait du restaurant où il travaillait, il prenait le temps de nous cuisiner quelque chose. C'était toujours bon… Mais par après, maman, même si papa n'était plus là, on n'a jamais manqué de rien, vous savez. Et ça, c'est à vous toute seule qu'on le doit.

Pour cacher l'émotion que ces derniers mots suscitaient, Léopoldine se retourna vivement à son tour.

En compagnie de Justine, depuis maintenant quelques semaines, la vieille femme était en train de découvrir et d'apprivoiser une facette de la maternité qui lui avait constamment échappé. Faute de temps, fort probablement, elle n'avait jamais exploré tous les méandres émotifs qui faisaient partie intégrante de son rôle de mère. Par maladresse, peut-être, ou par pudeur, elle refusait de se laisser attendrir ou mener par les sentiments… Voilà pourquoi, encore aujourd'hui, elle ne se sentait pas toujours à l'aise devant cette facilité qu'avait sa fille Justine de nommer les choses par leur nom et de manifester clairement les sentiments qu'elle éprouvait.

Léopoldine reprit une gorgée de café, et Justine remarqua que la main de sa mère tremblait légèrement. Elle esquissa un sourire ému.

Pendant ce bref moment, les yeux vrillés sur sa tasse, Léopoldine se disait que cette fille qui lui ressemblait étrangement, sur le plan physique, devait toutefois retenir beaucoup plus de Hector que d'elle-même, du côté émotif. Lui aussi trouvait toujours les bons mots à dire en toutes circonstances, et la façon idéale de les prononcer pour faire plaisir, ou pour ne pas heurter inutilement les gens.

Léopoldine n'oublierait jamais les marguerites que son mari cueillait dans le terrain vague au bout de la rue. Chaque fois, il lui offrait le bouquet en murmurant à son oreille qu'il l'aimait.

À cette pensée, la vieille femme se sentit rougir de plus belle. Comment se faisait-il que d'avoir revu Justine avait suffi à faire renaître des tas de souvenirs, tous plus beaux les uns que les autres ?

Elle toussota pour reprendre contenance, avala le reste de son café d'une traite, puis elle se releva le plus rapidement que le lui permettait son arthrose aux deux genoux.

— Je pense que j'vas aller m'habiller, déclara-t-elle. Pis je pense avec que j'vas aller me promener sur la plage, comme ton mari me l'a proposé. J'vas faire ça tout de suite, avant qu'il fasse trop chaud. Pis crains pas, j'oublierai pas mon chapeau. Pas question de me faire rôtir le fond de la tête comme l'autre jour… On se retrouve pour le dîner ?

— Parfait. J'ai quelques commissions à faire… Disons que je serais de retour vers une heure, est-ce que ça vous convient ?

— C'est tiguidou ! Ça va me donner le temps de marcher jusqu'au fort pis de revenir à temps pour nous préparer des sandwichs aux œufs avec un gros pot de limonade.

Et sur cette promesse, Léopoldine trottina vers la porte de la cuisine. Elle s'arrêta au bas de l'escalier qui menait au balcon, puis elle se retourna un bref instant, songeuse.

Oui, qu'en aurait-il été de leur vie familiale si son mari avait survécu au-delà de ses trente-cinq ans ? Léopoldine se l'était souvent demandé, mais sans jamais s'y attarder. Cela lui faisait trop mal d'imaginer que sa vie aurait pu être plus simple, plus facile, plus joyeuse, surtout, malgré la fierté légitime qu'elle ressentait de s'en être si bien tirée toute seule.

Une petite pointe d'envie la fit soupirer en se disant que sa fille Justine avait probablement eu la vie qu'elle-même aurait souhaitée, en moins riche, bien sûr. Et puis, l'argent n'était pas l'unique artisan du bonheur, et Léopoldine n'avait jamais été particulièrement gourmande !

À cette pensée, la vieille femme haussa imperceptiblement les épaules. C'était injuste de ruminer ainsi. Malgré son fichu caractère, elle détestait les iniquités sous toutes leurs formes. Alors, il valait mieux se réjouir pour sa fille au lieu de l'envier. Justine avait tout de même eu la gentillesse de l'inviter à partager cette vie de rêve, quand après tout, rien ne l'y obligeait.

Sur ce, Léopoldine grimpa les quelques marches qui menaient au balcon, tout en s'agrippant solidement d'une main à la rampe. La porte moustiquaire claqua dans son dos à l'instant où Justine, pour sa part, se demandait si elle avait le temps de faire un aller-retour vers Hartford, afin de voir Ophélie. Depuis leur retour du Québec, les deux sœurs n'avaient eu aucune chance de se rencontrer, et Justine savait qu'Ophélie espérait une visite.

— J'ai vraiment hâte de te revoir, tu sais... J'ai tellement de choses à te raconter ! À commencer par mon voyage à New York !

C'était ce qu'Ophélie lui avait dit au téléphone à quelques reprises, titillant ainsi la curiosité de Justine.

New York ? Mais qu'est-ce que sa sœur était allée faire à New York, elle qui restait, en temps normal, plusieurs heures d'affilée enfermée dans sa chambre ?

Justine consulta machinalement sa montre et elle se leva vivement à son tour, consciente de la chance qu'elle avait de posséder sa propre auto, ce qui lui donnait une liberté que beaucoup de femmes autour d'elle lui enviaient. En cinq heures, si elle partait bientôt, elle avait amplement le temps de faire la route et de prendre un café avec Ophélie afin de connaître et saisir enfin ce qui s'était passé durant son absence.

Elle pourrait aussi lui raconter sa rencontre avec Kelly, Marjolaine et les filles, ce qu'elle n'avait pas voulu faire au téléphone, par crainte que leur mère la surprenne en train de parler avec Ophélie et qu'elle comprenne le subterfuge qu'on servait à toute la famille depuis des semaines.

Ensuite, Justine reviendrait pour une heure.

Et leur mère n'en saurait rien.

* * *

Quelques jours plus tard, à Québec, Claudette émergeait lentement des brumes d'un sommeil plutôt agité, après avoir passé une soirée mouvementée, en bonne partie au cabaret Chez Gérard, en compagnie de Jean-Louis. Comme à plusieurs reprises depuis ces dernières semaines, elle y avait rencontré une foule d'inconnus à qui elle devait sourire sans nécessairement engager de conversation avec eux. Selon ce que son ami de cœur lui avait expliqué, peu de temps après le départ de Léopoldine pour les États-Unis, c'était là la meilleure stratégie pour recruter de nouveaux clients. Claudette ne demandait qu'à le croire, d'autant plus qu'elle avait enfin les coudées franches pour son heure de retour à la maison. Elle l'avait compris à l'instant où sa grand-mère était partie.

— Ce voyage-là, Clémence pis Claudette, ça va rester la plus grande aventure de toute ma vie. Je vous souhaite la pareille, un de ces jours, pis on se reverra un autre tantôt ! Espérez-moi pas avant un bon mois. Tant qu'à m'en aller de chez nous, j'vas le faire pour la peine !

Clémence avait regardé l'auto de son beau-frère tourner le coin de la rue avec une curieuse sensation d'abandon et d'angoisse dans le cœur ; et Claudette, avec une toute nouvelle excitation devant la liberté qui serait la sienne pour les quelques semaines suivantes.

Jean-Louis, plus pragmatique, en avait profité pour annoncer à Claudette qu'elle serait sa plus fidèle escorte.

— Maintenant que ta grand-mère est pas là pour t'empêcher de sortir à ton goût, *sweettie,* c'est toi qui vas m'accompagner le plus souvent possible.

— Moi, ça ?

— Ben oui, toi ! Dans l'import-export, c'est de même que ça marche. Quand t'as une belle femme à ton bras, ça attire les *prospects*... Pis comme belle femme, laisse-moi te dire que tu passes pas inaperçue !

— Tu trouves ?

— Comme si tu le savais pas ! C'est sûr que t'es belle, ma *sweettie*, pis tu vas faire tourner la tête à ben des hommes, qui, eux, vont devenir mes clients, aussi sûrement qu'un nanane attire les mouches... Mais dans le fond, c'est avec moi que tout ce beau monde-là va vouloir s'entretenir. Ça fait que t'as pas à t'inquiéter de la conversation que tu devrais leur tenir, parce que c'est moi qui vas m'en occuper. Il faudra pas que tu te surprennes, par exemple, de nous entendre parler de gros sous, c'est juste normal dans le monde de la *biseness*. Comme toi, t'as rien à dire là-dedans, tu pourras te contenter d'être belle.

Mais en même temps, si j'ai plus de clients grâce à toi, ça va faire plus d'argent en banque. C'est comme un plus un font deux. Pis moi, ben, j'vas pouvoir te gâter encore plus. Qu'est-ce que tu penses de tout ça, *sweettie*?

Claudette n'en pensait que du bien, comme de raison. C'était même une perspective alléchante de savoir que sa présence s'avérerait utile à son Jean-Louis. Cela représentait pour la jeune femme une forme d'assurance pour l'avenir, stipulant qu'il ne la quitterait pas pour une autre.

Alors, puisque la belle Claudette ne voulait que plaire à son ami, elle n'avait pas cherché plus loin. Elle ne s'était posé aucune question et elle n'avait cessé d'offrir le sourire qu'elle jugeait le plus irrésistible à des étrangers plus ou moins agréables à regarder ou intéressants à écouter. Certains étaient même plutôt ennuyeux et franchement laids. Et pour passer le temps que durait cette conversation entre hommes, ainsi que le disait si bien Jean-Louis, Claudette s'amusait à les évaluer, leur donnant une note à chacun. Elle les cotait entre un et dix, comme l'institutrice le faisait à la petite école. Rares étaient ceux qui se méritaient un dix!

Toutefois, quelques hommes, plus courtois, lui avaient rendu son sourire, et l'un d'entre eux lui avait même fait un clin d'œil coquin, au grand ravissement de Claudette, qui prenait très au sérieux le rôle qu'elle jouerait désormais dans la carrière de son amoureux.

Puis la veille, un peu avant minuit, Jean-Louis avait déclaré qu'il en avait assez de tous ces hommes d'affaires qui ne savaient pas vraiment ce qu'ils voulaient, et il avait emmené Claudette chez madame Irène, dont elle avait fait la connaissance dans son bel appartement, sur la rue Notre-Dame-des-Anges, quelques jours à peine après le départ de sa grand-mère.

— On va finir la soirée chez elle.

— Il est pas un peu tard pour ça ?

— Pas chez madame Irène ! Calvinisse, *sweettie* ! C'est sûr qu'il faut en profiter pendant que ta grand-mère est partie. Pis le plus souvent possible, à part de ça !

En effet, depuis le départ de Léopoldine, qui leur avait toujours mis des bâtons dans les roues au moindre prétexte, les horaires avaient été grandement améliorés à la demande expresse de Jean-Louis.

Claudette avait donc acquiescé sans hésitation, même si elle devait travailler le lendemain, car elle voyait dans cette requête une preuve supplémentaire de l'attachement que Jean-Louis entretenait à son égard et du rôle essentiel qu'elle jouait à ses côtés. C'était donc devenu monnaie courante que la jeune femme retourne chez elle uniquement aux petites heures du matin.

— Pis si ta tante Clémence chiale un peu trop, on l'invitera à venir passer une veillée avec nous deux.

— Clémence ? Chez Gérard ?

— Pourquoi pas? Pour une vieille fille comme elle, qui doit jamais avoir mis les pieds dans un vrai cabaret, ça devrait suffire à lui fermer le clapet, parce qu'elle va être ben gros impressionnée...

— Pour être impressionnée, c'est plus que sûr qu'elle va l'être... Moi-même, je l'ai été, la première fois que je suis sortie dans les boîtes de nuit avec toi... Mais t'as pas peur, justement, que ça lui donne envie de venir plus souvent avec nous autres? Quand tu dis que je peux t'attirer des *prospects* parce que je suis belle, je te crois, mais c'est certainement pas ma tante Clémence, avec son allure démodée, qui va pouvoir faire ça!

À ces mots, Jean-Louis avait réprimé un sourire sarcastique.

— On verra en temps et lieu... Mais dis donc... Si on parlait un peu de ta chère grand-mère... T'aurais-tu juste une petite idée de la date qu'elle est supposée nous revenir?

Malheureusement non, Claudette n'en avait pas la moindre idée, et pour être franche, c'était le cadet de ses soucis.

En effet, depuis le tout premier soir où elle avait connu madame Irène, son univers avait basculé, pour le meilleur, selon elle, au point où même le mariage n'était plus son unique horizon. Elle le voyait plutôt comme une méthode indirecte d'obtenir tout ce qu'elle visait dans la vie, à savoir: posséder une belle maison, engager une femme de ménage pour voir à sa place à tout ce qu'elle détestait faire dans un logement et avoir la liberté de s'acheter tous les vêtements qui lui feraient envie, sans aucune restriction budgétaire.

Autrement dit, Claudette Fitzgerald voulait réussir là où d'autres membres de sa famille avaient échoué, en partie pour leur en mettre plein la vue, bien entendu, mais c'était surtout à ses parents qu'elle songeait quand elle envisageait la tournure que pourrait prendre sa propre existence. Ils verraient bien de quoi était capable la petite Claudette, dont on disait qu'elle était née trop vite après ses aînés et qu'elle dérangeait tout le monde tout le temps.

À croire qu'elle était responsable de ça !

Alors, si marier un homme riche comme Jean-Louis lui permettait de concrétiser tous ses rêves, elle passerait par l'église, cela ne faisait aucun doute pour elle, quoi qu'en dise sa grand-mère, qui trouvait son ami incontestablement trop âgé pour elle.

— Quel gâchis, ma pauvre enfant, de passer ta belle jeunesse avec un vieux parvenu comme lui !

Ce à quoi Claudette répondait qu'il n'était pas si vieux qu'il en avait l'air et qu'elle l'aimait.

En revanche, et l'idée méritait qu'on s'y attarde un peu, si le mariage était pour la confiner dans une situation s'apparentant à celle de sa mère, la tentation se transformait vite en réticence.

Le simple fait d'avoir rencontré madame Irène, qui semblait se débrouiller fort bien dans l'existence, et toute seule, de surcroît, avait fait naître une sorte de valse-hésitation dans l'esprit de la jeune femme.

Et si le mari n'était pas aussi nécessaire qu'il y paraissait à première vue? Jusqu'à tout récemment, Claudette n'y avait pas vraiment pensé, puisque selon l'éducation qu'elle avait reçue, une femme devait absolument se marier avant qu'il ne soit trop tard et qu'elle devienne une vieille fille qui finirait un jour ou l'autre par passer inaperçue.

Exactement comme sa tante Clémence!

Cependant, depuis les deux dernières semaines, la donne avait changé au contact de madame Irène, avec pour conséquence que la réflexion de Claudette concernant le mariage n'était plus tout à fait la même.

De toute évidence, cela existait, des femmes qui avaient réussi sans hommes à leurs côtés, et Claudette essayait de s'imaginer sans mari de plus en plus souvent. Comme elle ne voulait surtout pas d'enfants, l'image devenait possible, et même attirante.

Sauf quand elle se pavanait au bras de son amoureux!

Les regards qui se posaient alors sur elle la faisaient frissonner de vanité et de plaisir, et ça, c'était à Jean-Louis qu'elle le devait, à personne d'autre.

Puis, la pauvre Claudette revenait à son but premier, et elle reconnaissait que le fait de se marier avec Jean-Louis ne serait pas nécessairement une corvée. Ce serait même une belle façon d'obtenir tout ce qu'elle espérait, sans avoir à fournir de trop gros efforts.

S'il finissait par se décider à lui demander sa main, bien entendu!

Puis, elle oubliait tout ça devant le travail qui l'attendait, soit à l'Arsenal, ou Chez Gérard, alors qu'elle passait la majeure partie de ses soirées à sourire à des inconnus.

Plus il y avait d'hommes qui venaient à leur table, et plus elle souriait. Cela ferait de nombreux clients pour Jean-Louis, et au bout du compte, ce serait elle qui en profiterait.

Ensuite, parfois, quand l'aube rosissait déjà l'horizon, Claudette rentrait chez elle, fourbue, pour quelques heures de repos.

Comme la plupart des soirées se terminaient maintenant chez madame Irène, la valse des questions sans réponses repartait de plus belle, parce que, visiblement, la présence d'un mari n'était peut-être pas aussi essentielle qu'elle l'aurait cru jusqu'à tout récemment. On n'avait qu'à regarder madame Irène pour en être convaincu.

De toute façon, comme le beau Jean-Louis prenait tout son temps à manifester son affection, elle ferait probablement mieux de changer tout de suite sa vision des choses, avant d'être trop déçue.

Claudette s'était souvent endormie sur cette pensée d'un Jean-Louis qui ne l'aimait pas vraiment, et cette perspective n'était pas très réjouissante. Que faire, grands dieux, pour devenir riche et comblée, si Jean-Louis n'était plus avec elle ?

Ou plus concrètement, que faire s'il ne voulait pas se marier parce que, dans le fond, elle n'était qu'une parure ? Cette éventualité lui avait été suggérée par une compagne de travail bien intentionnée, et elle avait démoralisé Claudette durant au moins trois longues journées.

En effet, hormis quelques baisers échangés dans l'auto quand son ami venait la reconduire sur la rue D'Aiguillon, ce dernier n'était pas le plus chaud des lapins, comme le disaient ses amies à l'Arsenal où elle travaillait.

— Selon moi, c'est pas normal, avait déclaré cette collègue de travail pétrie de bonnes intentions, lorsque Claudette avait parlé de l'attitude de son amoureux. Surtout si tu dis que t'aimes ça quand il t'embrasse pis que t'essayes de le lui faire comprendre. D'habitude, les hommes sautent à pieds joints sur une aubaine comme celle-là, parce qu'ils ont toujours la couchette en tête !

Claudette n'avait pas osé demander ce qui était normal entre deux amoureux, au risque de passer encore une fois pour une cruche.

« La couchette », comme son amie le disait, c'était pour le mariage, non ?

Il n'en demeurait pas moins que cette réflexion en devenait étourdissante, et elle rongeait de nombreuses heures d'un sommeil bien mérité, maintenant qu'elle sortait régulièrement le soir, en plus de travailler à l'Arsenal le jour.

Et dire que toute cette cogitation épuisante venait de sa rencontre avec cette très chère madame Irène.

Déclarer que cette femme, toujours habillée comme une carte de mode à n'importe quelle heure du jour ou de la nuit, avait fait une forte impression à Claudette serait un euphémisme.

La quinquagénaire, tirée à quatre épingles et arborant invariablement un magnifique collier de perles, comme celui que sa grand-mère avait porté pour la messe de minuit, avait en effet une prestance royale. De plus, madame Irène possédait jusqu'au bout de ses ongles superbement manucurés l'art de mettre ses visiteurs à l'aise, dès qu'elle posait une main chaleureuse sur leur bras !

— Quel plaisir de te rencontrer !

Comme Jean-Louis le lui avait appris, le métier de cette dame était de louer des chambres à quelques jeunes filles, venues de leur campagne pour travailler en ville.

— Comme toi, *sweettie* ! Exactement comme toi ! Mais c'est pas tout le monde qui a une grand-mère qui accepte de l'héberger !

— C'est ben certain, ça ! Mais quand tu dis la campagne, faudrait quand même pas exagérer. Sherbrooke, c'est une ville assez prospère, tu sauras.

— Peu importe ! Tout ce que je veux dire, c'est que madame Irène a eu la brillante idée de louer les chambres de la grande maison qu'elle a reçue en héritage de ses parents. C'est une calvinisse de bonne affaire qu'elle a faite là, parce que depuis ce jour-là, elle gagne très bien sa vie. Mais il faut dire aussi qu'elle s'occupe de ses locataires comme une vraie mère le ferait. C'est quand même beaucoup d'ouvrage.

Un autre héritage?

Claudette avait alors poussé un soupir d'envie. Décidément, Jean-Louis Breton évoluait dans un milieu favorisé, où la bonne fortune souriait à bien des gens de son entourage.

C'était entre autres choses l'une des raisons qui avaient fait en sorte que la jeune femme s'était montrée particulièrement réceptive à la gentillesse de madame Irène.

On ne tourne jamais le dos aux personnes riches, c'était la principale maxime de Claudette!

Ni à celles qui sont bien loties dans la vie, bien sûr, espérant que leur chance fabuleuse finisse par déborder sur sa propre vie.

Claudette se disait que faute d'avoir des parents à l'aise ou un vieil oncle riche qui ferait d'elle son héritière, elle deviendrait la bonne amie de toutes les connaissances de son Jean-Louis. À défaut d'être hautement profitable dans l'immédiat, cela ne pouvait sûrement pas nuire pour le futur. De toute façon, dès sa première visite chez madame Irène, Claudette s'était tout de suite sentie la bienvenue. Pourquoi alors ne pas en profiter, n'est-ce pas?

— Comme ça, c'est toi, la belle Claudette? Rentre, ma chère, rentre! Jean-Louis n'arrête pas de vanter ta beauté depuis quelque temps. J'avais hâte de te rencontrer pour constater par moi-même.

Un long regard scrutateur balayant Claudette de la tête aux pieds avait accompagné ces quelques mots, puis un sourire engageant avait conclu l'examen de madame Irène.

— Il avait tout à fait raison. Tu es absolument éblouissante de candeur !

Que dire de plus pour amadouer Claudette ? Si elle ne savait trop ce qu'elle devait comprendre de ces quelques paroles, le terme « éblouissante » avait tout de même charmé son oreille au passage. Visiblement, elle était la bienvenue, et il n'en fallait pas plus pour la rendre heureuse.

— J'ai rarement vu d'aussi beaux cheveux, avait continué de pérorer la maîtresse des lieux, tout en glissant les doigts dans la tignasse savamment bouclée de Claudette, la faisant frissonner malgré la touffeur humide de cette fin de soirée estivale. Allons ! Venez, suivez-moi, tous les deux ! On va s'asseoir dans la cuisine pour ne pas déranger les filles qui sont présentement dans leur chambre. Comme ça, on sera plus à l'aise pour jaser.

Si la maison de madame Irène ne payait pas de mine de l'extérieur, se fondant tout naturellement à l'alignement des bâtisses de la rue, il en allait tout autrement de l'intérieur.

Claudette avait été immédiatement séduite par les épais tapis, les lampes de verre taillé à la lumière tamisée et les fauteuils de velours qui meublaient le salon où, malgré l'été qui régnait en maître depuis quelques jours, une flambée donnait un charme indéniable à la pièce. Pendue au bras de Jean-Louis et les yeux écarquillés, elle avait suivi la jolie dame qui lui faisait les honneurs de sa demeure, tout en se dirigeant vers l'arrière de la maison. Le long escalier de bois verni qui menait à l'étage des chambres avait titillé sa curiosité et le tissu de satin qui couvrait le haut des murs au-dessus des lambris lui avait donné envie de le caresser.

Intimidée par autant de faste, Claudette n'avait tout de même pas poussé l'audace jusqu'à effleurer les murs du bout des doigts. Toutefois, elle s'était dit qu'un jour, elle aimerait bien posséder une maison qui ressemblerait à celle-là.

À cette pensée, la jeune femme s'était faite un peu plus lourde sur le bras de Jean-Louis. S'il y en avait un qui pouvait probablement lui offrir une telle résidence, c'était bien lui !

En un mot, et selon l'entendement qu'en avait Claudette, chez madame Irène, tout n'était que luxe et bon goût, ce qui correspondait en tous points à l'idée qu'elle se faisait d'une existence bien remplie et surtout bien réussie.

En revanche, petite déception, la cuisine ressemblait à n'importe quelle autre, sauf peut-être à celle de ses parents, qui était franchement plus sombre et plus délabrée que tout ce qu'elle avait pu voir jusqu'à maintenant.

Au moins, chez madame Irène, l'évier n'était pas ébréché, les murs étaient peints d'un jaune poussin agréable à l'œil, la vaisselle était faite et un percolateur en argent massif trônait sur le comptoir de bois impeccablement verni. Il s'en dégageait d'ailleurs un arôme exquis.

Quant à la table immense, sans une seule égratignure visible, elle chatoyait sous la lumière du plafonnier, au lieu d'être encombrée de mille et un papiers, jouets, cartes, livres ou assiettes sales.

C'était donc dans cette pièce que Claudette et madame Irène avaient fait plus ample connaissance. Le premier soir, bien sûr, devant un excellent café, mais aussi en plusieurs occasions, lorsque Jean-Louis décidait, au plus grand bonheur de Claudette, de terminer leur sortie par un moment passé chez celle qu'il appelait sa bonne amie.

Cela faisait plus de deux semaines, maintenant, que Jean-Louis et Claudette visitaient régulièrement madame Irène, et la veille au soir n'avait pas dérogé à cette nouvelle habitude du café après minuit.

À cela près que la veille, Claudette avait également fait la connaissance d'Estelle, l'une des pensionnaires de madame Irène.

La jeune femme avait fait irruption dans la cuisine, vêtue d'un déshabillé vaporeux qui ne cachait pas grand-chose de ses charmes, expliquant à qui voulait l'entendre qu'elle mourait de soif.

Cette apparition pour le moins insolite, après tout, on ne se promène pas si légèrement vêtue, même par temps de canicule, avait été, pour Claudette, un rayon de soleil se faufilant dans la pièce au beau milieu de la nuit.

La belle Estelle…

Dès que cette femme aussi rousse que pouvaient l'être ses nombreux frères était entrée dans la cuisine, Claudette n'avait eu d'yeux que pour elle, comme attirée par un aimant.

Elle la trouvait tellement jolie et elle avait l'air si sûre d'elle !

Et ce déshabillé en mousseline, avec du marabout aux manches, était une pure merveille ! Coquin, certes, et osé, on ne pouvait le qualifier autrement, mais il était si beau et il semblait si doux.

Claudette avait aussitôt contemplé fixement la belle inconnue, à un point tel que son attitude avait frisé l'impolitesse, quand elle avait détourné complètement son attention de madame Irène, qui était justement en train de lui parler chiffons et autres tenues pour la nuit.

Un peu plus loin, dans un coin de la pièce, Jean-Louis était assis sur une chaise berçante en bois verni et il lisait le journal de la veille. Du moins, il faisait mine de s'y concentrer, car il feuilletait lentement les pages. Mais en réalité, du coin de l'œil et l'oreille tendue, il surveillait la situation avec un très vif intérêt.

Il était parfaitement conscient que pour lui, tout allait se jouer dans l'heure qui viendrait. Si tout se déroulait bien, il allait pouvoir se dire que toutes ses attentions à l'égard de la belle Claudette allaient enfin porter fruit.

Et quel fruit !

En effet, sans le savoir, la jolie jeune femme avait fait monter les enchères tout au long de la semaine, au point où Jean-Louis espérait ne pas s'être trompé au sujet de sa protégée. S'il fallait qu'elle se rebiffe, qu'elle refuse toute tentative de séduction, il n'aurait pas le choix de lever le ton, car sa belle escorte commençait à lui coûter cher, très cher. Il lui fallait faire un bon coup d'argent, et il n'y avait que Claudette qui soit à la hauteur d'un déboursé hors normes. De toute façon, Jean-Louis détestait être obligé de sévir ou de contraindre qui que ce soit.

En revanche, l'expérience acquise au fil des années, le flair incroyable qu'il avait su développer à côtoyer les plus belles femmes et l'attitude de la jeune fille à son égard, de plus en plus aguichante lorsqu'il la ramenait chez elle, le menaient à penser que le fruit était mûr.

Juste à point.

Estelle avait donc été choisie expressément parce qu'elle dégageait une sensualité hors du commun qui ne laissait personne indifférent, qu'elle avait la plus belle chambre de la maison et qu'elle faisait partie de ces femmes dont Claudette avait toujours envié la grandeur, arguant que les grandes étaient nettement plus élégantes que les petites, elle-même dépassant à peine les cinq pieds deux pouces.

Puis, Estelle savait y faire quand venait le temps de créer des liens privilégiés avec les autres femmes. Elle connaissait donc très bien ce que l'on attendait d'elle, et non seulement elle avait de fortes chances d'arriver à ses fins, mais elle y prendrait plaisir.

Un grand plaisir, puisque Claudette lui était tombée dans l'œil au premier instant ! La prochaine heure risquait donc d'être plutôt agréable pour Estelle aussi.

Elle avait alors bu un grand verre d'eau, question de justifier son prétexte, puis elle s'était retournée face à la cuisine. Ensuite, comme si elle exécutait une chorégraphie bien orchestrée, elle avait appuyé nonchalamment ses fesses contre le rebord du comptoir et elle avait fixé Claudette en souriant.

— Comme ça, c'est toi, la belle Claudette ?

Troublée d'être ainsi interpellée, la jeune femme avait rougi en jetant un regard étonné vers son ami. Caché derrière le paravent de son journal, Jean-Louis n'avait été d'aucun secours.

— Euh... Oui, c'est moi, avait-elle admis en reportant les yeux sur Estelle... On vous a parlé de moi ?

— Lâche-moi le « vous », ma belle Claudette. Ici, toutes les filles se connaissent plutôt bien, pis on se dit « tu ». C'est plus simple comme ça. On garde le « vous » pour madame Irène.

— Comme vous... Comme tu veux.

— *All right !* Pis oui, madame Irène m'a déjà parlé de toi.

Sur ce, Estelle s'était tournée vers la patronne de la maison.

— Vous aviez raison de dire que Claudette avait des beaux cheveux...

Celle-ci avait répondu par un clin d'œil appuyé, lequel avait échappé à la jeune femme, toujours aussi captivée par la nouvelle venue.

— Mais dis donc, toi, avait alors poursuivi Estelle, en ramenant d'emblée les yeux sur Claudette, encouragée qu'elle avait été par l'attitude de la maîtresse de maison, veux-tu venir voir ma chambre ? Je pourrais m'amuser à te faire des coiffures, si ça te tente. Pis je pourrais aussi te montrer toutes mes belles robes… Si t'es d'accord, comme de raison.

De toute évidence, Claudette était attirée par la gentille invitation. Elle avait aussitôt détourné les yeux vers Jean-Louis pour obtenir sa permission. Un pan du journal rabattu, ce dernier la regardait effectivement avec un sourire on ne peut plus encourageant.

— T'as l'air d'une petite fille dans un magasin de bonbons, ma *sweettie* ! Si ça te dit tant que ça d'aller voir la chambre pis les robes d'Estelle, tu peux ben y aller. C'est sûrement pas moi qui vas t'en empêcher.

L'instant d'après, Claudette avait emboîté le pas à Estelle afin de monter à l'étage des chambres qu'elle n'avait jamais eu la chance de visiter auparavant, madame Irène trouvant toujours mille et une excuses pour ne jamais emprunter l'escalier, malgré parfois le bruit des voix et des rires qu'on entendait jusqu'au rez-de-chaussée.

Toutefois, la jeune femme avait été un peu déçue. À l'exception des jolies lampes accrochées sur les murs, il n'y avait qu'un long corridor au tapis qui semblait usé par de nombreux va-et-vient.

— Suis-moi ! Ma chambre est là-bas.

La chambre d'Estelle était tout au bout de ce couloir un peu sombre flanqué de portes closes. Cependant, Claudette l'aurait juré, malgré l'heure tardive, elle entendait le murmure de voix feutrées qui lui parvenaient de la plupart des pièces. Comme si les filles qui les occupaient avaient le droit d'inviter des amis dans leur chambre à coucher, garçons ou filles n'ayant que fort peu d'importance, selon le timbre des chuchotements perçus.

Jamais sa grand-mère ou ses parents n'auraient toléré une telle audace !

Sur ce constat, Claudette avait été un peu déçue, elle qui avait placé madame Irène sur un piédestal.

Comment se faisait-il qu'une femme si élégante et si distinguée puisse accepter, sans broncher, et sous son toit, de surcroît, ce que Claudette voyait comme un écart de conduite flagrant ?

À peine le temps de se poser la question et la curiosité de la jeune femme s'était brusquement arrêtée. Estelle venait d'ouvrir tout grand la porte de sa chambre.

La grande femme rousse qui sentait si bon la rose et la poudre fine dormait dans un écrin de velours et de dentelles, sorti tout droit des plus beaux contes de fées ou de princesses. Jamais Claudette n'avait vu ni espéré voir un jour quelque chose d'aussi magnifique, d'aussi somptueux que ce qu'elle avait sous les yeux à ce moment-là.

Pas même au cinéma !

— Reste pas plantée là, Claudette ! Envoye, rentre... T'es la bienvenue dans ma chambre !

La pièce se déclinait dans les tons de rose et de crème, avec une pointe de bourgogne, le tout soutenu par des dorures un peu partout.

Claudette avait donc fait un pas en avant, puis un autre...

— Mais c'est donc bien beau ! avait-elle alors murmuré avec une certaine jalousie dans la voix.

En fait, elle ne savait où donner de la tête, tellement il y avait de jolies choses à découvrir et à regarder. Les miroirs, la coiffeuse ornée de bouteilles de parfum en cristal, le peigne en nacre...

Habituée à ce débordement d'admiration devant sa chambre, Estelle avait haussé les épaules.

— Merci... C'est moi qui a décidé des couleurs, tu sais. En plus, j'ai choisi moi-même le papier peint que je voulais mettre sur mes murs.

— Ben voyons donc, toi ! T'es bien chanceuse !

Claudette n'en revenait tout bonnement pas.

— C'est pas chez nous ni chez ma grand-mère que je pourrais être traitée aux petits oignons comme ça.

— Ben ici, c'est de même. Madame Irène pense que c'est important que chacune des filles qui vivent dans sa maison aye le droit de se sentir ben à son aise dans sa propre chambre... Après tout, c'est un peu une sorte de nouveau chez-nous, depuis qu'on est arrivées en ville... Pis d'une certaine façon, on paye un loyer comme tout le monde. C'est juste normal d'avoir notre mot à dire sur la décoration de notre pièce.

— Ah ouais? Ben coudonc... Encore une fois, c'est pas de même que ça se passe chez ma grand-mère... ni chez mes parents, d'ailleurs... Même si j'ai toujours payé un loyer depuis que j'ai seize ans, tu sauras! Dis-toi que t'es vraiment chanceuse d'avoir rencontré une madame Irène quand t'es arrivée à Québec. En tout cas, moi, je la trouve pas mal fine.

— Pis t'as tout à fait raison de dire ça... On est bien traitées chez elle. Mieux qu'à ben des endroits, crois-moi!

À voir l'opulence de la pièce, et ce, jusque dans les moindres détails, Claudette le croyait sans aucune hésitation, et elle n'avait demandé aucune autre explication.

Les tentures étaient en velours; les lampes, disposées sur les tables de chevet, étaient en verre taillé, comme celles du salon; et les draps, roses eux aussi, semblaient en satin.

En un mot, il y avait ici tout, absolument tout, ce qu'il fallait pour plaire à une jeune femme comme Claudette.

Même le lit était immense! En fait, il était encore plus grand que celui qu'elle avait partagé pendant des année avec deux de ses sœurs, et le tapis, qui paraissait si moelleux qu'on avait envie d'y enfouir les orteils, délimitait l'espace occupé par le magnifique meuble à quenouilles!

Claudette avait tourné vers Estelle un regard qui en disait long sur l'envie dévorante qu'elle ressentait à ce moment-là. Que n'aurait-elle pas donné pour dormir dans une chambre aussi belle !

— Je t'envie, tu sais, avait-elle avoué sans ambages.

Puis, quelques instants plus tard, elle avait repris en soupirant :

— Je te trouve pas mal plus chanceuse que moi ! Quand j'suis venue m'installer à Québec pour travailler à l'Arsenal, j'ai abouti chez ma grand-mère, qui dépensera jamais un sou pour que je puisse décorer comme la tienne l'ancienne chambre de ma tante Clémence. Je dors sur un lit étroit pis dur comme une planche, et la petite fenêtre donne sur un mur de briques.

Claudette n'avait osé ajouter qu'à l'époque où elle vivait à Sherbrooke, elle dormait à trois dans un lit plus petit que celui d'Estelle qui, pour sa part, ne demandait pas mieux que de prendre la jeune femme en pitié.

— Pauvre toi !

— Jusqu'à maintenant, remarque que j'ai jamais pensé à me plaindre de mon sort... Mais quand je vois ta chambre, je me dis que...

Tandis que Claudette parlait, Estelle s'était approchée d'elle, et elle avait passé un bras autour de ses épaules.

— Pauvre toi, avait-elle répété, sans tenir compte des propos de Claudette, qu'elle avait interrompue un peu cavalièrement.

La grande rousse avait reculé d'un pas, suffisamment pour fixer la jeune femme droit dans les yeux.

— Ce que je comprends dans tout ce que tu viens de me dire, c'est que t'es pas aussi bien que ça chez ta grand-mère… Est-ce que je me trompe?

— Pas vraiment, non.

— Pis en plus, je le sais pas si c'est ton lit trop dur qui fait ça, mais ayoye que t'as le cou raide. C'est la première fois que je vois quelqu'un d'aussi tendu que toi!

— Ah ça? C'est le travail à l'Arsenal qui me donne mal dans le dos pis dans les épaules. Par contre, il paraîtrait que c'est normal. C'est les gestes répétitifs qui font ça.

L'occasion était trop belle! À ces mots, Estelle avait allongé le bras pour poser des doigts tout légers qui s'étaient promenés sur la nuque de Claudette. Celle-ci n'avait pu retenir le frisson de détente qu'ils avaient provoqué.

— Ben voyons donc, toi, avait poursuivi Estelle, comme si de rien n'était. C'est pas permis d'être tendue comme ça… Envoye, viens te coucher sur mon lit, j'vas te faire un bon massage.

— Mais Jean-Louis doit m'attendre en bas, pis…

— Laisse faire Jean-Louis.

Si Estelle avait une voix douce et enveloppante, il n'y avait cependant aucune mièvrerie dans le ton. De toute évidence, cette grande rousse était une jeune femme décidée, Claudette était en train de le comprendre, et elle ne l'en avait admirée que plus.

— Je le connais bien, tu sais, ton Jean-Louis, pis je suis certaine que ça le dérangera pas une miette de poireauter un peu. Par contre, si jamais il s'impatientait, parce que ça lui arrive des fois de se tanner d'attendre en bas, je lui...

— Ah ça, je le sais, qu'il est pas trop patient! l'avait interrompue Claudette. Même que ce côté-là de son caractère m'intimide parfois!

— Pas moi... C'est pas un homme qui grogne à propos de tout pis de rien qui va m'en imposer. Si jamais Jean-Louis venait frapper à ma porte, on aura juste à lui dire d'entrer... Ça lui ferait plaisir de voir qu'on s'entend pas pire, toi pis moi. Astheure, tourne-toi, j'vas détacher les boutons de ta robe.

— Ben là...

— Comment veux-tu que je te masse le dos comme il faut si je suis obligée de le faire à travers le tissu de ta robe? T'es ben drôle, toi! Mais regardez-moi donc ça! T'es rouge comme une crête de coq...

— Il y a de quoi, non?

— Ben non, justement! On est entre filles, Claudette. Il y a rien de gênant dans le fait de se déshabiller, voyons donc! On est toutes faites pareil.

— Je le sais ben. J'suis pas niaiseuse à ce point-là... C'est peut-être seulement que je suis pas habituée à me déshabiller devant quelqu'un, avait répliqué Claudette d'une voix éteinte.

Un peu plus et elle se serait excusée de ne pas être plus reconnaissante envers Estelle, qui ne voulait que l'aider en lui massant le dos. Ce qu'elle ne savait pas, la belle Claudette, c'était que sa timidité la rendait encore plus désirable aux yeux de sa nouvelle amie.

Voilà pourquoi, sans attendre la permission de la jeune fille, la grande rousse avait commencé à déboutonner la robe, qui était tombée à ses pieds comme la corolle d'une fleur.

Estelle avait toujours été attirée d'abord par les femmes. Les hommes venaient en second. Elle avait donc dû fournir un gros effort pour ne pas effleurer tout de suite les seins lourds de Claudette, fermes et arrogants.

— Avec douceur, Estelle, lui avait recommandé madame Irène. Il ne faut surtout pas l'effaroucher. Si jamais ça arrivait, Jean-Louis ne serait pas content du tout, et tu sais comme moi que ce n'est agréable pour personne quand ce monsieur n'est pas content. Je déteste ses colères froides... Dis-toi que la belle enfant est une petite oie blanche qui ne demande qu'à être apprivoisée, et vas-y tout en douceur.

Et c'était ce qu'Estelle avait promis de faire.

— Viens t'allonger sur mon lit, Claudette, j'vas te déraidir ça, moi, ce cou-là. Tu te reconnaîtras plus, avait-elle murmuré à l'oreille de la jeune femme.

La grande rousse n'aurait pu si bien dire.

Intimidée, frissonnante, se sentant maladroite et mal à l'aise, mais curieusement incapable de refuser quoi que ce soit à Estelle, Claudette s'était laissé mener jusqu'au lit, où elle s'était couchée sur le ventre, les yeux fermés.

Estelle avait donc massé adroitement le cou, les omoplates, les épaules, le dos, s'arrêtant à grand-peine à la limite du sous-vêtement de satin rose. Elle avait reconnu la signature de Jean-Louis dans le choix de cette petite culotte affriolante. Elle-même en avait un plein tiroir.

Et petit à petit, d'un geste osé à un autre, d'une caresse subtile à un baiser furtif sur l'épaule, les réticences de Claudette étaient tombées les unes après les autres.

Peu à peu, ses soupirs de contentement s'étaient transformés en gémissements, d'abord timides puis de plus en plus langoureux.

Quand Estelle lui avait demandé de se retourner, Claudette l'avait fait sans objection. Elle aurait voulu arrêter ce manège qu'elle en aurait été incapable. Son corps n'aspirait plus qu'à être effleuré, touché, caressé, rassasié. Et c'est ce que la belle Estelle avait bien l'intention de faire. Elle allait lui procurer un plaisir à la fois si doux, si grand et si intense que Claudette en redemanderait.

Ce qu'Estelle n'avait pas soupçonné, c'était que Claudette serait aussi réceptive. Une fois les premiers scrupules balayés par le désir, la jeune femme avait choisi de s'abandonner. Et pourquoi pas ?

Depuis le temps qu'elle espérait un geste d'intimité de la part de Jean-Louis, un toucher ou une caresse qui éteindrait le feu exigeant que ses baisers allumaient en elle, Claudette avait rapidement perdu la maîtrise de ses pulsions, sous les mains habiles d'Estelle. Seul le moment présent avait de l'importance, et elle n'avait surtout pas envie de s'arrêter en si bon chemin. Elle était en train de vivre ce que certaines de ses compagnes de travail à l'Arsenal avaient tenté de lui expliquer, sans jamais y parvenir tout à fait. Claudette était cependant d'accord avec elles sur un point : tout cela était très bon, malgré ce que d'aucunes pouvaient y trouver de dégradant ; et malgré aussi le dire des curés, qui qualifiaient parfois la « chose » de perverse.

Jamais Claudette n'aurait pu imaginer que cela puisse être si total, si parfait, sans l'avoir elle-même exploré. La notion de temps n'existait plus. Il n'y avait que les mains d'Estelle, les doigts d'Estelle, la bouche d'Estelle qui l'emmenaient sur des terrains jusqu'à ce jour inconnus parce qu'ils avaient toujours été interdits.

La jouissance fut complète, intense et ressentie sans la moindre frustration.

En revanche, une gêne troublante attendait Claudette, embusquée de l'autre côté du plaisir.

Elle avait donc gardé les yeux fermés et elle s'était tournée pour cacher une partie de sa nudité.

— J'aimerais rester toute seule durant quelques minutes, s'il te plaît.

La voix de Claudette était à la fois rauque et suppliante, et Estelle s'était résignée sans se faire prier. Elle n'insisterait pas. Les vertiges partagés à deux seraient pour une autre fois. Si Claudette le voulait elle aussi. La grande rousse savait très bien ce que la jeune femme devait ressentir en ce moment. Cette toute première fois recelait sa part de découverte et d'apprivoisement.

La sienne, bien que consentie, avait été beaucoup moins agréable.

D'où sa préférence pour les femmes, qui avaient une douceur qu'aucun homme n'aurait jamais.

— Prends tout ton temps, ma belle, avait-elle soufflé à l'oreille de Claudette, avant de sortir du lit. Je vais descendre à la cuisine pour dire à Jean-Louis de pas s'inquiéter.

— Merci.

Claudette avait entendu qu'Estelle était en train de remettre son déshabillé. Elle n'avait même pas pris conscience qu'elle s'était dévêtue.

— Tu diras à Jean-Louis, en même temps, que j'aimerais rentrer seule. Je connais la ville comme le fond de ma poche, il y a aucun danger que je me perde pour rentrer chez nous.

Avant de quitter la pièce, Estelle avait replacé le drap pour couvrir le corps de Claudette, et le geste avait touché celle-ci.

— Presse-toi pas, avait soufflé la grande rousse.

Claudette n'avait pas éprouvé l'obligation de répondre. Elle était épuisée et elle sentait monter en elle un immense besoin de prendre son temps pour réfléchir à tout ce qu'elle venait de vivre avant de revoir Jean-Louis.

Elle avait surtout besoin de sonder son cœur pour arriver à faire le point avec elle-même en priorité.

Ensuite, selon ce qu'elle choisirait de garder comme souvenir de cette soirée particulière, elle ferait le point avec les autres.

Pour l'instant, elle était sans mots, parce qu'elle venait de comprendre que la soirée n'était probablement qu'une belle mise en scène.

« Quelle belle idiote je peux être, moi, des fois ! »

Un peu plus tard, la jeune femme était donc retournée chez elle à pas lents, sans passer par la cuisine de madame Irène auparavant.

La nuit était douce et sans vent. Les arbres silencieux dessinaient une dentelle sur le ciel étoilé.

Qu'était-il arrivé exactement dans la chambre d'Estelle ?

Claudette n'aurait su le dire avec précision. Sinon qu'elle avait fait l'amour – c'est bien comme ça qu'il fallait le dire, non ? – et qu'elle avait aimé ça. Beaucoup. Elle n'avait pas imaginé que cette première fois se passerait ainsi, surtout pas avec une femme. Mais curieusement, cela ne la dérangeait pas. Elle connaissait suffisamment Jean-Louis pour savoir qu'il n'aurait pas su être aussi doux, aussi tendre qu'Estelle l'avait été avec elle. Et Claudette savait très bien que ce qu'elle recherchait, ancré profondément dans ses désirs les plus chers, c'était d'abord et avant tout un peu d'amour, de tendresse et de douceur. Ce qu'elle n'avait jamais reçu dans sa famille.

Et que peut-être Jean-Louis ne pourrait sans doute jamais lui donner, lui non plus.

Malgré ce qu'elle anticipait, une heure plus tard, aux premières notes du chant des oiseaux diurnes, Claudette avait sombré dans le sommeil aussitôt sa tête posée sur l'oreiller.

Heureusement, on était samedi, et elle avait pu faire la grasse matinée, car elle ne travaillait pas.

Pour l'instant, elle n'avait toujours besoin de voir personne. Ce qu'elle avait vécu dans le secret de la nuit était unique dans une vie, elle s'en doutait bien. Ce n'était pas vraiment ce qu'elle avait prévu, mais qu'importe ! Elle ne pouvait plus faire marche arrière. Comme Ève au paradis terrestre, elle avait mordu dans la pomme, et elle espérait déjà retrouver le goût du fruit défendu.

Était-elle déçue ?

Même pas, ou si peu. L'expérience avait été si agréable qu'elle n'avait pas du tout envie de la regretter.

Allait-elle la renouveler ?

Claudette dessina une moue. Puis elle haussa les épaules. Pourquoi pas, elle ne connaissait rien d'autre.

Au même instant, Clémence frappa à sa porte.

— Debout là-dedans ! J'vas faire la commande à l'épicerie. Ça serait bien si la vaisselle était faite à mon retour.

Depuis le départ de Léopoldine, bien des travaux ménagers étaient négligés, tant par Clémence que par elle.

— Je fais ma part, plus souvent qu'autrement, Claudette. Il faudrait bien que tu fasses la tienne.

En principe, la jeune femme n'avait rien contre cette règle tacite entre elles. En revanche, ce matin, elle avait tout autre chose en tête que les états d'âme et les impatiences de sa tante. Elle soupira, se retourna entre ses draps et cacha sa tête sous l'oreiller.

Clémence se montrait de plus en plus intolérante à son égard. Il serait peut-être temps d'en parler à Jean-Louis, pour qu'ils emmènent sa tante avec eux dans les cabarets.

Aussitôt formulée, cette intention mourut d'elle-même. Claudette n'avait nul besoin de la présence de Clémence à ses côtés, surtout pas ce soir.

Jean-Louis avait promis de l'emmener dans un restaurant chic, parce qu'il se sentait d'humeur à fêter, alors ils allaient faire la fête.

Et ce soir, quoique Jean-Louis puisse en penser, ce serait Claudette qui allait proposer un café chez madame Irène, dans l'espoir que la belle Estelle soit là. Claudette voulait à tout prix lui parler, et peut-être bien qu'ensemble, par la suite, elles feraient autre chose.

Une « autre chose » tout à fait délicieuse.

Juste à y penser, la jeune femme en avait déjà des frissons de plaisir.

Partie 2

Septembre et octobre 1944

Chapitre 3

« The best things in life are free
But you can give them to the birds and bees
I need money (That's what I want)
That's what I want (That's what I want)
That's what I want (That's what I want)
That's what I want (That's what I want)
Your love give me such a thrill
But your love don't pay my bills
I need money (That's what I want)
That's what I want (That's what I want)
That's what I want (That's what I want)
That's what I want (That's what I want)
Money don't get everything, it's true
But what it don't get I can't use
I need money (That's what I want)... »

~

Money (That's what I want),
Janie Bradford / Berry Jr Gordy

Interprété par William « Smokey » Robinson
and The Miracles en 1959

Le jeudi 21 septembre 1944, à Sherbrooke, avec Henry dans la manufacture de la Paton

Depuis son retour de la trop courte semaine de vacances qu'il avait passée à Montréal, au début du mois d'août, Henry n'avait plus le cœur à grand-chose. Famille et emploi s'inscrivaient dans une même lignée, amalgamés dans un maelström d'ennui qui voilait jusqu'à la présence du soleil, qui s'était pourtant montré bien généreux cet été.

Non qu'Henry détestât son travail, ce serait se tromper que de le croire, car il avait toujours aimé se dépenser physiquement. Or, à la Paton, c'était exactement ce qu'on attendait de lui : qu'il manipule les lourds ballots de tissu, en les transportant, en les rangeant, ou en les préparant pour la livraison. En revanche, une fois passés les murs de la manufacture, la ville en soi n'offrait guère de nouveautés, et Henry s'était vite lassé de s'y promener sans but précis, les rares fois où il avait eu du temps libre. Les quelques amis qu'il avait à Sherbrooke, il les fréquentait seulement à son travail. Si vous ajoutez à cela une vie familiale plutôt insolite, celle qu'il menait depuis des mois, entouré uniquement de ses frères, et on comprendrait aisément que le jeune homme puisse aspirer à autre chose.

En un mot, Henry Fitzgerald ne vivait plus que pour son départ, celui qui lui permettrait enfin de gagner la grande ville pour de bon.

En effet, la semaine passée aux côtés de sa jumelle Marjolaine avait été décisive pour lui. Huit belles journées vécues dans l'insouciance, à côtoyer les amis de sa sœur, lui avaient fait prendre conscience, durement et sans complaisance, à quel point sa propre vie au quotidien était devenue insignifiante, pour ne pas dire inepte.

Après tout, Henry n'avait que vingt ans. Il était à l'âge où la plus belle liberté était celle d'avoir des rêves, et il était normal et légitime d'avoir envie de prendre la vie à bras-le-corps pour les réaliser. Ses aspirations n'étaient guère différentes de celles de la plupart des jeunes de son âge : une amie de cœur, peut-être l'espoir de fonder éventuellement une famille qui serait la sienne et un appartement confortable où il se sentirait chez lui sans compromis...

Ce voyage à Montréal lui avait donc donné l'occasion d'oser espérer que tout pouvait être possible, en autant qu'on y mette un peu de ferveur et de persévérance. Quand il voyait sa jumelle avancer à longues foulées, la tête haute et le sourire franc, Henry savait qu'il avait raison de croire en ses rêves. Puis, des O'Brien à Ferdinand en passant par les téléphonistes de la compagnie Bell, et par madame Béatrice, tous l'avaient accueilli avec tant d'enthousiasme et de chaleur ! Il lui avait donc été relativement facile de reléguer Sherbrooke aux oubliettes et de profiter pleinement de chaque seconde, le temps qu'avait duré son bref séjour.

Il y avait aussi la jolie Clotilde qui avait contribué sans le savoir à l'agrément des vacances d'Henry. Ricaneuse par moments et très sérieuse à d'autres, tout comme l'avait été Rachel, sa première blonde, l'amie de Marjolaine avait le sourire facile et la répartie vive. Elle lui plaisait énormément, même si, pourtant, elle n'avait parlé avec lui que de son fiancé dont elle n'avait plus eu de nouvelles depuis le débarquement de Normandie.

— Si mon Jean-Pierre était mort, l'armée canadienne l'aurait fait savoir à ses parents qui, eux, me l'auraient dit ! avait-elle répété à l'envi, avec une sorte d'acharnement, comme pour conjurer le destin. Après tout, ça fait deux mois déjà que cette grande offensive a eu lieu... Non, moi, je crois que mon fiancé doit être en train de se battre quelque part en France, pis qu'à cause de cette maudite guerre qui veut pas finir, il a pas l'occasion de m'écrire. C'est tout !

Cet amour indéfectible n'avait pas réussi à atténuer l'attirance qu'Henry ressentait pour la jeune femme, et ce, même si Marjolaine l'avait mis en garde à plusieurs reprises, au moins chaque fois qu'elle surprenait son frère en train de rêvasser devant Clotilde.

— Ça va finir par te faire de la peine, Henry !

— Pourquoi ?

— Parce que si jamais son fiancé ne revenait pas, je pense que Clotilde entrerait en communauté. Rien de moins... C'est ce qu'elle nous répète depuis que je la connais... Alors, tu perds ton temps, crois-moi ! De toute façon, il me semble que toi et moi, on a beaucoup d'autres choses à régler avant de penser aux fréquentations... Non ?

— Ouais... Peut-être.

— Alors, dis-moi, comment vont les garçons ?

Henry répondait invariablement à cette question par un haussement d'épaules blasé.

Si Marjo pensait que leur vie personnelle devait être mise sur pause le temps de mener la famille Fitzgerald à bon port, lui, il voyait la situation tout autrement. Le bien-être de la smala des Fitzgerald pourrait très bien s'accommoder des fréquentations de leurs aînés, et même d'un mariage, si leur quotidien n'en était pas trop bouleversé. Et il ne comprenait absolument pas en quoi il pourrait l'être, n'en déplaise à sa jumelle.

Ainsi, Ferdinand ne serait pas malheureux comme les pierres, ce qui, malgré de louables efforts de la part de l'amoureux éconduit, était visible comme le nez au milieu du visage.

En effet, que s'était-il passé entre Marjolaine et Ferdinand, depuis sa visite éclair du printemps, pour que ce dernier semble aussi abattu ? Henry n'en avait pas la moindre idée.

Et chaque tentative d'aborder le sujet avec sa sœur s'était soldée par un échec. Pire, à bout de patience, Marjolaine l'avait finalement rabroué comme un gamin !

— Là, ça suffit, Henry! avait-elle lancé d'une voix colérique. Chacun a sa vision des choses, et je n'ai pas l'intention d'en discuter. Pas plus avec toi qu'avec les autres! Est-ce que c'est assez clair pour toi ou est-ce que je dois encore une fois le répéter?

Puis, sur un tout autre ton, elle avait ajouté:

— S'il te plaît, ne viens pas gâcher nos belles retrouvailles, d'accord?

— Comme tu veux.

Il n'en demeurait pas moins, hormis ces quelques petites tensions de temps en temps, que la semaine avait été un feu roulant de visites, de pique-niques et de rencontres, tous plus agréables les uns que les autres. Quand il avait repris le train, le dimanche suivant, Henry était porté par l'espoir que tout cet univers baignant dans la bonne humeur et la bonne entente serait bientôt le sien... Avec le sourire de la belle Clotilde en filigrane.

Le jeune homme était fermement résolu à quitter le logement de la rue Frontenac en mars prochain, le jour de son anniversaire qui soulignerait ses vingt et un ans, et ce, malgré les éventuelles embûches que son père ne manquerait sûrement pas de semer sous ses pas pour le retenir à la maison.

Entretemps, il se tuait à l'ouvrage, question de ne pas avoir la déprimante possibilité de trop réfléchir. C'est alors que les mois d'attente se profilant devant lui sembleraient fort longs. Pour pallier son impatience, il suait du matin au soir sans compter sa peine, avec comme résultat la promesse formelle de son patron d'une augmentation substantielle de salaire dès le premier janvier suivant.

— Tu le mérites amplement.

Malheureusement pour le patron, il en faudrait pas mal plus que cela pour arriver à retenir Henry à Sherbrooke.

Quitte à ce qu'il doive reprendre au bas de l'échelle avec un salaire insignifiant et des conditions plus difficiles, le jeune homme était prêt à tout pour rejoindre Marjolaine qui, de son côté, à force de persévérance et d'oubli de soi, avait fini par se tailler une assez belle part dans une existence pas nécessairement facile tous les jours.

Or, s'il le fallait, Henry s'était préparé à accepter d'effectuer les tâches les plus ingrates, celles dont personne ne voulait vraiment, mais il partirait coûte que coûte pour Montréal au printemps prochain. Il projetait même d'y retourner durant l'automne pour sonder le terrain des emplois disponibles. Depuis les cinq dernières années, il avait donné la preuve éclatante que le travail ne lui faisait pas peur. Il était jeune et en santé, il aimait à se dépenser là où d'autres seraient découragés et il ne demandait pas mieux que de recommencer sa vie ailleurs, à n'importe quelle condition.

Toutefois, en attendant le jour béni qui verrait son plus cher désir se réaliser, au moment où il quitterait Sherbrooke, il gardait précieusement son secret. S'il fallait que son père apprenne ce qu'il manigançait, ce dernier était tout à fait capable de trouver un moyen machiavélique pour l'empêcher de partir. Henry ne savait trop quoi, mais il connaissait suffisamment le grand Connor Fitzgerald pour se méfier d'un guet-apens quelconque. En revanche, s'il prenait son père par surprise, au matin de sa fête, ce dernier ne pourrait rien faire. Du moins, Henry était-il arrivé à s'en convaincre.

Quant à ses frères, ils étaient tout bonnement incapables de garder le moindre secret. Entre eux, c'était à qui aurait l'histoire la plus intéressante à raconter ! Il était donc facile de concevoir, sans risque de se tromper, que le départ imminent de leur aîné serait un sujet de prédilection, et que dans le temps de le dire, tout le voisinage serait au courant de ses intentions !

Alors, Henry ne disait rien, et il ne laissait rien voir de son impatience, *a fortiori* dans sa famille. Autour de lui, personne ne se doutait de ce qu'il mijotait, hormis Marjolaine, à qui il n'avait jamais rien caché.

Et celle-ci attendait son arrivée avec impatience ; elle le lui répétait chaque semaine lorsqu'ils se parlaient au téléphone.

Ce moment de partage fraternel hebdomadaire, devenu aussi essentiel pour l'un que pour l'autre, s'était vite transformé en éclaircie rafraîchissante dans le feu roulant des journées d'Henry, car la saison chaude s'était avérée particulièrement éreintante et difficile pour le jeune homme.

À l'opposé des filles, qui avaient profité de leur liberté provisoire pour s'entraider volontiers et exploiter la moindre occasion pour soulager leur grande sœur Marjolaine d'une multitude de petites tâches quotidiennes, à Sherbrooke, les garçons avaient abusé de cette même indépendance temporaire pour n'en faire qu'à leur tête, oubliant plus souvent qu'autrement les horaires et les obligations de la maisonnée. Le résultat qui en avait découlé avait été un surplus de travail pour Henry, s'il ne voulait pas vivre dans un appartement laissé dans une pagaille indescriptible et permanente, avec un pain tranché et un pot de confitures sur la table, en guise de repas, trois fois par jour!

Heureusement, Darcy était resté fidèle à ce poste d'aide familial qu'il occupait depuis le départ d'Ophélie, une femme dont on ne parlait plus jamais, d'ailleurs, au risque de se valoir une taloche derrière la tête de la part de leur père, si par malheur il était présent lorsque son nom était prononcé.

Toutefois, ce surcroît de travail à la maison n'avait pas empêché Darcy d'étudier avec sérieux, du mois de janvier au mois de juin. Henry ne savait pas le diable comment son frère avait pu réussir ce tour de force, mais il avait de plus décroché quelques mentions d'excellence dans le bulletin de fin d'année.

Ainsi, tout au long de l'été, jour après jour, le jeune Darcy avait tenté de son mieux d'apporter son aide à son grand frère. Quand Henry lui avait demandé pourquoi il ne tirait pas un peu plus plaisir de ses vacances, il avait répondu, avec sa sagesse habituelle :

— Bof ! J'en profite à ma manière, tu sais. De toute façon, je n'ai pas vraiment d'amis, ou alors, leurs jeux de balle ne m'intéressent pas. Moi et le sport, ça fait deux ! J'aime mieux rester chez nous afin de lire comme j'en ai envie, à l'ombre, sur le balcon d'en arrière. En autant que je peux aller à la bibliothèque de l'école qui va demeurer ouverte tout l'été, ça me convient. Et ça ne me dérange pas de te donner un coup de main, Henry. Ça passe le temps quand j'ai les yeux fatigués de trop lire. De toute façon, tu n'y arriverais tout simplement pas tout seul, et moi aussi, vois-tu, j'en subirais le contrecoup.

Et Darcy avait raison !

Il y avait trop à faire dans le logement pour qu'un homme seul avec un emploi à temps plein puisse y parvenir.

— D'accord... Mais si jamais tu avais envie d'une vraie journée de congé, tu me le dirais, n'est-ce pas ?

— Bien sûr... Promis.

Darcy était si gentil qu'Henry aurait bien aimé avoir la possibilité de l'emmener avec lui à Montréal.

Mais le cas échéant, qui aurait pu s'occuper de l'appartement et de ceux qui y vivaient ? Les plus jeunes n'auraient jamais réussi à se débrouiller sans la présence de Darcy, c'était clair comme de l'eau de roche. Pourtant, celui-ci n'avait toujours bien que quatorze ans.

Quant à leur père...

Chaque fois qu'Henry pensait à lui ou à son frère Thomas, il serrait les poings d'impatience et d'exaspération. Il préférait et de loin réserver ses attentions pour Darcy.

— J'aime mieux devenir essentiel ici, à la maison, même si ce n'est pas toujours très drôle, comme le jeune garçon l'avait expliqué lui-même à Henry. Comme ça, je devrais être capable de poursuivre mes études sans m'inquiéter de ce qui pourrait éventuellement m'attendre au tournant de mes seize ans. Après tout, c'est dans moins de deux ans. Je ne voudrais surtout pas être obligé de quitter l'école pour me retrouver coincé dans une usine jusqu'à la fin de mes jours.

Que répondre à ça, sinon qu'Henry l'encourageait et essayait de gâter un peu son jeune frère avec quelques sous d'argent de poche chaque semaine. Le jeune homme mesurait la chance qu'il avait de pouvoir compter sur lui, parce que quatre garçons en pleine croissance, plus son père et lui-même, qui avaient tous deux des emplois exigeants physiquement, ça mangeait beaucoup… quand ils étaient là !

En effet, au-delà du travail qu'imposait une famille comme la sienne, c'était probablement ce qui avait le plus tracassé Henry, durant l'été : ne pas savoir du tout où les plus jeunes passaient leurs journées ni ce qu'ils faisaient avec leurs amis.

Et ne jamais rien connaître des intentions de leur père ajoutait à ses préoccupations.

Mais dans ce cas précis, ce n'était pas l'inquiétude qui déclenchait une certaine réflexion, c'était la colère, encore une fois.

À croire que le grand Connor se pensait à l'hôtel!

Mais avait-il seulement déjà séjourné dans un hôtel? Henry en doutait grandement, et il n'avait jamais osé le demander. Cependant, il se figurait mal son père en train de dépenser de l'argent durement gagné pour dormir dans un lit qui n'était pas le sien et prendre ses repas dans une salle à manger, comme les riches le faisaient probablement. Ce dont Connor parlait parfois avec morgue.

— Dans le fond, ce ne sont que des parvenus, des péteux de broue!

Henry n'était pas nécessairement d'accord avec cette perception des choses. Il n'avait eu qu'à rencontrer le cousin Neil pour comprendre qu'on pouvait vivre à l'aise sans être arrogant pour autant. Mais bon! Pourquoi jeter de l'huile sur le feu, n'est-ce pas?

Parti très tôt pour le travail, le père des Fitzgerald passait en coup de vent à l'heure du souper pour donner des ordres et formuler quelques critiques, avant de repartir en direction de la taverne, où il rejoignait ses amis sitôt la dernière bouchée de son repas avalée.

Certains soirs, Henry aurait bien aimé pouvoir en faire autant. Avoir du temps à lui, sortir et s'amuser à sa guise… Lorsqu'il réfléchissait à ce à quoi sa vie aurait pu ressembler s'il était né dans une famille normale, Henry ne pouvait s'empêcher de penser à sa mère. Il lui arrivait même de se dire qu'elle avait eu raison de s'enfuir comme elle l'avait fait, quelques jours avant Noël. Son quotidien devait être infernal !

Lorsqu'Henry réfléchissait de la sorte, cela attisait son ressentiment envers son père. Dans le fond, tout était sa faute à lui !

Puis, la rentrée des classes était devenue réalité, apportant un certain soulagement à Henry. Il pouvait enfin oublier le rythme un peu fou des vacances et les inquiétudes qui y avaient été associées.

Darcy, Owen et Edmund avaient donc sagement repris le chemin de l'école, au lendemain de la fête du Travail. Thomas, pour sa part, continuait d'être Thomas, ce qui voulait dire qu'il travaillait le jour avec leur père au CP et qu'il sortait tous les soirs, sans la moindre exception, dès son souper avalé, lui aussi. Toutefois, Henry ne s'en souciait plus. Son frère venait d'avoir dix-sept ans, et si jamais il se mettait dans le pétrin, ce qui ne surprendrait pas son aîné, car Thomas avait une forte tête, ce dernier serait l'unique responsable de ses déboires.

Et leur père aussi, par la bande, puisqu'il était toujours garant de son fils, selon la loi.

Seul Edmund continuait de l'inquiéter un peu, car le jeune de treize ans venait de reprendre sa septième année, faute de résultats acceptables, et il clamait, sur tous les tons, qu'il détestait l'école.

Le désespoir du jeune garçon était triste à voir, chaque matin, quand il devait s'en aller en classe. Au point où Darcy en avait parlé à Henry qui, à l'heure du départ des plus jeunes, était déjà arrivé à la manufacture depuis un bon moment.

— Je suis certain qu'Edmund ne finira pas l'année... Il part à reculons, comme le disait *mom*, dans le temps, avait ajouté Darcy à voix basse pour donner plus de poids à son affirmation, tout en jetant un regard craintif autour de lui. Elle aussi, tu sais, elle avait remarqué que quelque chose clochait avec notre frère... Je l'ai déjà entendue dire à *dad* que les notes n'étaient pas le seul problème de leur quatrième garçon. Owen m'a raconté que l'autre jour, quand la cloche a sonné, il avait aperçu Edmund à l'autre bout de leur école. Il a trouvé ça plutôt étrange, puisque tous les enfants doivent se mettre immédiatement en rang au son de la cloche. Il a même eu l'impression qu'Edmund était en train de se sauver... Qu'est-ce qu'on fait avec ça, Henry?

— Que veux-tu qu'on fasse, mon pauvre Darcy? Je vais essayer de lui parler, je ne vois rien d'autre.

Henry n'avait donc pas eu le choix de confronter le jeune Edmund, qui s'était mis à rougir violemment, en même temps que de grosses larmes roulaient au bord de ses paupières.

— J'aime ça, apprendre des choses nouvelles, avait-il alors tenté d'expliquer à son grand frère, entre deux reniflements, mais j'suis pas capable de rester tout le temps assis. C'est comme si mes pieds voulaient toujours marcher pis courir... C'est... C'est comme si ça me démangeait dans les jambes. Ouais, c'est de même que je me sens. J'ai des fourmis dans les jambes… Ça fait que c'est plus fort que moi, pis je gigote tout le temps ! J'ai même reçu un coup de règle sur les doigts, l'autre matin, parce que mon titulaire a dit qu'il était plus capable de m'endurer.

— Si tu bouges sans arrêt, comme tu dis, c'est peut-être un peu normal que ton professeur soit exaspéré, non ?

— Peut-être, oui… Mais je te jure que je le fais pas exprès… C'est pas de ma faute à moi si mes pieds écoutent jamais ce que je voudrais qu'ils fassent ! En plus, monsieur Hamel m'a crié par la tête que j'étais juste un gros niaiseux, pis que je serais jamais capable d'apprendre comme les autres… Est-ce que ça se peut, ça, que je sois juste un idiot ?

— Mais non, voyons ! On n'est pas idiot parce qu'on a envie de courir. Ça n'aurait aucun sens.

— Ben là, tu me rassures. C'était bien ce que je pensais, aussi, mais j'en étais pas tout à fait certain. Promis, j'vas essayer de faire des gros efforts.

Dans les jours qui avaient suivi, Henry avait eu l'impression que la situation s'était redressée. À tout le moins, c'était ce que Darcy lui avait annoncé, car Edmund ne pleurait plus le matin.

Henry avait donc oublié tout ça jusqu'à mardi dernier, alors que le directeur de l'école avait fait parvenir un billet à leur père, par le biais d'Owen. Il demandait à Connor de se présenter à son bureau.

« Ce serait au sujet de l'un de vos garçons », avait-il écrit sur le feuillet plié en trois.

Pas besoin d'en lire davantage, Henry savait déjà que le directeur allait parler d'Edmund à leur père. Il avait donc déposé le papier sur la commode de la chambre des parents, comme il s'entêtait à appeler, en son for intérieur, le salon double qui leur avait servi de chambre à coucher.

Comme Connor détestait cordialement voir son horaire se faire bousculer de quelque manière que ce soit, le billet avait fini par aboutir sur l'oreiller du jeune homme qui, dès le lendemain matin, avait demandé des explications.

— Ce n'est pas à moi que ce billet-là est adressé, *dad,* c'est à vous. Je ne vois pas en quoi…

— Je sais bien que le billet est à mon nom, l'avait interrompu le grand Connor d'une voix maussade. Je sais lire, imagine-toi donc ! Mais j'ai pas le temps de m'en occuper. Tu vas le faire à ma place.

— Mais je travaille, moi aussi !

— Ça, ça me regarde pas… Arrange-toi avec ton patron pour qu'il te libère durant une petite heure, mais moi, je veux plus en entendre parler. Si ta mère avait été là, c'est elle qui aurait rencontré le directeur, pas moi. C'est une histoire de femme, l'éducation des enfants.

Curieusement, Henry avait senti le rouge lui monter aux joues. C'était la première fois depuis fort longtemps que son père mentionnait le fait qu'un jour, il y avait eu une mère sous leur toit, et cela l'avait troublé. Mais jamais il n'aurait osé lancer quelque débat que ce soit sur le sujet.

Ni demander à son père s'il s'ennuyait, lui aussi.

Le jeune homme s'était contenté de fixer Connor durant quelques instants pour que ce dernier comprenne que les mots n'étaient pas passés inaperçus, avant de détourner la tête.

Dommage, en effet, qu'Ophélie n'ait pas été là, parce qu'Henry, lui, n'avait pas l'ébauche d'une idée de ce qu'il pourrait rétorquer au directeur de l'école des plus jeunes quand celui-ci lui annoncerait que son frère Edmund n'était qu'un fauteur de troubles dans sa classe.

Il avait alors baissé les yeux pour enfin lire l'entièreté du court billet.

Il ne s'était pas trompé. Le directeur voulait discuter «du cas d'Edmund Fitzgerald» dans les plus brefs délais.

Cependant, comme on était mardi matin, Henry s'était dit que rien ne pressait, qu'il prendrait le temps de bien réfléchir à la question avant de se présenter là, et il avait mis le papier dans une poche de son pantalon.

Où il l'avait aussitôt oublié.

Ce n'est que ce matin, en arrivant à la manufacture, qu'il avait tâté la feuille chiffonnée du bout des doigts en cherchant un peu de monnaie au fond de sa poche, celle qu'il donnerait à Darcy en fin de journée.

— *Damn shit!* Je l'avais oublié, celui-là!

Henry sortit le papier et il relut le court message. Cela ne faisait aucun doute: il devrait y donner suite, et le plus tôt serait le mieux. En fait, il n'avait que trop tardé, et il risquait de se heurter à un directeur de mauvaise humeur.

Avant de glisser sa fiche de temps dans l'horodateur, Henry se rendit donc dans le bureau de son supérieur immédiat.

La permission de quitter le travail avant la fin du quart lui fut aussitôt accordée et la journée s'étira à n'en plus finir, à travers les réflexions de tout acabit qui occupèrent l'esprit d'Henry.

Mais qu'allait-il pouvoir dire au directeur?

Le soleil commençait déjà à baisser derrière les hautes cheminées des usines et les toits des maisons, et le fond de l'air fraîchissait lorsqu'Henry quitta enfin la manufacture. On sentait que l'automne n'était pas très loin.

C'est alors qu'il eut une pensée pour Claudette et pour Marjolaine. Bientôt, cela ferait un an que ses deux sœurs avaient quitté la maison. L'une pour Québec, la tête haute et le regard arrogant. L'autre pour Montréal, le cœur dans l'eau.

De Claudette, Henry ne savait pas grand-chose, sinon qu'elle se plaisait à vivre auprès de leur grand-mère.

De Marjolaine, il s'ennuyait encore et toujours, malgré les appels hebdomadaires et les quelques jours passés à ses côtés dans la métropole

Un an!

C'était à la fois très long et très court. Et quand il pensait à tous les événements qui s'étaient déroulés en quelques mois à peine, il en était tout étourdi. Qui aurait pu imaginer que leur vie familiale allait éclater en mille morceaux, les laissant désorganisés et préoccupés devant l'avenir ?

Avec le recul, Henry avait finalement compris que leur père était encore plus responsable de l'effritement et du morcellement de la famille Fitzgerald que leur mère avait pu l'être. Ophélie n'avait que sauvé sa peau en quittant sa maisonnée, et à la lumière de ce qu'il vivait depuis ces derniers mois, Henry allait jusqu'à dire qu'elle avait bien fait. Si Connor avait vraiment aimé sa femme, il aurait remué ciel et terre pour la retrouver, il se serait excusé pour son caractère trop bouillant et égoïste, et il aurait proposé de repartir sur de nouvelles bases.

Et un déménagement n'aurait pas été superflu !

Or, le grand Connor n'avait rien fait, hormis traîner ses savates et son désespoir à travers leur appartement, durant les premiers jours, pour ensuite se réfugier à la taverne pratiquement tous les soirs. Leur père donnait l'impression de jouer les dictateurs devant une famille qu'il disait aimer, mais au bout du compte, c'étaient Marjolaine et lui qui avaient trouvé les solutions et apporté les changements qui s'imposaient après le départ de leur mère.

Tout compte fait, Henry était plutôt fier de ce qu'ils avaient réussi.

Oh ! Il était tout à fait conscient que sa sœur en avait fait nettement plus que lui dans ce virage à 180 degrés. Elle avait trouvé les solutions et les avait mises en voie de réalisation sans jamais compter son temps.

Ni ses déplacements entre Montréal et Sherbrooke, ce qui avait dû lui coûter une petite fortune, à travers tout le reste !

En contrepartie, Henry espérait bien avoir la chance de lui rendre sa générosité et sa gentillesse de mille et une façons, dès qu'il habiterait près de chez elle, qu'ils recommenceraient à se côtoyer tous les jours et que lui-même aurait trouvé un nouvel emploi.

Il eut aussi une pensée pour sa mère. Il aimerait tant la revoir, lui dire que malgré tous les tourments qu'il avait vécus à cause de son départ, il ne lui en voulait pas vraiment. Il souhaiterait lui dire aussi que les petits jumeaux se portaient très bien et qu'ils étaient des bébés adorables. Malgré les apparences qui pouvaient laisser croire le contraire, Henry osait espérer qu'Ophélie pensait parfois à eux, parce que lui, il songeait souvent à elle.

Puis, le jeune homme revint au but premier de cette courte promenade qui le menait de la Paton à l'école des jeunes, et il tenta de se préparer mentalement à rencontrer une personne qu'il savait autoritaire et plutôt prompte, de la main comme de la voix. En fait, durant toutes les années où il avait fréquenté la petite école du quartier, Henry n'avait jamais vu sourire le directeur.

Il le reconnut au premier coup d'œil, même si l'individu, depuis tout ce temps, avait grisonné et qu'il avait pris beaucoup de poids. Henry eut la curieuse sensation de retourner dans le passé, et il se mit aussitôt à rougir comme s'il venait de faire une bêtise.

Effectivement, l'homme à grosse moustache l'attendait de pied ferme et l'accueil fut plutôt froid, pour ne pas dire glacial.

— Qu'est-ce que tu fais ici, Henry? Ce n'est pas toi que je voulais rencontrer, c'est ton père.

— Je le sais, monsieur le directeur, mais il ne pouvait pas vraiment s'absenter de son travail, et...

— Ils disent tous ça...

Il y avait du mépris dans la voix du gros homme, et peut-être aussi un peu de lassitude. Henry lui jeta un regard en coin. Il avait toujours imaginé le directeur dans la peau d'un banquier, sans trop savoir d'où lui venait cette impression. Peut-être était-ce ce relent d'odeur de cigare qui planait en permanence dans son bureau...

— Je n'irai pas par quatre chemins, commença le directeur d'une voix de stentor, faisant ainsi tressaillir Henry. Ton frère Edmund est un parfait imbécile qui ne comprend rien à tout ce qu'on tente de lui expliquer, et qui ne veut pas faire les efforts nécessaires pour apprendre. Il y a surtout, par son attitude désinvolte, qu'il dérange toute une classe plusieurs fois par jour. C'est devenu tout bonnement intolérable. J'ai eu beau le sermonner à répétition, et son professeur l'a mis au coin régulièrement pour qu'il arrête un peu de gesticuler afin de réfléchir à son mauvais caractère, rien à faire! Ça n'a été qu'une vraie perte de temps. Même monsieur le curé a essayé de lui parler à son tour, lors des confessions durant la retraite. Encore une fois, Edmund n'a rien compris. Il semble bien que ce gamin soit un bel innocent à la tête dure... Encore plus que Thomas, selon moi. Ce qui n'est pas peu dire ! Même les pensums et les retenues à répétition n'ont rien donné. Avant que je me choque pour de bon, il vaudrait mieux y voir de votre côté... Voilà ! C'est le message que j'avais l'intention de transmettre à ton père. J'espère bien qu'il va se rendre jusqu'à lui et que tu vas lui répéter textuellement tout ce qui vient d'être dit dans ce bureau. J'attends des changements notables dans l'attitude d'Edmund, dans les plus brefs délais, à savoir d'ici... Mettons une semaine, tout au plus ? Ça me semble raisonnable. Sinon, nous n'aurons pas d'autre choix que de le mettre à la porte de sa classe, dans un local où il ne dérangera personne. Je voulais que vous le sachiez... C'est tout, tu peux te retirer.

Quand Henry se retrouva dans la cour de l'école, il bouillait de colère contenue devant autant d'incompétence, de froideur, de dureté de cœur.

Soit, Edmund bougeait sans cesse, Henry le savait.

Tout le monde autour de lui en était conscient !

Mais ça ne faisait pas de lui un imbécile entêté pour autant.

Edmund Fitzgerald n'était qu'un enfant de treize ans qui ne se comprenait pas lui-même et qui avait grandement besoin d'aide. Dans son cas, les remontrances ne rimeraient à rien. Et si on se donnait la peine de réfléchir au-delà des apparences, peut-être bien qu'on arriverait à la conclusion que l'absence de sa mère lui pesait plus lourd qu'on pouvait se l'imaginer.

« En fin de compte, c'est probablement une très bonne chose que notre père ne se soit pas présenté lui-même », songea Henry en sortant de la cour d'école pour emprunter le trottoir qui menait jusqu'à la rue Frontenac.

En effet, si le grand Connor avait été obligé d'écouter le directeur déblatérer ainsi sur l'un de ses garçons, même sur ce pauvre Edmund, qui se valait pourtant bien souvent des semonces de sa part, son sang d'Irlandais n'aurait fait qu'un tour, et quand cela se produisait, on ne pouvait jamais soupçonner jusqu'où irait sa riposte.

Il arrivait de plus en plus souvent que même Henry ne sache plus sur quel pied danser pour éviter une algarade.

Alors, allait-il répéter le monologue incisif du directeur à son père au risque de provoquer un cataclysme dont Edmund ferait vraisemblablement les frais ?

Non seulement ça n'arrangerait rien à la situation, mais le malheureux enfant, avec cette grande sensibilité qui semblait être la sienne, ne s'en remettrait probablement jamais. Et ce n'était pas du tout ce qu'Henry souhaitait pour son petit frère.

— *Damn shit !* Mais qu'est-ce que je pourrais bien faire pour régler ça, une bonne fois pour toutes ?

Secouant la tête, le jeune homme arriva au coin de la rue, puis il tourna vers la droite.

— Si au moins Marjolaine était là, marmonna-t-il tout en se dirigeant à pas lents vers chez lui. À deux, on y verrait sûrement plus clair.

À ces mots, l'image qui s'imposa subitement à son esprit était d'une clarté si foudroyante qu'il arrêta brusquement de marcher.

Mais il l'avait, la solution, et elle était simple comme bonjour !

Il n'avait qu'à emmener Edmund avec lui à Montréal. Dans une aussi grande ville que celle-là, il y avait certainement des tas de possibilités pour occuper un jeune garçon comme lui. Et probablement une école qui voudrait de lui.

Et en attendant, il demanderait à Marjolaine s'il n'y avait pas une toute petite place chez elle pour le loger. Même s'il bougeait beaucoup, Edmund n'était pas le plus exigeant de leurs frères, et il saurait probablement leur rendre une foule de petits services.

En effet, le jeune garçon acceptait régulièrement d'aider autour de lui, en autant que la tâche demandée se fasse rapidement et ne demande pas une trop grande concentration.

Henry tourna au coin de la seconde rue transversale, avec un peu plus d'enthousiasme dans le cœur et le pied plus léger. Il était heureux et fier d'avoir trouvé un arrangement convenable qui pourrait satisfaire à la fois Edmund et leur père.

Ne restait plus qu'à discuter de son idée avec Marjolaine.

Pour ce faire, à son tour, il quitterait le logement dès le souper terminé, sans préciser où il allait, et il se rendrait au presbytère pour téléphoner à Marjolaine.

Pour le moment, il ne dirait rien à leur père, qui inventait souvent des tas de raisons pour réprimander Edmund. Que ce soit pour ses mauvaises notes ou pour tout le tapage qu'il générait autour de lui, Connor levait régulièrement le ton. Quand ce n'était pas la main !

Si sa jumelle acceptait sa proposition, et Henry ne voyait pas pourquoi elle la rejetterait, il parlerait au grand Connor dès le lendemain pour le mettre au courant de ce qui se passait dans leur famille à son insu.

Le connaissant bien, Henry était presque certain que ce dernier serait heureux, ou à tout le moins soulagé, d'être débarrassé d'un sujet épineux comme celui-là.

Quand le jeune homme entra dans la cuisine qui sentait bon le ragoût de boulettes préparé par Darcy selon une des recettes que leur mère avait laissées derrière elle, il avait retrouvé sa bonne humeur.

Avec un peu de chance, « le cas Edmund Fitzgerald » serait réglé dans moins de deux heures, et dès le lendemain matin, avant de partir pour l'ouvrage, leur père en serait avisé.

Certes, un autre enfant des Fitzgerald quitterait le giron familial et s'en irait à Montréal, mais cette fois-ci, Henry pressentait que Connor ne leur mettrait pas de bâtons dans les roues.

Bien au contraire, il devrait se sentir libéré de voir partir Edmund, même s'il serait fort probablement déçu, et on était en droit de se demander pourquoi, de constater que sa vaste famille continuait de voler en éclats.

Mais cela, Connor Fitzgerald ne le montrerait jamais. Henry avait perdu toutes ses illusions concernant l'attitude de son père, et il n'attendait plus rien de tendre ou de généreux de sa part.

* * *

Marjolaine raccrocha le téléphone, l'air songeur.

Elle avait dit oui.

Un « oui » sans hésitation, même si elle voyait déjà poindre à l'horizon l'iceberg des ajustements et des complications à venir.

Un « oui » venu du fond du cœur, parce qu'elle l'aimait, tout simplement. Pourquoi chercher plus loin ?

Puis, il y avait le petit Adam qui avait ajouté son poids plume dans la balance. Ce serait une bonne chose pour le bambin, cette présence masculine à la maison.

Néanmoins, Marjolaine regarda le téléphone et elle se demanda durant une fraction de seconde ce qui l'avait poussée à accepter aussi facilement la demande de son jumeau. Puis, elle soupira, consciente qu'elle n'arrivait jamais à dire non à ceux qu'elle aimait, se reprochant un peu – oh ! juste un tout petit peu – ce qu'elle voyait comme une faiblesse.

Bien que…

La jeune femme écarta d'emblée l'idée sournoise qui venait de s'imposer avec une clarté douloureuse.

Oui, elle était capable de dire non à quelqu'un qu'elle aimait.

Elle l'avait fait avec Ferdinand, reportant aux calendes grecques la perspective d'un mariage entre eux. Depuis, tous les soirs, quelques larmes mouillaient son oreiller, confirmant ainsi que la décision s'était prise à son corps défendant.

Aujourd'hui, cependant, la situation était tout autre.

Ce qu'elle avait choisi de faire en toute liberté pour ses petites sœurs, il lui semblait tout à fait équitable, et normal, de le faire aussi pour son jeune frère Edmund, qui avait besoin d'aide.

Objectivement, bien froidement, jamais Marjolaine Fitzgerald n'aurait pu agir autrement.

— Point à la ligne ! murmura-t-elle en quittant la cuisine.

Il n'en demeurait pas moins que cette réponse, lancée avec un bel enthousiasme dans la voix, soulevait déjà une première interrogation avant même que tout le processus ne soit mis en branle.

— Mais où est-ce qu'on va le caser, le pauvre Edmund ? continua-t-elle de marmonner, tout en remontant le couloir vers la chambre rose où Lisette, Adèle et Delphine avaient leurs quartiers, comme le disait Ferdinand quand il venait les visiter.

— Pauvre enfant ! Se voir refuser l'accès à l'école parce qu'il bouge trop ! C'est un non-sens... Puis, comment va-t-il se sentir, à vivre ici, entouré de filles? Étant donné que pour être franche, il faut que je reconnaisse que ce n'est pas le petit Adam qui pèse encore bien lourd dans la balance des garçons. J'aurais donc dû prendre le temps de réfléchir, aussi!

— À qui tu parles, Marjo?

La tête sortie dans l'embrasure de la porte de la chambre où elle préparait la jeune Adèle et la petite Lisette pour la nuit, Delphine avait les sourcils froncés. Elle dévisagea Marjolaine, manifestement dans l'espoir d'une réponse.

— À personne! Je ne parle à personne sinon à moi-même... Je réfléchis.

— Ah bon... Bizarre! C'est bien la première fois que je t'entends réfléchir à voix haute...

— Une fois n'est pas coutume, soupira Marjolaine en arrivant devant sa jeune sœur.

Tandis qu'elle était assise sur son lit, le regard d'Adèle passait de Delphine à Marjolaine. De toute évidence, la gamine essayait de comprendre ce qui se disait, en vain, tandis que Lisette, dans sa couchette, regardait Marjolaine avec indifférence, un pouce dans la bouche. Elle avait les paupières lourdes, et elle tentait de combattre le sommeil en clignant des yeux.

— D'entendre le son de ma voix, expliqua alors la jeune femme, on dirait que ça m'aide à mieux voir la situation... Du moins, je le crois.

En prononçant ces derniers mots, Marjolaine regardait Delphine droit dans les yeux.

— T'as l'air mal prise, ma pauvre Marjo, nota alors cette dernière.

— On pourrait le dire comme ça, oui.

— Bonté divine ! Le ciel est-il en train de nous tomber sur la tête ? Et qui c'était au téléphone ? C'est plutôt rare qu'on nous appelle un soir de semaine, non ? Oh, je le sais ! Kelly ne pourra pas venir demain, c'est ça ? Il faut que je manque l'école encore une fois pour la remplacer à la maison ?

— Deux minutes, Delphine ! Arrête tout de suite ton régiment de questions si tu veux que je puisse arriver à te répondre. D'abord, ce n'était pas Kelly, au téléphone... Alors, tu n'auras pas besoin de manquer l'école.

— Pfiou ! Une chance, parce qu'on a un examen demain. Le premier de l'année... Alors, c'était qui ?

— C'était Henry, qui a pris un peu d'avance. Il a décidé de m'appeler ce soir au lieu de demain matin, parce qu'il avait quelque chose de spécial à me demander.

Delphine accusa le coup en écarquillant les yeux.

— Eh ben... Mon frère Henry qui ne respecte pas la routine ! Ça aussi, c'est rare. Puis ? Je peux savoir ce que c'était, ce quelque chose de spécial ?

— Ça, c'est sûr que tu vas le savoir ! J'ai besoin de ton aide pour décider ce qu'on pourrait faire pour que ce soit l'idéal pour tout le monde.

— Je ne comprends pas ! rétorqua alors la jeune fille, tout en regardant autour d'elle. Qu'est-ce qui ne convient plus, Marjo ? Il me semble qu'on est très bien comme ça, non ?

— Je ne dis pas le contraire... Pousse-toi un peu que j'entre dans la chambre. Je vais tout t'expliquer.

Marjolaine n'avait pas l'habitude d'enjoliver les choses sous prétexte qu'elle parlait à plus jeune qu'elle, et c'est ce qu'elle décida de faire, encore une fois. S'asseyant au pied du lit de Delphine et d'Adèle, elle prit le temps de bien choisir ses mots, et elle précisa à ses petites sœurs que leur frère Edmund avait des problèmes à l'école, et qu'à cause de cela, il s'en venait vivre à Montréal, lui aussi.

— On va essayer de trouver une solution pour l'occuper... Tu dois bien te souvenir, Delphine, à quel point il peut être agité par moments, n'est-ce pas ?

— Et comment ! Notre mère disait même, en levant les bras au ciel, que s'il existait un métier qui permettrait à quelqu'un de courir sans arrêt, ce serait parfait pour lui.

— C'est vrai que *mom* disait ça...

Marjolaine resta songeuse un instant, puis son visage s'éclaira d'un magnifique sourire.

— Mais attends donc une minute, toi ! Grâce à ton excellente mémoire, Delphine, tu viens de me donner une idée. Je crois que je pourrais avoir une solution pour Edmund.

— Ah oui ? Et on peut savoir ce que ça serait ?

— Pas tout de suite ! Je dois vérifier quelque chose avant... Mais en attendant, il nous faut jouer à la chaise musicale avec les chambres pour arriver à installer notre frère confortablement... Sans pour autant tous se retrouver à l'étroit. Je ne veux surtout pas reproduire la chambre qu'on avait à Sherbrooke.

— Et moi non plus !

— Alors, il faut prendre des mesures... Est-ce qu'on a ça, nous, un ruban à mesurer ?

— On a un galon à mesurer pour la couture, oui, mais pour les meubles et les murs, il ne serait pas assez long. Par contre, je connais quelqu'un qui va pouvoir nous aider !

Delphine était déjà sortie de la chambre et elle se dirigeait vers la cuisine en courant.

— Donne-moi deux minutes, Marjolaine ! lança-t-elle par-dessus son épaule. Je descends chercher Ferdinand. Lui, il va sûrement avoir un tas de bonnes idées pour nous aider.

Chapitre 4

«Mon cœur est un violon
Sur lequel ton archet joue
Et qui vibre tout du long
Appuyé contre ta joue
Tantôt l'air est vif et gai
Comme un refrain de folie
Tantôt le son fatigué
Traîne avec mélancolie
Dans la nuit qui s'achève
Mon cœur est plein de toi
Dans la nuit qui s'achève
Mon cœur est plein de toi
La musique est un rêve
Qui vibre sous tes doigts
Sous tes doigts la caresse
Rend mon désir si fort
Qu'il va jusqu'à l'ivresse
Et meurt à la fin de l'accord»

~

Mon cœur est un violon, Miarka Laparcerie,
sur un poème de Jean Richepin

Interprété par Lucienne Boyer en 1945

Le mardi 26 septembre 1944, chez Oscar Caldwell, à Hartford, dans le Connecticut

Jamais Ophélie n'aurait pu imaginer qu'elle s'installerait aussi longtemps chez son ami Oscar, parce que jamais elle n'aurait pu imaginer non plus que Léopoldine Vaillancourt prendrait goût aux voyages à ce point. Que sa mère ne semble pas s'ennuyer de chez elle, comme le prétendait Justine, était à ses yeux une sorte d'aberration qu'elle ne comprenait pas.

Mais c'était bien ce qui se passait présentement, chez les Campbell : Léopoldine prenait racine !

Contre toute attente, d'une semaine à l'autre, lorsque sa sœur Justine appelait Ophélie, pour lui donner des nouvelles fraîches, profitant pour ce faire des promenades quotidiennes de leur mère, c'était pour lui annoncer qu'il n'y avait aucun changement en vue.

— Maman me dit que l'air salin lui fait du bien. Qu'est-ce que tu veux que je réponde à ça ? Elle a sans doute raison. Et comme elle ne souffre presque plus de son arthrite, ça lui enlève complètement le goût de retourner au Québec. Du moins, pour tout de suite. Surtout que là-bas, ça paraît beaucoup plus qu'ici quand l'automne arrive, avec son humidité froide et ses pluies qui n'en finissent plus. Ça veut dire que l'hiver s'en vient à grands pas. C'est durant ces deux saisons-là que notre mère souffre le plus de ses raideurs aux articulations. Il y a ça, bien sûr, mais il y a aussi les lettres que Clémence lui fait parvenir avec une régularité de métronome, avait ajouté Justine sur un ton railleur.

— Comment ça, les lettres de Clémence ? Au contraire, il me semble que d'avoir des nouvelles de chez elle, ça devrait donner envie à notre mère de retourner dans son appartement, non ?

— Ça n'en a pas l'air. Imagine-toi donc que notre grande sœur trouve la vie au quotidien difficile sans notre mère... À son âge, c'est un comble ! Et ce n'est pas le fait de devoir s'occuper d'une jeune femme comme Claudette qui devrait faire peur à Clémence. Ce n'est quand même pas une gamine !

Lorsqu'elle avait entendu prononcer le nom de l'une de ses filles, Ophélie avait retenu son souffle, prenant brusquement conscience que depuis tous ces derniers mois, elle n'avait pas du tout songé à Claudette. Comme si, parce qu'elle avait quitté la maison de façon un peu rapide, Claudette avait effacé son nom de l'ardoise des enfants Fitzgerald.

Pendant ce temps, Justine poursuivait de plus belle.

— Pis ça, ce n'est pas moi qui le dis, c'est notre mère. Chaque fois qu'elle reçoit une lettre du Québec, elle soupire bruyamment, et elle se demande comment elle a fait pour se contenter de sa petite vie plate durant autant d'années...

Ophélie avait dû fournir un gros effort pour se raccrocher au discours de Justine afin de donner suite à ses propos.

— Ah oui, elle a vraiment dit ça? Pourtant, à l'époque où je vivais encore à la maison, j'ai toujours cru que notre mère menait sa vie à sa guise. Elle avait l'air tellement sûre d'elle-même. T'es certaine d'avoir bien compris?

— Je te jure que ce sont ses propres mots, Ophélie! «Sa petite vie plate»... Mais on peut la comprendre. Après la mort de papa, compte tenu des circonstances, elle a fait de son mieux. Ça n'a sûrement pas été facile pour elle de ne pas tomber dans la déprime, tout comme de se convaincre que tout allait très bien, n'est-ce pas?

— Peut-être bien, oui.

À ces mots, Ophélie s'était alors demandé si Justine n'essayait pas de lui passer un message en douce, insinuant qu'elle aussi aurait pu se contenter de sa petite vie monotone en attendant un changement quelconque qu'elle aurait pu provoquer elle-même. Pourquoi pas?

Ne serait-ce que pour ses enfants, aurait-elle dû, aurait-elle pu agir autrement?

Ophélie avait retenu son souffle, par crainte d'éclater en sanglots.

En revanche, au banal souvenir d'une cuisine sombre, la sienne durant tant d'années, mal foutue, mal équipée, et au plancher de pin rugueux qui gardait captive la moindre poussière ; à l'idée désagréable du corps de Connor lourd de désir sur le sien, sans égard à sa disponibilité ou à ses préférences ; à l'évocation de tous ces cris, de ces pleurs, de ces chicanes, de tous ces lavages et ces repas préparés avec les moyens du bord lorsque les sous venaient à manquer, Ophélie avait frissonné de dégoût, malgré la chaleur ambiante.

Non, elle n'aurait jamais pu aller de l'avant dans de telles conditions sans courir tout droit au malheur. L'épuisement avait peut-être eu raison de son gros bon sens habituel, mais elle avait tout de même bien fait de choisir la fuite pour sauver sa peau.

Ophélie était restée perdue dans ses pensées durant quelques instants, et quand elle était revenue à la voix de Justine, celle-ci était en train de lui répéter l'ultime message de ce coup de téléphone, qui lui parvenait semaine après semaine.

— ... Quant à ton retour chez nous, je ne peux pas encore me prononcer. Je t'appelle dès qu'il y aura un départ dans l'air !

Alors Ophélie continuait d'en vouloir un peu à sa mère de s'être appropriée ainsi la vie agréable et paisible qu'elle avait menée chez Justine. Mais quand elle se disait que c'était grâce à cette même mère, si elle avait pu avoir des nouvelles de sa famille, cela atténuait son ressentiment.

En effet, lors de son passage à Montréal, la vieille dame s'était souvenue que Claudette leur avait mentionné, entre autres choses, que leur père Connor avait un cousin qui habitait Montréal.

— Ça serait un O'Brien, si ma mémoire est bonne, parce que je l'ai rencontré juste une fois, quand j'étais encore petite. Mais j'ai aucune idée de l'endroit où il demeure, par exemple…

Heureusement, des O'Brien, il n'y en avait pas tant que cela, et comme Neil O'Brien avait le téléphone, Jack Campbell avait réussi à trouver son adresse, et il l'avait même eu au bout de la ligne.

Le soir même, Léopoldine, Justine et Jack se présentaient chez lui, pour ensuite se diriger vers l'autre bout de la rue afin de faire la connaissance de Marjolaine et de ses petites sœurs.

Quand ils avaient regagné leur hôtel, une heure plus tard, Léopoldine avait passé la remarque qu'elle comprenait encore moins sa fille Ophélie de s'être enfuie comme elle l'avait fait, à la veille de Noël.

— Veux-tu bien me dire, Justine, comment ça se fait que ta sœur a été capable d'abandonner des enfants aussi gentils que ceux-là ?

— C'est vrai que c'est difficile à expliquer, avait admis Justine sur un ton hésitant, tant elle craignait de trop en dire et d'éventer la mèche.

— Pis les petits jumeaux sont tellement fins ! Pas sauvages pour deux sous… C'est vrai, par contre, que ça doit être bien décourageant de mettre au monde deux bébés en même temps… Ouais, bien déprimant… Mais sacrifice ! C'est pas une raison suffisante pour les *dumper* là !

— Je suis d'accord avec vous.

— Reste quand même que ça va me faire un beau souvenir de Montréal d'avoir rencontré toute cette belle famille-là qui se trouve à être un peu la mienne… Mais pour le reste, par exemple, je préfère Québec. Ouais, pis d'un grand boutte à part de ça… Coudonc, le gendre, astheure qu'on a vu tout ce qu'il y avait à voir à Montréal, quand est-ce qu'on part pour le Connecticut ? Demain ou après-demain ?

Ophélie avait donc été heureuse d'apprendre par sa sœur que ses enfants se portaient bien. Elle avait été tout de même très surprise de savoir que son mari Connor avait accepté de séparer la famille, et elle s'était demandé d'emblée si l'idée venait de lui ou de quelqu'un d'autre. Puis, elle avait balayé ses interrogations en même temps que les quelques remords qui apparaissaient de temps à autre, depuis son départ, et à partir de ce jour-là, elle avait un peu mieux dormi.

À vrai dire, si ce n'avait été de la présence de sa mère qui s'incrustait chez Justine, Ophélie aurait pu, sans trop de difficulté, envisager l'avenir sous un autre angle et tenter de rebâtir sa vie sur de nouvelles bases, gardant précieusement dans sa manche l'atout de savoir qu'un jour, si l'ennui ou la curiosité se manifestait avec trop d'intensité, elle pourrait éventuellement retourner au Québec afin de revoir ses enfants, car, toujours selon Justine, la porte serait à tout moment grande ouverte pour elle chez Marjolaine.

En attendant, comme elle n'avait aucun emploi, Ophélie commençait à être franchement mal à l'aise de dépendre entièrement de celui qu'elle appelait encore et toujours son meilleur ami.

Parfois, elle constatait aussi, un brin consternée, que son quotidien était en train de ressembler drôlement à celui d'une femme mariée, et elle n'était pas certaine de vouloir y souscrire totalement.

En effet, pour pallier son manque à gagner, elle faisait tout son possible pour bien entretenir la maison d'Oscar, pour lui concocter de bons petits plats qui sortaient de l'ordinaire chaque fois qu'il revenait d'une tournée des villes de l'État, pour s'occuper des lavages et des courses, car d'un voyage à l'autre, lorsqu'il quittait la maison pour quelques jours, Oscar lui laissait suffisamment d'argent pour qu'elle ne soit pas à la gêne, et Ophélie lui en savait gré. Beaucoup!

Il n'y avait que le seuil de sa chambre à coucher qu'elle n'avait toujours pas franchi.

Toutefois, par moments, elle devait admettre que ce n'était pas l'envie de sauter la clôture qui lui manquait. Son besoin de tendresse et d'affection rejoignait intimement ce désir d'un homme près d'elle. C'étaient plutôt le courage et la peur qui la retenaient.

En effet, elle n'avait pas le cran nécessaire pour transgresser les lois rigides tant civiles que religieuses qui dictaient que lorsqu'une femme était mariée, c'était pour la vie. Or, Ophélie était toujours l'épouse de Connor Fitzgerald, même si ce dernier habitait à des centaines de milles et que, probablement, il ne pensait plus du tout à elle.

Mais par-dessus tout, c'était la peur qui dominait. Celle qu'elle entretenait bien malgré elle devant la possibilité de se retrouver enceinte. Après tout, elle n'avait pas encore quarante ans, et jusqu'à ce jour, la contraception n'avait pas fait partie de ses connaissances. Ophélie savait très bien comment faire les bébés, mais elle n'avait pas la moindre idée comment empêcher la venue d'un enfant.

Or, pour Ophélie, plutôt mourir que de vivre une autre maternité.

Même si, à la lumière de cette attirance qu'elle ressentait pour Oscar, elle pouvait honnêtement dire qu'elle était réellement tombée amoureuse pour la seconde fois dans sa vie.

En revanche, elle ne ferait pas le dernier pas menant à cette nouvelle existence qu'elle espérait tant et aussi longtemps qu'Oscar n'aurait pas confirmé que lui aussi, il était profondément amoureux d'elle.

Puis, un peu puérilement, Ophélie souhaitait un signe de la vie elle-même.

Un signe si fort, si évident qu'elle saurait, jusqu'au plus profond de son cœur, que cette fois-ci était la bonne et qu'elle avait le droit de s'y abandonner.

* * *

— Je te le dis, Ferdinand! Je suis certaine que Marjolaine ne rejettera pas ta demande, si tu lui en reparles. Je le vois dans ses yeux quand elle te regarde. Ce n'est pas de gaieté de cœur, tu sais, qu'elle a refusé le mariage... Pour l'instant!

— Et si jamais elle me disait non pour une seconde fois, hein? Malgré votre belle conviction, moi, j'ai encore des doutes, des gros doutes! Et si ma proposition était écartée, je m'en remettrais pas de sitôt.

Chat échaudé craint l'eau froide, n'est-ce pas?

La soirée était sombre, et la météo, tout à fait exécrable. Un vent glacial, chargé de pluie qui tombait dru depuis le début de l'après-midi, laissait croire que novembre était arrivé. On entendait les bourrasques furieuses se déchaîner contre les corniches de la maison, faisant parfois gémir les vieilles planches. Or, octobre venait tout juste de commencer.

Assis au salon, la mère et le fils buvaient un thé dans lequel la vieille dame avait jeté quelques feuilles de menthe récoltées au fond de la cour à la toute fin de l'été. Depuis que les filles habitaient à l'étage de sa maison, Béatrice avait pris l'habitude de troquer ses coupons pour le café contre un supplément de sucre afin de pouvoir cuisiner des gourmandises plus régulièrement.

— Pour un enfant, c'est un peu triste, un repas sans dessert! Tu ne trouves pas, Ferdinand?

— C'est triste pour les grands aussi, avait rétorqué le grand jeune homme avec un sourire gourmand à l'intention de sa mère.

Heureusement, comme le sirop d'érable n'était pas rationné, la vieille dame en profitait pour l'utiliser à foison, avec pour résultat un arrière-goût de printemps et de cabane à sucre dans plusieurs de ses desserts.

Quant à Ferdinand, il se reprenait à la caserne pour satisfaire ses besoins de caféine, puisque le café leur était servi en abondance afin que les pompiers restent vifs d'esprit et très alertes.

Un coup de vent plus fort que les autres fit se lever deux têtes à l'unisson, la blanche et la noire.

— Si ça continue comme ça, le toit de la maison va s'envoler, nota Béatrice en expirant bruyamment. Et dire que la fin de semaine de l'Action de grâce n'est pas encore passée. Qu'est-ce que ça va être en novembre ?

Puis, après avoir siroté une autre gorgée prudente de son infusion, car la boisson était très chaude, elle ajouta :

— Alors, Ferdinand ! Qu'est-ce que tu penses de mon idée ? On pourrait célébrer ça en grand dès la semaine prochaine, si tu le veux.

Ferdinand poussa un long soupir contrarié. Malgré la détermination toute empreinte de patience de sa mère, il s'entêtait à ne pas voir la situation comme le prédisait cette éternelle optimiste !

Pas question pour lui de remettre ça, et de demander la main de Marjolaine une seconde fois, tout en lui tendant un écrin où la bague sertie d'un diamant se nichait dans le velours depuis des mois, en se disant que le joyau ferait la différence.

En juin dernier, rentrant chez lui déçu et dépité, Ferdinand avait en effet rangé le précieux cadeau au fond d'un tiroir de sa commode, et il ne l'en sortirait que le jour où Marjolaine elle-même reparlerait d'un éventuel mariage. Malgré la meilleure volonté du monde, Ferdinand n'arrivait pas à partager l'espérance un peu naïve de sa mère qui croyait qu'un bijou, même très beau, ferait toute la différence aux yeux de la jeune femme.

— Allons donc, maman ! Comme si ma bague était une sorte de talisman porte-bonheur.

— Et pourquoi pas ? Il n'en tient qu'à toi de le voir ainsi.

— Mais non ! Je trouve complètement ridicule de penser que ma bague aurait le pouvoir de changer l'opinion de Marjolaine, comme si c'était une baguette magique. Vous le savez autant que moi que son obstination à vouloir travailler pour élever ses petites sœurs est enracinée profondément… Et puisque la compagnie Bell refuse toujours que ses opératrices soient mariées, ça règle le problème.

— Le problème ! Il n'y a que toi pour voir un problème là où il n'y en a pas. Le mariage n'est que partie remise, et tu le sais très bien.

— Partie remise ! lança Ferdinand avec humeur. C'est vague, sans substance, et cette expression me fait enrager. À l'heure où on se parle, on devrait être dans les préparatifs jusqu'au cou, parce que j'espérais qu'on se marierait en octobre. Au lieu de quoi, personne est au courant de mes intentions…

Le pire dans tout ça, c'est que ni vous ni moi on sait exactement pendant combien de temps la cérémonie va être remise à plus tard... Des mois, des années?

— Qu'est-ce que tu vas t'imaginer là, mon pauvre garçon? Peut-être encore quelques mois, je te l'accorde, mais sûrement pas des années. Marjolaine n'est pas différente des autres femmes, et elle va finir par se rendre compte par elle-même que son entêtement est un peu exagéré.

— Exagéré? Déraisonnable, vous voulez dire! D'autant plus que ça devrait être à son père de voir à ses filles, même si elles habitent plus avec lui. Du moins, monétairement parlant... Vous pensez pas, vous?

— Tu marques un bon point, mon Ferdinand, c'est sûr. Un parent a l'obligation morale de s'occuper de ses enfants. En tout cas, c'est ce que j'ai toujours cru. Mais puisqu'il semblerait que personne sur Terre ne pourrait changer quoi que ce soit dans les convictions et l'attitude de monsieur Fitzgerald, aussi bien regarder la situation sous un autre angle et faire de l'attente un moment de réjouissances. Et là, mon cher fils, c'est toi qui nous mets des bâtons dans les roues, avec ta tête de cochon!

Le tout prononcé, cependant, avec une certaine bienveillance amusée dans le ton. Il n'en restait pas moins que devant le sourire insistant de Béatrice Goulet, Ferdinand s'emporta.

— Tabarnouche! Arrêtez de me regarder comme ça, maman, ça me choque! Quoi que vous en pensiez, c'est toujours bien juste un anneau en or avec un caillou dessus.

— Un caillou...

Béatrice leva les yeux au ciel.

— Un caillou ! répéta-t-elle, visiblement courroucée. Ferdinand Goulet, on ne traite pas un diamant de vulgaire caillou... Au prix que tu as payé pour la bague, je ne devrais même pas avoir besoin de le spécifier. En plus, c'est un symbole de fidélité reconnu, et juste pour cette raison, le bijou que tu comptes offrir à Marjolaine mériterait un peu plus de respect.

— Si vous le dites.

— Je le dis, oui, murmura la vieille dame en jetant un regard discret sur la bague très humble que son mari lui avait donnée lors de leurs fiançailles.

Elle était garnie d'un simple zircon à la place d'un vrai diamant. Pourtant, depuis ce jour-là, cette bague n'avait jamais quitté son doigt, sauf au matin des noces, pour faire un peu de place à l'alliance.

Quelques beaux souvenirs refirent surface, puis Béatrice reporta les yeux sur son fils.

— Je t'ai connu plus fonceur que ça, mon garçon. Et tu ne devrais surtout pas sous-estimer la valeur persuasive d'un diamant... De toute façon, on ne parle pas encore de mariage, en ce moment, mais bien de fiançailles. Ça engagerait uniquement vos promesses l'un envers l'autre, ça rendrait votre projet de vie officiel aux yeux de tous ceux qui vous entourent, et ça ne changerait absolument rien quant au travail de Marjolaine.

— Ouais... C'est vrai. Clotilde aussi est fiancée... depuis des années.

— Bon, tu vois ! Et si tu veux, ou si tu ne te sens pas à l'aise avec la démarche, je peux préparer le terrain, comme je l'ai fait pour convaincre notre gentille locataire d'en haut de nous confier le jeune Edmund, en attendant l'arrivée de son jumeau Henry.

— Ça aussi, c'est vrai. Je sais pas trop comment vous vous y êtes prise, mais en moins de vingt-quatre heures, Marjolaine s'est rendue à vos arguments.

— C'est que je la connais bien, notre chère voisine, et entre femmes, il y a certaines choses que l'on sent, et que les hommes ne voient pas nécessairement. Avec Marjolaine, il suffit de parler calmement, gentiment, mais avec une certaine fermeté. Voilà tout. Si ce qu'on dit découle d'une réelle logique, elle n'est pas si difficile que ça à convaincre. Rappelle-toi à quel point la pauvre fille semblait découragée le soir où son frère lui a demandé d'héberger Edmund !

En effet, cela avait été un moyen branlebas de combat, quand la jeune Delphine, tout essoufflée, était venue chercher Ferdinand parce qu'on le réclamait au deuxième.

— Et apporte ton ruban à mesurer, on va en avoir de besoin !

Béatrice et Ferdinand avaient alors échangé un regard perplexe, et quelques instants plus tard, le jeune homme montait à l'étage, suivi de près par une Béatrice fort curieuse.

En quelques mots, Marjolaine avait expliqué la situation, en se frottant nerveusement les mains l'une contre l'autre, signe, chez elle, qu'elle était dépassée par les événements. Heureusement, le verdict de la vieille dame n'avait pas été long à tomber.

— Pourquoi, chère Marjolaine, vouloir à tout prix bouleverser un arrangement qui est somme toute plutôt parfait? avait-elle demandé en regardant autour d'elle, puis en jetant ostensiblement un coup d'œil jusqu'au bout du couloir.

— Ne craignez pas, je sais très bien que tout est idéal présentement. Et c'est à vous deux que je le dois, je ne l'oublierai jamais! Mais, voyez-vous, je n'aurai pas vraiment le choix. Je vais devoir chambouler deux très jolies chambres tout à fait confortables et convenables pour empiler les filles dans une seule pièce comme chez nos parents, parce que je vois mal mon frère de treize ans dormir dans la même chambre que ses sœurs.

— Tu aurais vu la situation autrement, ma chère enfant, que j'en aurais été très choquée, avait aussitôt souligné Béatrice, tout en hochant la tête. Ça ne se fait pas, de coucher des garçons et des filles dans la même chambre, surtout à l'âge de ton frère... Mais si on oublie la pièce pour dormir, Edmund pourrait vivre avec vous toutes sans problème, n'est-ce pas?

— Bien sûr! Même s'il est un véritable courant d'air, incapable de rester en place plus de deux minutes d'affilée, et que c'est un peu étourdissant à l'occasion, Edmund est très gentil et serviable.

— Et s'il venait coucher en bas pour ensuite passer ses journées avec vous, ici, chez toi ? Est-ce que ça pourrait convenir ?

— Dormir chez vous ?

Marjolaine avait recommencé à se frotter les mains de plus belle.

— Pourquoi pas ? J'ai justement un petit boudoir qui ne sert pratiquement jamais. Puis, si j'ai bien compris, ce serait juste pour la nuit.

— C'est certain que ça serait pas mal mieux comme ça...

Marjolaine avait l'air d'un petit animal aux abois. Celle qui se faisait une fierté de clamer qu'elle pouvait se débrouiller toute seule, et qu'elle y arriverait coûte que coûte, venait de prendre conscience assez abruptement qu'elle s'était volontairement entourée d'un écran de fumée, se cachant ainsi une grande partie de la réalité. Alors, si elle voulait être honnête, elle enlèverait ses œillères et elle admettrait bien humblement que sans l'aide de madame Goulet et de Ferdinand, elle ne serait jamais parvenue à donner ce qu'il y avait de mieux à ses petites sœurs.

— Mais vous en avez déjà tellement fait pour moi, madame Goulet, que je ne peux...

— Je t'arrête un instant, Marjolaine... Ce n'est pas la première fois que je le demande et j'espère bien que ce sera la dernière, mais cesse de m'appeler madame Goulet ! Mon nom, c'est Béatrice, pour toi comme pour tout le monde, à l'exception de mes deux garçons, qui disent maman ; et vois-tu, j'aime bien quand on emploie mon prénom. D'accord ?

Déstabilisée, la jeune femme s'était mise à rougir.

— Je... Oui, d'accord, si ça vous fait plaisir... Béatrice... Je vais m'habituer. Mais ça ne change rien au fait que je ne serais pas à l'aise de vous demander, en plus de tout le reste, de fournir une chambre à mon frère.

— Tu ne demandes rien, Marjolaine, c'est moi qui te l'offre... Puis, je ne fais pas tant de choses que ça pour toi. Une gâterie de temps en temps, ça ne compte pas vraiment.

— Mais il y a tellement plus que les desserts ! avait alors fait remarquer Marjolaine en désignant le salon, où les chaises droites avaient été finalement remplacées par un divan de seconde main, déniché par Ferdinand et sa mère, lors de l'une de leurs promenades dominicales. Tout ça, c'est à vous que je le dois.

— Allons donc ! C'est trois fois rien. Je te permets d'habiter dans un appartement qui m'appartient. Et en plus, tu paies un loyer ! Il n'y a rien d'exceptionnel dans ça !

— Quand même...

— Et si nous prenions, de part et d'autre, la nuit pour réfléchir à ma proposition ? avait alors tranché Béatrice. Tu me donneras ta réponse demain matin, et moi, j'aurai eu le temps de préparer les modalités de notre entente, ce qui ne sera pas grand-chose...

N'oublie pas que cette solution est temporaire. Dès que ton frère Henry arrivera, en mars prochain, nous aviserons pour la suite des choses.

Car, bien entendu, Béatrice Goulet était au courant du déménagement probable, pour ne pas dire certain, du frère jumeau de Marjolaine.

En fait, si Henry n'avait toujours pas dévoilé ses intentions à sa famille restée à Sherbrooke, il en allait tout autrement à Montréal !

En réalité, et depuis quelques semaines déjà, la plupart des connaissances de Marjolaine se faisaient une fête de la venue d'Henry dans le quartier, et certaines d'entre elles, comprendre ici les amies de travail de Marjolaine, qui étaient tombées sous le charme du bel Irlandais aux boucles rousses, avaient tout de suite commencé à surveiller les appartements à louer.

— C'est qu'en plein hiver, les logements intéressants se font rares, avait souligné Suzanne, qui ne demandait pas mieux que d'être utile au beau Henry. Je garde l'œil ouvert, et si je vois passer quelque chose de pas trop cher, je te fais signe, Marjo ! On laissera sûrement pas passer une bonne occasion... Quitte à devoir déposer une avance ! J'en ai parlé avec Ruth et elle est tout à fait d'accord avec moi. On se cotisera, s'il le faut.

Mais en septembre dernier, on était encore loin du déménagement d'Henry, et Marjolaine avait promis de réfléchir sérieusement à l'offre de madame Goulet.

Une offre qu'elle avait acceptée dès le lendemain matin.

Ainsi, depuis quelques semaines déjà, Edmund vivait à l'étage avec sa famille, du déjeuner jusqu'au début de la soirée, et il descendait dans sa chambre à l'heure du coucher. Le jeune garçon trouvait les journées longues, rongeait son frein plus souvent qu'autrement, mais au moins, il était libéré de l'obligation de fréquenter l'école et il s'était fait un ami en la personne de Paul O'Brien, lequel venait le visiter tous les après-midis après la classe, alors que sa mère Kelly gardait les jumeaux Lisette et Adam, ainsi que la petite Adèle.

— Et attends que l'hiver arrive, Edmund ! On va pouvoir patiner et jouer au hockey à tous les jours, si ça nous tente !

— Mais je n'ai jamais patiné ! Je n'ai même jamais mis ça, des patins ! *Mom* disait que c'était dangereux et qu'on risquait de se casser un bras ou une jambe avec ça dans les pieds ! Il y a seulement Owen qui patine chez nous.

— Ben voyons donc ! Moi, je patine depuis l'âge de quatre ans, et je ne me suis jamais rien cassé ! J'ai écopé de quelques bleus de temps en temps, mais c'est tout.

— Ah ouin ?

— Ben oui ! C'est vrai que ça demande un peu de pratique avant de se sentir à l'aise sur une patinoire, mais ça s'apprend... Alors, qu'est-ce que tu en dis ?

— Je ferai pas un fou de moi ?

— Je ne penserais pas, non… Tout s'apprend, tu sais, et moi, ça va me faire plaisir de te prêter une paire de patins ! Tu vas voir, ce n'est pas aussi difficile que ça en a l'air.

En attendant que la patinoire des O'Brien soit prête, ce qui n'était tout de même pas pour le lendemain, et au grand bonheur d'Edmund, ses journées allaient enfin être occupées très bientôt, puisqu'il serait mis à l'essai dans la cohorte des jeunes coursiers de Bell.

— Je vous jure que malgré son jeune âge, mon frère serait très heureux de travailler pour vous, avait intercédé Marjolaine auprès de son patron, dès qu'elle avait compris qu'Edmund était profondément malheureux de passer la majeure partie de ses journées dans le logement, ayant été accepté à l'école de quartier uniquement à la condition qu'il soit en septième année, compte tenu de ses résultats scolaires de l'année précédente.

Ce qu'Edmund avait catégoriquement refusé.

— De quoi j'aurais l'air, moi, dans une classe de l'école primaire ? De toute façon, j'vas avoir quatorze ans à ma prochaine fête. On aurait juste à dire que j'suis malade. Pis ça serait même pas mentir, parce que ça me rend complètement fou de devoir rester assis durant des heures, sans dire un seul mot !

Neil O'Brien, qui avait rapidement pris le jeune garçon en affection, avait donc lui aussi plaidé sa cause auprès du grand patron. Devant la très chaude recommandation de Neil, ce dernier avait accepté de mettre Edmund Fitzgerald à l'essai.

— Cependant, je ne promets rien. Je me prononcerai définitivement après une ou deux semaines de travail. Et je ne tolérerai aucune erreur. C'est trop important de livrer le bon télégramme aux bonnes personnes. Surtout en ces temps de guerre. Et j'avoue que je le trouve encore bien jeune pour assumer une telle responsabilité.

Trop heureux d'être obligé de courir d'une place à l'autre pour exercer ce drôle de métier qui semblait avoir été inventé expressément pour lui, Edmund avait déployé les efforts nécessaires pour ne pas se tromper. Le sourire que le jeune garçon arborait le jour où il avait reçu sa première paye avait fait monter les larmes aux yeux de Marjolaine.

— Va montrer ça à Neil O'Brien. Il y est pour beaucoup dans le fait que tu aies été accepté chez Bell.

Edmund avait opéré un demi-tour illico, et il avait couru ventre à terre jusque chez son ami Paul.

À partir de là, la vie avait pu reprendre son rythme normal sous le toit de Béatrice Goulet, jusqu'à ce soir où, agacée par cette météo détestable, elle s'était mis en tête d'organiser un repas de fiançailles.

— Alors, Ferdinand, tu veux que j'en parle avec Marjolaine ou tu préfères t'en occuper toi-même ?

— Je vous répondrai oui et non... Oui, parce que je saurais pas mieux faire que vous. Et non, pour précipiter les choses.

— Je ne comprends pas.

— C'est pourtant simple. Disons que malgré un petit doute qui persiste, je suis d'accord pour des fiançailles. Vos arguments m'ont presque convaincu. Je me dis que ça serait mieux que rien, et si les gens nous voient nous embrasser, personne va se sentir mal à l'aise. Mais je veux pas d'un repas dès la semaine prochaine, par exemple.

— Pourquoi ? Ce n'est pas si difficile à préparer, un repas, et ça occuperait des journées que je trouve passablement longues, surtout lorsqu'il pleut à boire debout comme aujourd'hui.

— J'insiste, maman ! Si on repoussait tout ça à Noël ?

— Moi aussi, j'insiste ! Pourquoi attendre ?

— Parce que ça permettrait probablement à Henry d'être là.

— Oh ! Tu vois, Ferdinand, tout excitée que j'étais à l'idée d'organiser une petite fête, je l'avais oublié, lui… C'est gentil d'y avoir pensé.

— C'est pas à Henry que j'ai pensé. Du moins pas directement. C'est à Marjolaine surtout que je veux faire plaisir, et je sais que son bonheur pourra pas être complet sans la présence de son frère.

— Je m'en doute un peu, moi aussi… Et ça ne t'agace pas, cette sorte de… comment dire ?

— Une sorte d'intimité, maman ? Il faut pas avoir peur des mots, vous savez. Même si ça peut sonner drôle aux oreilles de certaines personnes, j'ai vite compris que je pourrai jamais aller contre ça si je veux marier Marjolaine un jour.

— Et ça te convient ?

À ces mots, Ferdinand haussa les épaules, tout en dessinant le plus franc des sourires. Il se leva et il s'approcha de sa mère.

— Bien sûr que ça me convient, murmura-t-il à son oreille, après l'avoir embrassée sur la joue.

Puis, se redressant, il regagna son fauteuil sous le regard ému de Béatrice.

— Non seulement Henry est un chic type, expliqua-t-il, tout en se rassoyant, et que je m'entends bien avec lui, mais il a la chance d'avoir la plus merveilleuse des sœurs qui soit. Et voyez-vous, ça s'adonne que cette femme-là, bien, je l'aime de tout mon cœur, maman. Et mon plus cher désir, ici-bas, c'est de la rendre heureuse.

Chapitre 5

«Sous le ciel de Paris
S'envole une chanson
Hmmm hmmm
Elle est née d'aujourd'hui
Dans le cœur d'un garçon
Sous le ciel de Paris
Marchent les amoureux
Hmmm hmmm
Leur bonheur se construit
Sur un air fait pour eux»

~

Sous le ciel de Paris, Jean Dréjac / Hubert Giraud

Interprété par Juliette Gréco en 1951

Le mardi 17 octobre 1944, dans la chambre de Léopoldine, chez sa fille Justine, au Connecticut

Comme l'avait déclaré Léopoldine au déjeuner, ce matin, il faisait «un temps de chien», qui ressemblait étrangement à toutes les journées grises et pluvieuses qu'on pouvait connaître au Québec.

Et cela durait depuis une bonne semaine au moins!

— J'aurais pas cru, avait-elle souligné entre deux bouchées de sa rôtie couverte de la merveilleuse confiture aux pêches qu'elle avait cuisinée elle-même avec sa fille, dans le courant du mois d'août, au moment où les fruits dorés de la Georgie envahissaient les marchés. Après toutes les journées de beau soleil qu'on a connues durant l'été, j'aurais jamais pensé que vous pouviez avoir du temps aussi plate pis sombre que par chez nous. Sacrifice que j'haïs ça, des journées grises de même! Ça donne envie de retourner se coucher!

En soupirant bruyamment, Léopoldine avait jeté un regard navré vers la fenêtre de la cuisine où l'averse dessinait à l'infini de longues «dégoulines» qui venaient mourir sur le cadre en bois. Puis, elle avait reporté les yeux sur Justine.

— Une chance que nos confitures goûtent le Ciel, ma fille ! Ça aide à avaler le mauvais temps d'à matin, pis ça va mettre un peu de soleil dans notre journée, avait-elle conclu en esquissant un petit sourire forcé, tandis qu'on entendait Jack quitter la maison pour se rendre au travail. Avant de venir ici, j'avais jamais fait ça, moi, des confitures aux pêches. Pis j'en aurais même pas eu l'idée, rapport que ces fruits-là poussent pas par chez nous. Juste en Ontario... Pourtant, c'est bon en sacrifice ! Encore meilleur que nos confitures aux fraises pis aux framboises, je dirais bien. Ça prenait un cordon-bleu qui s'y connaît comme toi pour me montrer ça !

Parce que non seulement Justine était-elle une mère accomplie, une épouse attentionnée et une femme d'une compagnie on ne peut plus agréable, mais de surcroît, elle était aussi une cuisinière chevronnée qui surprenait sa vieille mère d'un repas à l'autre, tant ce qu'elle concoctait était varié et très bon.

En un mot, Léopoldine n'en revenait tout simplement pas d'avoir pu engendrer, et par la suite si bien élever, quasiment sans aide, une telle perfection. Nul doute que Justine avait dû, à elle seule, rassembler toutes les belles qualités de son défunt mari Hector, ne laissant que des miettes à ses trois sœurs.

Que son autre enfant, celle qui s'appelait Jeanne d'Arc, soit un ange de douceur et de bonté, ne l'étonnait pas outre mesure, puisque Léopoldine, la plus bourrue de la famille, était convaincue que c'était la vie du monastère des Ursulines, où sa seconde fille vivait depuis des décennies, qui avait aplani les aspérités de la nature plutôt entière de celle qui ressemblait à un garçon manqué lorsqu'elle était jeune.

Quant à Clémence, elle avait toujours été prévisible en tous points aux yeux de sa mère. Cette femme sans charme particulier et assez renfrognée lui ressemblait trop, côté caractère, pour susciter la moindre surprise.

Alors, si Justine était sa fierté par sa belle réussite dans la vie ; Jeanne d'Arc, l'artisane de sa rédemption par ses prières ; et Clémence, sa sécurité de vieillesse par sa présence indéfectible, qui donc était Ophélie ?

Depuis quelques jours, le prénom de sa plus jeune fille l'embêtait. Il lui était venu en même temps que les averses et il lui encombrait l'esprit, comme une ritournelle agaçante ne veut plus se taire. Ce qui l'aurait impatientée et rendue de fort mauvaise humeur, à peine quelques mois auparavant, la laissait plutôt perplexe aujourd'hui.

Après tout, Ophélie aussi était sa fille, comme les autres, n'est-ce pas ?

Or, la vieille femme admettait qu'elle ne la connaissait pas tellement plus que sa voisine d'en face, celle qui sortait parfois sur son balcon la tête hérissée de bigoudis, ce que Léopoldine jugeait du plus mauvais goût. Mais politesse oblige, elle se donnait la peine de la saluer, de loin et du bout des lèvres, à quelques reprises durant l'année, alors qu'en temps normal, elle lui jetait un regard désapprobateur avant de rentrer chez elle en laissant la porte se refermer bruyamment dans son dos.

Tout cela pour dire qu'après ce séjour prolongé à côtoyer Justine, Léopoldine comprenait enfin que ce n'était pas vraiment habituel pour une mère de comparer l'une de ses filles à une vague connaissance, une connaissance qu'elle jugeait d'autant plus irritante qu'elle la trouvait ridicule, avec ses rouleaux multicolores qui semblaient fixés en permanence sur son crâne.

Pas plus qu'il n'avait été normal de rencontrer ses petits-enfants Fitzgerald à peine quelques semaines auparavant, alors qu'elle avait été informée de leur existence depuis leur naissance.

— J'aurais pu faire l'effort d'un voyage en autobus, c'est vrai, avait-elle un jour marmonné devant son miroir. Après tout, Ophélie demeurait pas aux États-Unis, comme Justine… Sherbrooke, malgré ce que j'en ai toujours dit, c'est pas le bout du monde ! Mais dans le fond, ma fille aussi aurait pu fournir un petit effort pour entrer en contact avec moi, ce qu'elle a pas fait une seule fois en plus de vingt ans ! Sacrifice que c'est compliqué, des fois, des affaires de même ! C'est moi ou bien c'est elle qui est dans son tort ? Je peux même pas le dire parce que j'suis pas sûre pantoute de la réponse.

Quoi qu'il en soit, Ophélie Vaillancourt, dite Fitzgerald depuis si longtemps déjà, restait encore à ce jour son plus grand questionnement.

Mais qui donc était cette enfant partie trop tôt de la maison, et qui, de surcroît, avait porté et donné naissance à treize petits, ce qui, selon l'entendement de Léopoldine, était une véritable aberration, pour ne pas dire une réelle folie ?

Car il était vrai qu'au cours de toutes ces années, la vieille dame n'avait jamais reçu la moindre lettre ni la plus banale des cartes de la part d'Ophélie. Seuls les faire-part de naissance envoyés par son mari, le grand Irlandais qu'elle n'avait vu que de rares fois avant le mariage, avaient été le lien qui l'unissait à sa plus jeune enfant.

Donc, il y avait eu les faire-part, à peu près aussi réguliers que les cartes de Noël de Justine, et il y avait eu un télégramme annonçant la disparition soudaine et inexpliquée de sa fille Ophélie à deux jours de Noël, il y avait environ dix mois de cela.

Depuis, c'était le silence total en provenance de Sherbrooke.

Ce qu'elle avait appris de plus sur la situation de la famille Fitzgerald, c'était la gentille Marjolaine qui le lui avait raconté, lors de son bref passage dans la métropole.

Marjolaine !

Jamais de toute sa vie Léopoldine n'avait été aussi heureuse de rencontrer l'un de ses petits-enfants. Il faut cependant avouer que c'était une nouveauté dans sa vie, même si cela faisait plus de trente ans qu'elle était grand-mère !

Il y avait eu tout d'abord Claudette, l'automne précédent, avec qui elle s'entendait, ma foi, pas si mal. Si ce n'était de cet imbécile de Jean-Louis Breton qui s'ingéniait à vouloir la transformer en une catin du plus mauvais goût, Léopoldine irait jusqu'à dire qu'elles s'accordaient fort bien, toutes les deux.

Puis, au mois de juillet, à sa demande, il y avait eu Marjolaine et la ribambelle de ses petites sœurs.

En revanche, ce qui l'avait poussée à révéler à Justine et Jack que son gendre Connor Fitzgerald avait un cousin vivant à Montréal, selon ce que Claudette lui avait appris, et surtout ce qui l'avait amenée à prétendre qu'elle aimerait bien le rencontrer, resterait toujours un mystère pour la vieille dame.

Après tout, elle avait clamé haut et fort, tout au long de sa vie, que ce qui se passait au-delà des murs de sa maison ne l'intéressait pas du tout, n'est-ce pas ?

Curieux changement que cette subite et inexplicable envie de faire la connaissance d'un étranger !

Néanmoins, les mots s'étaient échappés de ses lèvres sans qu'elle sache réellement d'où ils venaient, et la réaction de Justine, vraiment très prompte et enthousiaste, avait semblé, sur le coup, lui donner raison d'avoir eu le goût d'agir ainsi.

Il n'en restait pas moins que Léopoldine avait été heureuse de connaître ses petites-filles, toutes polies et bien élevées, elle savait l'admettre. Devant de si charmantes enfants, elle s'était même demandé :

— Pourquoi, grands dieux, ma fille Ophélie les a-t-elle abandonnées ?

Autre mystère !

De plus, essayez donc de comprendre pour quelle obscure raison, le courant était passé d'une façon aussi simple et naturelle, quasiment admirable, entre la vieille dame et Marjolaine ! Après tout, elles étaient deux parfaites inconnues l'une pour l'autre.

Mais la vérité était qu'elles avaient visiblement pris un grand plaisir à discuter ensemble.

Ainsi, Marjolaine lui avait tout raconté de ce tsunami dévastateur qui avait bouleversé le cours normal des jours qui coulaient dans le logement de la rue Frontenac, en décembre dernier.

En effet, sans entrer dans les détails qui ponctuaient depuis toujours la vie chaotique que sa famille menait à Sherbrooke, Marjolaine avait commencé son histoire avec son arrivée chez les O'Brien afin de travailler comme téléphoniste chez Bell, au mois d'octobre précédent.

On était alors à peine un mois après le déménagement de Claudette à Québec, car les deux aînées des Fitzgerald devaient céder leur place dans la chambre des filles afin de pouvoir accueillir les deux bébés à naître.

Marjolaine avait ensuite fait le récit de la disparition de sa mère à la veille de Noël, lui avouant la profonde inquiétude et la tristesse sans nom qui avaient enveloppé leurs fêtes de fin d'année.

Puis, elle avait confié sa grande désolation devant la menace de voir les petits jumeaux être séparés l'un de l'autre. Ce risque avait plané durant de trop longues semaines, telle une ombre sinistre au-dessus de leur famille.

— Pour Henry et moi, lui, c'est mon frère jumeau, c'était impensable de voir que des jumeaux puissent être ainsi désunis, avait donc raconté Marjolaine. La simple perspective de savoir que notre petite sœur Lisette allait peut-être disparaître de nos vies comme si elle n'avait jamais existé nous faisait frémir, mon frère et moi. On avait tellement de peine ! Pour eux comme pour nous, d'ailleurs ! C'est pour garder notre famille la plus unie possible si j'ai suggéré à *dad* de m'occuper des filles et du petit Adam.

Il s'était donc ensuivi l'arrivée à Montréal d'une partie des filles de la famille Fitzgerald, les unes après les autres, afin de soulager la pauvre Delphine qui, malgré son jeune âge, avait remplacé leur mère au pied levé. Finalement, en juin dernier, Marjolaine était allée chercher les deux bébés à la crèche, en même temps que Delphine et Simone venaient la rejoindre à leur tour.

— C'est comme ça que toutes les filles se sont retrouvées ici, avec moi. Et si j'ai pu conserver mon emploi et les revenus qui vont avec, c'est grâce à Kelly, que vous avez rencontrée avant de venir chez moi. C'est elle qui s'occupe des plus jeunes lorsque les écoles sont ouvertes et que les grandes ne sont plus disponibles pour m'aider…

— J'ai cru remarquer, oui, que c'était une femme de belle qualité.

— Tout à fait. De plus, au fil des mois, elle est devenue une amie... Il faut dire qu'il y a aussi ma propriétaire sur qui je peux compter pour mille et un détails de la vie de tous les jours. Madame Béatrice et son garçon Ferdinand se privent même de café afin d'avoir plus de sucre pour que ma merveilleuse voisine d'en bas puisse nous cuisiner des desserts. Comme vous pouvez le constater, je ne manque de rien et nous sommes heureux tous ensemble, les filles, les bébés et moi... Comme on dit, je suis bien entourée ! Et je vous avoue que je ne serais pas surprise de voir les garçons « retontir » ici, dès qu'ils vont être en âge de travailler, eux aussi, avait finalement déclaré Marjolaine, sans toutefois donner la véritable raison de cet exil familial.

Personne, pas plus cette grand-mère tombée du ciel que les autres, n'avait réellement besoin de savoir que leur père Connor agissait en vrai tyran depuis que son épouse l'avait quitté. Pas plus qu'elle n'avait envie de s'attarder à expliquer que le désespoir ressenti par son père, en voyant sa famille s'éloigner inexorablement de lui, il ne le devait qu'à lui et à nul autre. Seuls Henry et Ferdinand, tout comme les O'Brien, partageaient avec elle cet aspect de la vie familiale chez les Fitzgerald.

— Si ça continue comme ça, avait toutefois ajouté Marjolaine, en guise de conclusion, à l'exception de Claudette, qui vit avec vous à Québec, tous les

Fitzgerald vont finir par se retrouver à Montréal, sauf les parents. C'est un peu particulier, vous ne trouvez pas ?

— Un peu, tu dis ? C'est complètement absurde, si tu veux mon avis ! Une chance que t'existes, Marjolaine, parce que sinon, je donnerais pas cher de la famille de ma fille Ophélie...

Tout en parlant, Léopoldine avait hoché la tête, le regard vague. Puis, sur un soupir, elle avait levé les yeux pour observer longuement cette petite-fille qu'elle qualifiait en son for intérieur de femme admirable.

— T'auras beau dire que t'es ben entourée, Marjolaine, moi, j'ajouterais à ça qu'il y a personne qui peut faire notre chance ou notre bonheur à notre place... T'es probablement une vraie bénédiction pour tes sœurs...

À ces mots, Marjolaine s'était sentie rougir jusqu'à la racine de ses cheveux, toujours aussi noirs que l'étaient ceux de l'ensemble des filles de la famille.

— Je vous remercie du compliment.

— Mais de rien, ma belle... Dans la vie, il faut savoir dire les choses comme on le pense, sans se sentir gêné... Comme ça, avait poursuivi la vieille dame, vous autres non plus, vous avez jamais eu de nouvelles d'Ophélie ?

— Non, jamais !

— Eh bien. C'est passablement troublant, cette disparition soudaine, tu trouves pas ?

La courte visite de Léopoldine aux enfants de sa fille Ophélie s'était terminée sur ces quelques mots, ou peu s'en faut.

En revanche, ce qui avait beaucoup surpris la grand-mère, peut-être plus encore que d'apprendre que la famille Fitzgerald au grand complet n'avait toujours pas la moindre idée de l'endroit où se cachait Ophélie, avait été de constater avec une évidence déconcertante le monde de différences qui existaient entre Marjolaine et sa sœur Claudette.

À l'exception de leur magnifique chevelure de jais, les deux sœurs semblaient évoluer aux antipodes l'une de l'autre.

Autant l'une était frivole et attachée aux biens matériels, attirée par eux comme un papillon s'entête à se brûler les ailes sur une lumière, autant l'autre semblait sensée, calme et généreuse.

Tout le temps qu'avait duré le bref entretien entre la grand-mère et sa petite-fille, Marjolaine avait tenu tout contre elle un beau bébé joufflu qui, visiblement, souffrait de la poussée de ses dents. Et malgré les pleurnicheries du petit Adam, elle avait fait preuve d'une grande patience à son égard. Une patience remarquable, que Léopoldine lui avait enviée.

Depuis ce jour-là, la vieille dame avait beaucoup réfléchi à Marjolaine et à tout ce qu'elle faisait pour sa famille avec, de toute évidence, une générosité qui paraissait naturelle chez elle.

Par ricochet, Léopoldine avait aussi beaucoup pensé à Ophélie.

Et c'était grâce à d'infimes détails, comme un regard insistant ou encore une parole échappée, une hésitation maladroite suivie de rouge aux joues, que Léopoldine, une femme plutôt perspicace de nature, avait cru deviner où se cachait sa plus jeune fille.

Ne restait plus qu'à vérifier ses intuitions avant de repartir pour Québec, ce qui ne devrait plus vraiment tarder.

En effet, tant qu'à être obligée de vivre confinée à l'intérieur, Léopoldine s'était facilement convaincue qu'elle serait beaucoup mieux chez elle, avec ses émissions préférées et ses journaux en français.

D'autant plus que Justine lui avait appris qu'ici aussi, la neige tombait parfois abondamment durant l'hiver.

— Ah ouais ? J'aurais pas cru.

— Eh oui ! Si le froid est moins mordant qu'au Québec et qu'il dure nettement moins longtemps, il est chargé d'une humidité désagréable qui vous gèle jusqu'aux os ! Mais je ne dis pas ça pour vous chasser, maman ! Vous le savez très bien, n'est-ce pas, que vous êtes ici chez vous ?

— Ben sûr, ma fille, ben sûr !

Il n'en restait pas moins que Léopoldine commençait à s'ennuyer de ses vieux meubles, comme elle le disait elle-même.

Et lorsqu'elle parlait ainsi, c'était curieusement l'image de sa fille Clémence qui lui venait à l'esprit.

Une Clémence qui, il faut cependant l'avouer, n'avait couru aucun risque ! Être reléguée au second plan, avant d'être finalement oubliée, ne faisait pas partie de ses plans d'avenir.

Elle avait donc inondé sa mère de lettres, jusqu'à deux par semaine, parfois, pour que celle-ci soit obligée de penser à elle le plus souvent possible.

Léopoldine, pour sa part, s'était contentée de deux cartes postales.

La première, illustrant une carte géographique du Connecticut, avec un gros X inscrit à l'encre pour montrer la ville où elle habitait. Elle tenait à envoyer cette première carte pour signifier à Clémence de ne pas s'inquiéter, car elle était arrivée sans encombre chez Justine.

La seconde arborait un phare au bord de la mer, où les vagues se fracassaient en milliers de gouttelettes sur un amoncellement de rochers. Léopoldine en avait profité pour révéler un peu de son quotidien, au dos de la carte, gribouillé en pattes de mouche pour qu'elle arrive à tout écrire : « Pis imagine-toi donc que je peux aller le voir en personne, ce beau phare-là. À tous les jours, si je le veux. C'est vraiment très agréable, par ici, pis assez chaud pour plus avoir mal aux articulations. Salue Claudette pour moi, pis dis-lui de pas faire une folle d'elle. T'auras pas besoin de dire bonjour à Jean-Louis, parce qu'il me manque pas pantoute. À bientôt, j'espère. Ta mère, Léopoldine »

Estimant qu'elle avait fait son devoir maternel, Léopoldine n'avait plus jamais écrit à sa fille, trouvant ridiculement exagéré ce flot de lettres qu'elle-même recevait au fil des semaines, puis des mois, et qui racontaient toutes à peu près la même chose.

Comment Clémence pouvait-elle s'imaginer que sa mère prendrait un plaisir quelconque à son radotage ? Bien au contraire, jusqu'à aujourd'hui, tout ce verbiage inutile lui avait enlevé toute velléité de retour à la maison.

Sauf ce matin, quand la pluie contre les carreaux des vitres de sa fenêtre l'avait encore une fois réveillée et qu'elle s'était demandé, à brûle-pourpoint, où en était rendue l'histoire de son émission préférée.

Donalda s'était-elle enfin laissé séduire par cet Alexis Labranche, un coureur des bois qu'elle-même imaginait beau comme un prince ?

— C'est le Bon Dieu qui m'envoie ce sacrifice de temps pourri pour me dire de m'en aller chez nous… Ça peut pas être autre chose, après le bel été qu'on a connu… Ouais, l'heure est venue de sacrer mon camp pour laisser ma fille pis son mari en paix. Ça doit être fatigant sans bon sens, avoir de la visite de même qui prend racine dans ta vie familiale !

Malgré cette décision prise à cause de cette pluie endémique, une résolution qui serait probablement irrévocable, Léopoldine s'était levée en soupirant et en bougonnant.

Présentement, elle sirotait son café en même temps qu'elle grignotait sa rôtie couverte de confiture aux pêches, tout en se demandant comment annoncer à Justine qu'elle serait prête à s'en retourner chez elle, mais qu'auparavant, elle aurait peut-être une petite mise au point à faire.

— Qu'est-ce que tu entends faire de ta journée, ma fille? demanda-t-elle, question de briser un silence confortable, certes, mais inutile, compte tenu de toutes les idées qui lui encombraient l'esprit depuis quelque temps.

— Pas grand-chose de spécial, maman... Avec une pluie pareille, je peux oublier mon intention de récolter tout ce qu'il reste de tomates et d'oignons pour préparer mon ketchup aux fruits.

Du ketchup aux fruits!

Heureuse diversion pour Léopoldine, qui ne savait trop comment aborder la question «Ophélie», celle qui la préoccupait au plus haut point depuis quelques jours. Elle se redressa aussitôt sur sa chaise.

— Parce que tu fais ça, toi, du ketchup aux fruits? Comme moi dans le temps! Tu prends-tu la même recette?

— Bien sûr. Vous rappelez-vous le petit calepin pour les devoirs que j'utilisais pour écrire les recettes que je trouvais les meilleures?

— Non, j'ai pas souvenir d'un calepin. Mais je pense pas que ça aye une quelconque importance.

— C'est vrai... Mais toujours est-il que je l'ai encore, mon petit calepin, et que la recette de votre ketchup est inscrite dedans. Il n'y a rien de meilleur avec le pâté à la viande. Pourquoi vous me demandez ça?

— Sans raison spéciale... Mais peut-être aussi parce que ça me rappelle ma mère, répondit Léopoldine avec un sourire nostalgique. Elle avec, elle faisait du ketchup aux fruits quand venait le temps des pommes. Elle appelait ça du « catsup ». Ouais, elle en cuisinait au moins quinze pots, au point où ils couvraient une bonne moitié de la table de cuisine, le temps qu'on puisse vérifier qu'ils étaient tous bien scellés. Elle voulait en avoir suffisamment pour qu'on puisse en manger durant tout l'hiver. Elle se rendait jusqu'au village voisin avec le bogey, pis elle s'arrêtait au marché pour acheter un gros panier de pêches, pis un autre de poires qui nous venaient de l'Ontario. Pendant ce temps-là, moi, je cueillais tous les fruits mûrs que je pouvais trouver dans notre verger de quatre pommiers, pis toutes les tomates rouges avec tous les oignons qui étaient mûrs à point. Ensuite, on préparait le ketchup ensemble, ma mère pis moi... Par après, quand j'ai été mariée, j'avais pris l'habitude d'en faire, moi avec... C'est dommage que j'aye pas eu le loisir de continuer la tradition avec mes sacrifices de ménages qui occupaient l'essentiel de mes journées. Tout ça, à cause du décès de votre père... Ouais, c'est bien dommage, parce que c'était pas mal bon. T'en rappelles-tu, Justine ? Ton père mangeait mon ketchup à la petite cuillère, à même le pot, tellement il aimait ça. Il disait que c'était aussi bon qu'un vrai dessert, pis que ce ketchup-là était le meilleur du monde parce que c'est moi qui l'avais préparé.

— Je me souviens de ça, oui, acquiesça Justine avec un sourire qui ressemblait étrangement à celui de sa mère. Il était gentil, papa.

— C'était le meilleur des hommes, rien de moins... Avec ton mari Jack, bien entendu... Dommage que mon Hector nous aye quittées aussi vite... Ouais, c'est ben triste, tout ça...

Sur ce, inspirée par les quelques mots qu'elle venait tout juste de prononcer, Léopoldine ajouta :

— Il faudrait donc pas que ça soye la même chose avec ta sœur Ophélie, hein ? Qu'elle avec, elle soye disparue pour de bon, pis qu'on aye plus jamais la chance de la revoir.

À ces mots, Justine eut l'étrange sensation que la conversation était en train de glisser sur une pente dangereuse. Pourquoi est-ce que sa mère comparait sa sœur à leur père ?

Poser la question, c'était y répondre.

Visiblement, c'était à cause de leurs disparitions imprévues qui avaient désorganisé bien des choses autour d'eux. Justine ne voyait rien d'autre. Mais pourquoi maintenant ? Ça, elle l'ignorait totalement.

— Je... Pourquoi vous dites ça, maman ? Qu'est-ce que ma sœur Ophélie vient faire avec papa dans notre conversation sur le ketchup ? J'avoue que j'ai un peu de difficulté à vous suivre.

Devant le flagrant désarroi de Justine, Léopoldine eut la quasi-certitude qu'elle avait deviné juste. Elle poursuivit donc de plus belle.

— Ah oui ? Tu vois pas le rapport entre la mort de ton père pis la disparition de ta sœur ? Eh ben... Pourtant, il me semble que c'est plutôt clair...

Sur ce, la vieille dame imposa un court silence, puis, de façon tout à fait impromptue, elle déclara avec assurance :

— À matin, avant de me lever, je me suis dit qu'il serait peut-être temps que je vous laisse un peu tranquilles, ton mari pis toi...

Cette digression rendit Justine perplexe... Et de plus en plus inquiète !

— Vous n'êtes pas bien avec nous ? demanda-t-elle sur un ton qu'elle voulait nonchalant.

— Qu'est-ce que tu vas penser là, toi ? C'est pas parce que j'ai été mal reçue que je pense à m'en aller. C'est un peu niaiseux de voir mon départ comme ça, ma pauvre enfant ! Tu devais bien te douter que j'allais partir un jour, non ? Au contraire, ma fille ! J'ai probablement passé avec toi un des plus beaux moments de ma vie.

— C'est gentil de me dire ça.

— C'est pas pour faire ma *smatte* que je parle de même. Pis je sors pas les grands violons juste pour te faire plaisir. Pas pantoute ! C'est parce que c'est vrai. Même si j'ai hâte de me retrouver dans mes bébelles, j'vas quand même partir un peu à reculons. C'est ben beau par ici, pis j'ai été traitée comme une reine. Ça s'oublie pas, des affaires de même. Pis en plus, j'ai compris assez vite merci que j'avais raison de croire qu'il fallait que je voye la mer avant de mourir. C'est vrai que j'ai jamais rien vu d'aussi beau de toute ma vie!

— Dans ce cas-là, si on disait qu'on pourrait renouveler l'expérience, l'an prochain?

— C'est ben *blood* de le suggérer, Justine, pis c'est sûr que j'vas y réfléchir sérieusement. Mais on verra à ça dans le temps comme dans le temps. À mon âge, tu sais, ça peut être ben long comme ben court, toute une année... Aussi bien me contenter pour astheure de tous les beaux souvenirs que j'vas garder de ma grande aventure, sans me faire trop d'attentes pour le futur. Par contre, avant de m'en aller, j'aurais peut-être une drôle de faveur à te demander.

— Une faveur? Quelle sorte de faveur?

— Oh! Rien de trop compliqué...

Du bout de l'index, Léopoldine jouait dans les graines de pain rôti au fond de son assiette.

— Qu'est-ce que tu dirais d'inviter Ophélie à souper avant que je parte? lança-t-elle enfin, tout en levant promptement la tête pour fixer Justine droit dans les yeux.

En ce moment, la vieille dame avait l'impression de retourner en enfance et de jouer à quitte ou double. Ou elle remportait la mise et elle rencontrait Ophélie avant son départ; ou elle faisait une folle d'elle parce qu'elle s'était fourvoyée royalement, et elle repartirait chez elle Gros-Jean comme devant, sans savoir où se trouvait Ophélie.

Une bombe serait tombée sur la maison que Justine n'aurait pas été plus étonnée.

C'était si inattendu comme requête qu'elle en échappa son muffin aux bleuets dans lequel elle s'apprêtait à mordre à belles dents, et elle se mit à rougir instantanément.

— Pourquoi est-ce que vous me dites ça? lança-t-elle, de toute évidence sur la défensive. Parce que vous pensez que je sais ce qui...

— Non, je pense pas, Justine. À vivre avec moi, t'as ben dû t'apercevoir que j'suis pas le genre de femme qui farfine tellement longtemps avant de sortir ce qu'elle a en arrière de la tête. Surtout que je me trompe rarement dans mes intuitions, parce que j'ai du pif, pis les yeux clairs. Avoue que j'ai raison! T'as ben dû t'en rendre compte, non?

— Euh... Oui... Et où est-ce que vous voulez en venir, au juste, avec tout ça?

— Sacrifice! À ce que je viens de dire! Il me semble que c'est pas compliqué à comprendre... Pour faire une histoire courte, disons que j'suis à peu près sûre que tu sais très bien où se cache Ophélie. Ça serait pas si loin d'ici que j'en serais pas surprise pantoute... Ça fait que je me suis dit que ça serait plate en sacrifice de finir tout croche un beau voyage comme celui que je viens de vivre grâce à toi, pis qui avait si bien commencé. Ouais, ça serait ben dommage de se quitter, toi pis moi, sur un mensonge aussi gros que celui-là... Qu'est-ce que tu dirais de vider ton sac, avant que je parte? Comme ça, il y aurait pas de malentendus entre nous deux, ce qui serait bien apprécié de ma part, pis je pourrais garder uniquement des beaux souvenirs de mon séjour. Juste au cas où j'aurais raison, bien entendu. Pis à ça, il y a juste toi qui peux répondre correctement.

Le silence qui s'abattit sur la pièce à ce moment-là était fait d'attente d'une part et de malaise de l'autre, sur fond de pluie tambourinant à la fenêtre.

Justine comprit alors, et sans la moindre équivoque, qu'il ne servirait à rien de nier la vérité plus longtemps et de s'enliser dans des mensonges qui ne tromperaient personne.

— Comment avez-vous compris ? demanda-t-elle d'une voix enrouée par la confusion d'avoir été démasquée. Pourtant, il me semble que je n'ai rien dit qui aurait pu vous mettre la puce à l'oreille.

— Tu sais, ma fille, il y a des fois, comme ça, que rien dire est plus jasant que de déballer la vérité bien franchement.

Le silence reprit possession de la cuisine, et cette fois, il était empreint de l'intense réflexion de Justine. Manifestement, elle avait sous-estimé la perspicacité de sa mère. Elle rendit les armes sans batailler ni s'acharner inutilement.

— D'accord, vous avez raison... Ophélie habite pour l'instant à moins d'une heure de route d'ici... Chez... Une personne qu'elle a rencontrée dans l'autobus qui l'amenait chez nous, tandis que de mon côté, je ne savais rien de cette visite inattendue qui me pendait au bout du nez... Je veux que vous me croyiez quand je dis qu'Ophélie est arrivée chez nous à l'improviste.

— J'ai jamais pensé le contraire, Justine... Jamais dans cent ans ! Pis c'est qui, l'amie dont tu viens de me parler ? Une femme de par ici ?

— Non ! L'ami dont je parle est un homme. Oscar Caldwell... Et ne craignez pas pour Ophélie, Oscar est un chic type. Mais j'y reviens : comment avez-vous pu deviner ?

— Comment je te dirais bien ça ? Un paquet de détails empilés les uns sur les autres, des insignifiances, peut-être. Mettons que l'intuition que tu savais de quoi en rapport avec ta sœur a commencé quand on était encore à Montréal.

— À Montréal ? Comment ça ?

— D'abord, il y a eu ton regard tout brillant quand j'ai parlé du cousin du mari d'Ophélie qui vivait à Montréal. Déjà là, ton attitude avait commencé à soulever bien des questions. Pourquoi, que je me suis dit, pourquoi ma fille voudrait rencontrer quelqu'un qu'elle connaît pas pantoute ? Il y avait comme trop de zèle dans ta façon de réagir, je dirais bien, trop de « sparages » dans ton discours. Comme quand t'étais toute petite, pis que tu voulais me cacher quelque chose... T'as jamais été très bonne pour garder des secrets, ma pauvre Justine ! Du moins, pas avec ta propre mère... Ça m'a intriguée de te voir énervée comme une puce. Par après, j'ai eu le temps de réfléchir à ma guise, rapport que le chemin était pas mal long entre Montréal pis ici. Assez long, en tous les cas, pour que j'aye pu me dire que si la chance de rencontrer un cousin du mari de ta sœur t'avait rendue joyeuse à ce point-là, c'est qu'il y avait anguille sous roche. À partir de là, tout a été de plus en plus clair pour moi. Pourquoi espérer des nouvelles de la famille de Connor Fitzgerald que tu connais même pas ? Pour moi, ça avait aucun sacrifice de bon sens ! Pis pourquoi ton mari avait accepté aussi vite de se décarcasser pour trouver quelqu'un qu'il connaît ni d'Ève ni d'Adam, sinon qu'un autre quelqu'un vous avait demandé de le faire pour elle ? Après tout, selon ce que tout le monde en pensait, t'avais pas revu Ophélie depuis trente ans… Sacrifice, Justine ! Te rends-tu compte ? Trente ans, c'est quand même quelque chose dans une vie, ça là, non ? Pis là, tout d'un coup, t'aurais eu de l'intérêt pis de la curiosité pour ta sœur ?

— C'est vrai que ça fait un peu spécial.

— Et comment ! C'est un peu pour ça que je me suis mise à te surveiller, mine de rien. Le jour où je t'ai pognée en train de raccrocher le téléphone à toute vitesse en rougissant, j'ai compris que je me trompais probablement pas. Pis tu me connais, non ? Il fallait surtout que j'en aye le cœur net avant de m'en retourner, sinon ça m'aurait hantée jusqu'à la fin de mes jours ! Comme j'ai dans l'idée de partir bientôt, j'ai décidé de lancer ma ligne à l'eau à matin, pis ça a mordu.

— Je vois.

— De toute façon, à partir du printemps, quand la neige avait fini de fondre à Sherbrooke pis qu'on avait retrouvé le corps de personne, pis vu que mon gendre m'avait pas écrit, j'en ai conclu que ma fille était pas morte... Ça a été une sorte de soulagement, c'est ben certain, mais en même temps, côté inquiétude pis questionnements, c'était pas le diable mieux de me dire qu'elle s'était sauvée de chez elle que de la savoir morte. Qu'est-ce qui s'était passé pour que ma propre fille agisse de même ? J'ai vite compris qu'il y avait juste elle qui pouvait répondre à ça. Malheureusement, j'étais pas équipée pour partir à sa recherche. Ça fait que j'ai tassé tout ça dans un petit coin de mes pensées, pis ma vie a continué comme d'habitude, jusqu'au jour où j'ai décidé d'accepter ta belle invitation. Là c'est vrai, par exemple, que j'ai oublié Ophélie pour de bon pendant un petit bout de temps... Il fallait que je fasse le voyage jusqu'ici en passant par Montréal, je crois bien, pour que ta sœur revienne dans le décor... Pis, Justine ? Vas-tu l'inviter à souper, oui ou non ? Pis si t'as de la misère à te décider, pour une raison ou ben pour une autre, dis-toi, ma fille, que ça me ferait ben gros plaisir de la revoir, parce que j'ai une liste de questions à lui poser qui est au moins longue comme le bras !

— Je m'en doute un peu, oui.

— J'espère ben que t'as une petite idée de ce que je vis, Justine... Ça serait normal que t'ayes juste une toute petite idée de ce que ça peut vouloir dire, pour une mère, de rien savoir d'une de ses filles ! Ça a été de te revoir, je pense bien, qui m'a ouvert les yeux. En apercevant ta face, de l'autre côté du moustiquaire, pis en constatant à quel point on se ressemble, nous deux, j'ai eu l'impression de vivre tout d'un coup l'ennui de toute une vie... Pis notre visite à Montréal a fait le reste... Ouais, à force d'y jongler, c'est astheure que je comprends qu'Ophélie pis moi, on a quelque chose comme vingt ans de silence à rattraper... Sacrifice, c'est quand même pas rien !

* * *

L'appel de Justine avait laissé Ophélie abasourdie.

Non seulement sa mère avait-elle tout deviné de leurs petites manigances, à Justine et à elle, mais apparemment, Léopoldine n'était pas du tout fâchée contre ses deux filles, et elle demandait même à la rencontrer avant de repartir pour le Canada.

Pour Ophélie, cependant, cette prétention restait à prouver. Léopoldine, ne pas en vouloir à quelqu'un ? Ce serait nouveau et tout à fait déconcertant !

— J'organiserais un souper pour dimanche soir, lui avait donc dit Justine. Qu'est-ce que tu en penses ?

Sur le coup de l'émotion, Ophélie avait accepté l'invitation sans trop se faire prier, à la condition, toutefois, qu'Oscar soit présent.

— Tant qu'à ne plus avoir de secrets l'une pour l'autre, notre mère et moi, autant tout déballer, une bonne fois pour toutes, avait-elle alors expliqué à Justine. Je veux qu'elle comprenne mon passé, avec tout ce que j'ai pu vivre durant des années, et je souhaite aussi qu'elle sache ce que je vis présentement. Il y a un autre homme dans ma vie, un très bon ami pour l'instant, mais qui pourrait éventuellement devenir plus que ça, et je tiens à ce qu'elle soit au courant. Et il n'est pas question que je fasse marche arrière ! J'espère que tu vas me soutenir dans ce sens-là, si jamais on en arrivait à une discussion houleuse... De toute façon, s'il arrivait que ma façon de voir l'avenir ne convienne pas à notre mère, bien, on fera ce qu'on a toujours fait depuis vingt ans : on ne se reparlera plus jamais. Un point, c'est tout. J'espère que toi aussi, tu me comprends.

Ce que Justine comprenait, surtout, c'était à quel point sa sœur avait pu changer au cours de ces derniers mois, alors qu'elle vivait chez Oscar. Elle s'en doutait quand même un peu, d'un appel à l'autre, mais au moment de ce dernier coup de téléphone, Ophélie avait le langage d'une femme sûre d'elle, ce qui transformait radicalement l'image qu'elle projetait lors de son arrivée, au printemps précédent.

Du fait de sa voix, Ophélie laissait entrevoir la femme qui se sait aimée. Peut-être ne le concevait-elle pas aussi clairement, d'accord, mais ce n'était plus qu'une question de temps.

Soulagée de voir que sa petite sœur ne la tenait pas responsable de ce revirement de situation, Justine avait donc acquiescé à sa demande, sachant très bien que, de toute façon, leur mère ne ferait pas le poids devant un Oscar dédié à protéger son Ophélie.

Quoi qu'il en soit, la position d'Ophélie semblait catégorique, et elle l'était...

Pour le temps qu'avait duré l'appel !

Mais dans la mesure où, dès qu'elle eut raccroché, Ophélie s'était sentie coincée dans une conjoncture où elle risquait de ne plus avoir aucun contrôle sur ses choix et ses priorités, l'épouvante l'avait rapidement gagnée.

En effet, qu'est-ce qui lui garantissait que sa mère n'allait pas contacter Connor dès son arrivée au Québec ? D'après le souvenir qu'Ophélie gardait de Léopoldine, celle-ci avait toujours été catégorique et contrôlante. Elle serait donc capable de faire tout en son pouvoir afin de ramener sa fille dans le droit chemin, à savoir s'organiser pour qu'elle retourne dans son foyer pour s'occuper de son mari et de ses enfants. Ce qu'elle n'aurait jamais dû cesser de faire.

Ophélie revoyait sans peine ses années de jeunesse, alors que sa mère surveillait de près la moindre de ses sorties. Comment elle était habillée, avec qui elle serait, où elle irait et pendant combien de temps avaient toujours été de la toute première importance pour cette femme autoritaire. Aucune dépense folle ou inutile n'était permise dans cette famille, qui vivait malheureusement sans père, et où la mère fourbissait chez les riches du haut de la ville, de l'aube au crépuscule, pour arriver, de peine et de misère, à joindre les deux bouts. Pas de cinéma, où les mauvais exemples devaient pulluler ; pas de salles de spectacles, même ceux qui se donnaient au couvent, sous l'égide des bonnes sœurs, parce qu'on y gaspillait son temps et son argent en futilités ; et surtout pas d'alcool, qui faisait perdre la tête. Seul le tabac était permis, chez les Vaillancourt, car sa sœur Justine revenait de son travail à l'Imperial Tobacco, tous les vendredis soir, avec un *cartoon* de cigarettes, gracieuseté de l'employeur.

Aux yeux d'Ophélie, ce serait donc une véritable catastrophe si jamais sa mère considérait, à tort ou à raison, que sa fille menait une mauvaise vie, loin d'une famille qu'elle avait eu l'outrecuidance d'abandonner.

Quand elle puisait dans ses souvenirs, Ophélie ne retrouvait aucune alternative valable qui puisse l'amener à voir les choses différemment. Malgré les dires de Justine, Ophélie avait grand peur de la réaction possible d'une Léopoldine Vaillancourt plutôt tranchante dans ses opinions.

Que Léopoldine n'en veuille pas à quelqu'un?

Cette question revenait sans cesse à l'esprit d'Ophélie qui n'avait qu'une seule réponse à fournir: c'était impensable!

Cette femme brusque et sans chaleur avait toujours été le chef de leur famille, *a fortiori* depuis que leur père était décédé, et selon Ophélie, celle qui traversait leur appartement en coup de vent n'avait jamais manifesté l'intention de changer quoi que ce soit dans sa façon d'agir.

Sinon, elle aurait donné signe de vie, non?

Une lettre, ce n'était, après tout, qu'un peu de temps pour écrire les mots, et quelques sous pour le timbre, n'est-ce pas?

Ce long silence persistant malgré les faire-part de naissance de ses enfants signifiait, aux yeux d'Ophélie, que sa mère jouerait son rôle de matriarche avec une poigne de fer jusqu'à son dernier souffle.

D'où cette question lancinante qui éloignait le sommeil : Connor aurait-il la priorité, la place de choix, dans l'esprit de Léopoldine ?

Le risque était important parce qu'en apparence, le grand Irlandais n'avait rien à se reprocher, lui !

Depuis leur mariage, il travaillait dur, et il lui avait toujours été fidèle. S'il buvait sec, il n'avait jamais levé la main sur elle. Après tout, peut-être l'aimait-il à sa manière. Et si tel était le cas, il saurait le faire valoir auprès de Léopoldine. Ophélie n'avait aucun doute là-dessus. Que demander de plus d'un homme pour affirmer haut et fort qu'il était un bon mari ?

Donc, si Connor avait la préférence, la vieille femme se ferait un plaisir de l'informer que l'attente venait de se terminer, puisqu'elle avait retrouvé la brebis perdue ! Et toujours selon Ophélie, cette annonce devrait suivre de peu l'arrivée de Léopoldine à Québec, étant donné que sa mère détestait les reports en tous genres.

Avec Claudette dans les parages, l'adresse de Connor Fitzgerald ne serait pas difficile à trouver !

À moins que sa mère choisisse de se manifester à partir d'ici, ce qui ne lui laisserait pas une très grande marge de manœuvre.

Compte tenu de cette possibilité, dans l'esprit d'Ophélie, tout devenait presque possible, même un retour en arrière !

C'était dans la nature même de Connor de prendre la décision irréversible, bien que surprenante, de faire la route afin de venir lui-même chercher sa femme.

Ophélie n'avait pas à se forcer beaucoup pour imaginer la scène, après qu'il aurait reçu une lettre ou un télégramme de la part de Léopoldine ! Elle voyait clairement Connor tempêtant et déblatérant contre elle devant leurs enfants, tout en faisant les cent pas dans leur cuisine sombre.

Juste à y penser, et elle en avait des frissons dans le dos.

Oh oui, elle l'imaginait facilement, cette scène où elle tiendrait le rôle de la méchante !

Le grand Connor Fitzgerald était tout à fait capable de se rendre jusqu'ici ! Et si jamais il le faisait, Ophélie savait fort bien qu'elle-même, elle serait incapable de lui tenir tête pour quelque chose d'aussi important que sa place au sein de leur famille. Elle pressentait déjà que les arguments lui manqueraient ou qu'ils disparaîtraient instantanément, même si elle avait eu le temps de se préparer à la confrontation.

La maison étant bien gérée, puisque les plus vieux pouvaient aisément s'occuper des plus jeunes durant quelques jours, son mari n'avait plus qu'à vouloir la retrouver pour pouvoir la retrouver.

Si jamais Léopoldine mettait en branle tout le processus, bien entendu ! Mais quand la panique gagnait

Ophélie, l'éventualité se transformait en certitude où le doute n'avait plus sa place.

En effet, certains amis de taverne de Connor possédaient une auto, et il répétait souvent, avec une pointe d'envie dans le ton employé, qu'ils étaient chanceux d'avoir la liberté de circuler à leur guise.

— Même les villes les plus lointaines sont à leur portée, disait-il fréquemment avec une sorte de frustration dans la voix.

Et les rares fois où Ophélie lui avait fait remarquer qu'avec moins d'enfants à leur charge, ils auraient pu, tous les deux, avoir une vie bien différente, il lui répondait, en serrant les poings qu'elle ne comprenait rien aux hommes, et il quittait la maison pour la taverne.

Il serait donc assez facile pour Connor de convaincre l'un de ses amis de joindre l'utile à l'agréable, et d'ainsi aider son bon copain à aller chercher son épouse légitime et ingrate pour la ramener à la maison.

Parce qu'Ophélie Vaillancourt était encore et toujours la femme de Connor Fitzgerald, qu'elle le veuille ou non. Elle ne devait surtout pas l'oublier. Et ce fait indéniable risquait de teinter en noir profond la suite des événements qu'elle espérait pourtant voir auréolés de lumière.

Quand de telles pensées s'imposaient, Ophélie sentait aussitôt la panique l'envahir.

Allait-elle donc devoir s'enfuir une seconde fois, avant que l'irrémédiable ne se produise?

En revanche, cette fois-là, elle ne chanterait plus du tout la même chanson, parce qu'une grande part d'inconnu n'existerait plus. Il était bien fini le temps des interminables tergiversations, des doutes persistants et des sempiternelles remises à plus tard. En effet, si elle avait réussi à se cacher durant tous ces mois, elle serait capable de répéter l'exploit.

En décembre dernier, sa fuite avait été un geste réfléchi de longue date, certes, mais en même temps, il était instinctif et chargé de craintes. En fin de compte, il avait suffi d'un état d'épuisement total pour amorcer le processus de départ.

Et aussi d'une trop grande déception devant la vie qu'elle était obligée de subir, année après année, grossesse après grossesse. Qu'importe les conséquences, il lui fallait partir avant qu'une détresse trop profonde ne la pousse à poser un acte irréversible, où elle risquait d'emmener avec elle deux bébés innocents qu'elle était incapable d'aimer comme ils le méritaient.

Avec le recul et une récente stabilité d'esprit, Ophélie était en mesure de mieux analyser ce qui s'était passé à la suite de la naissance des petits jumeaux, et elle comprenait qu'elle avait alors pris la meilleure décision possible dans les circonstances.

Aujourd'hui, ce serait bien différent.

Si jamais elle devait recourir à la fuite une seconde fois, ce serait bel et bien un geste intentionnel, froid et tout à fait calculé. Un choix dont elle mesurait pleinement les répercussions. Et pour remédier à des conséquences éventuelles, elle irait si loin que personne ne la retrouverait, sinon Oscar.

S'il était prêt à la suivre.

S'il était d'accord avec la perspective de tout recommencer ailleurs par amour pour elle.

Parce qu'Ophélie savait instinctivement qu'il y avait vraiment de l'amour entre eux, même si les mots n'avaient pas encore été prononcés.

Mais quoi qu'il en soit, dans un cas comme dans l'autre, la fuite d'Ophélie répondrait à un réflexe de survie.

Pas question pour elle de retourner vivre à Sherbrooke aux côtés de Connor, en reprenant sa pitoyable existence là où elle avait choisi de l'abandonner, comme si de rien n'était.

Si jamais la voir revenir était ce que son mari souhaitait, bien sûr. Mais de cela non plus, Ophélie n'était pas certaine.

En fait, de quoi avait-elle été absolument certaine avec l'Irlandais, depuis le tout premier jour où elle l'avait rencontré ? Qu'il était beau à damner un saint et qu'il faisait naître en elle une pulsion difficilement contrôlable ? Qu'elle espérait qu'il lui ferait régulièrement l'amour ? Ça oui, et dans les premières années, Ophélie était pleinement consentante. Plus que cela, la jeune femme qu'elle était avait beaucoup aimé se retrouver dans les bras de son mari.

En revanche, le temps avait fait son œuvre et les maternités à répétition aussi. L'amour et le désir s'étaient émoussés, le devoir conjugal était devenu une corvée, si on peut appeler ainsi le rituel du samedi soir, quand Connor revenait de la taverne. Les derniers temps de leur vie commune, Ophélie souhaitait ardemment que son mari soit trop soûl pour être capable de l'honorer, comme elle l'avait déjà entendu dire. Et tant pis pour les colères du dimanche matin, contre elle ou contre les enfants, lorsque le patriarche prenait conscience de sa propre déchéance. Au moins, les éventuelles grossesses étaient ainsi repoussées, et c'était tout ce qui comptait pour Ophélie.

Alors, si Connor apprenait par sa mère Léopoldine où elle se terrait, et s'il espérait la voir revenir, il devrait se faire à l'idée que pour une fois, elle dirait non.

Elle essaierait de dire non.

Ophélie ne savait pas encore comment elle arriverait à lui tenir tête, mais il était hors de question de laisser Oscar derrière elle, si jamais elle se retrouvait face à un Connor qui tenterait de l'obliger à se plier à ses volontés. Oscar Caldwell était trop respectueux, trop gentil, trop généreux pour qu'elle décide, en toute connaissance de cause, de le quitter pour retourner vers son mari.

Oscar Caldwell n'était toujours pas son amant, certes, mais Ophélie tenait à lui comme jamais auparavant elle n'avait tenu à quelqu'un.

Et cela incluait chacun de ses enfants, sans exception, de Marjolaine à la petite Lisette.

C'était insensé, contre nature et probablement tragique qu'une mère puisse penser de la sorte, Ophélie en était cruellement consciente. Mais c'était une réalité incontestable, et elle avait choisi de l'accepter en toute connaissance de cause.

Se culpabiliser la rendrait sans doute folle ou profondément malheureuse à tout jamais, et ce n'était pas du tout ce qu'Ophélie souhaitait pour le restant de ses jours. Elle voulait être heureuse, tout simplement.

C'était à côtoyer quotidiennement Oscar, à l'écouter lui raconter son enfance, à discuter avec lui de ce qu'il faisait, au jour le jour, qu'Ophélie avait enfin réussi à cheminer vers une entière guérison. Elle aimait savoir ce qu'il pensait, à quoi il rêvait, parce qu'elle était toujours partie prenante de ses projets, lorsqu'il parlait d'avenir.

À se sentir écoutée à son tour, à être questionnée sur ses désirs et ses espoirs, à échafauder parfois des châteaux en Espagne et à en rire par la suite avec Oscar, Ophélie avait compris que ce qu'elle avait cru être de l'amour pour le beau Connor n'avait été en fait qu'un peu de poudre aux yeux, vite dispersée par la routine, et complètement disparue lorsqu'elle avait quitté en courant le quotidien que cet homme-là lui avait offert.

Voilà pourquoi, depuis cet appel de Justine pour le moins déroutant, Ophélie sentait l'anxiété s'emparer d'elle dès que le nom de sa mère lui traversait l'esprit, faisant débattre son cœur comme un fou.

Ce fut Oscar, au retour d'une longue tournée, le vendredi suivant, qui arriva, tant bien que mal, à apaiser les angoisses d'Ophélie.

— Allons, Ophélie ! Calme-toi. Ta mère ne te mangera pas tout rond !

— Ça, c'est toi qui le dis, parce que tu ne la connais pas ! Et si elle parlait à mon mari, hein ?

— Et pourquoi le ferait-elle ? C'est à peine si elle le connaît… Et leur dernière rencontre remonte à plus de vingt ans, comme tu me l'as déjà raconté ! Je crois sincèrement que tu t'en fais pour rien.

Puis, devant l'air dubitatif de son amie, Oscar passa un bras autour de ses épaules, et il déclara, d'une voix très calme :

— Quoi qu'il en soit, Ophélie Vaillancourt, tu devais bien te douter que ça allait finir par se produire un jour ou l'autre, non ?

— Qu'est-ce qui allait se produire ?

— Allons donc ! Je suis certain que la possibilité que quelqu'un réussisse à percer ton secret devait parfois te trotter dans la tête… Non ? Même si tu n'en parlais jamais, je ne pourrais pas croire que tu pensais sincèrement que personne ne te trouverait ici. Chez ta propre sœur !

— Au début, c'est vrai, j'y songeais parfois. Je me disais, comme le font les enfants, que ce n'était pas la meilleure cachette qui soit, et que je devrais probablement trouver un endroit plus sûr. Puis, avec le temps, j'y ai moins pensé. C'était devenu comme une sorte de cauchemar qui me hantait à l'occasion. Par contre, laisse-moi te dire que je ne m'y attardais pas, et je me dépêchais de passer à autre chose. Alors, dis-toi bien que le jour où Justine m'a appelée depuis Québec pour m'annoncer que là, c'était officiel, et que notre mère s'en venait passer quelque temps ici, au Connecticut, le mauvais rêve s'est vite transformé en un véritable scénario catastrophe... Et depuis que je sais que ma mère veut me rencontrer, c'est encore pire ! Je n'ai même pas de mots pour te décrire clairement ce que je suis en train de vivre.

— Dans ce cas-là, à la lumière de tout ce que tu viens d'ajouter à ce que tu m'as déjà confié, je suis persuadé que tu devais trouver ça très lourd à porter... N'est-ce pas que j'ai raison ?

Il y eut un long soupir en guise de réponse et Oscar sut qu'il avait misé juste. Alors, il intensifia la pression de son accolade, et aussitôt, il sentit la tension des épaules d'Ophélie s'alléger un peu.

— Pourquoi t'en faire ? demanda-t-il sur un ton qui n'avait rien d'interrogatif, mais qui était plutôt rempli de sollicitude. C'est peut-être arrivé plus vite que tu le croyais, mais ce n'est pas si important... Je dirais même, au contraire, que c'est une bonne chose. Tu ne penses pas, toi, que tu vas te sentir beaucoup mieux après avoir revu ta mère ? Fini les cachotteries !

Cette fois-ci, ce fut un silence lourd d'incertitude qui répondit à Oscar. Il en profita pour continuer sur sa lancée.

— Personne n'aime vraiment ça, vivre avec un mensonge aussi gros sur la conscience.

— Était-ce vraiment un mensonge ? murmura Ophélie, tout en se dégageant pour pouvoir plonger son regard dans celui de son ami. C'était un long silence, j'en conviens, mais c'était bien parce que je le voulais comme ça. Ce que je souhaitais plus que tout au monde, en quittant ma famille, c'était de me faire oublier le plus vite possible. Mais jamais, tu m'entends, jamais je n'ai eu l'intention de mentir à qui que ce soit. Il me semblait que mon départ sans préavis parlait de lui-même !

— D'accord, voyons-le comme ça, si c'est ce que tu veux. Et dans les faits, tu n'as pas complètement tort. C'est vrai que tu n'as pas vraiment menti avec des mots qui auraient raconté une fausse réalité. Toutefois, tu te cachais quand même derrière une nouvelle vérité connue de toi seule et dont tu ne voulais pas discuter. Et ça aussi, ça peut devenir une forme de mensonge... Du moins, pour moi, ça l'est ! Ne pas dire la vérité, Ophélie, c'est aussi un mensonge, à sa manière.

— Mais voyons donc ! Je n'ai pas...

— Prends-le comme tu l'entends, l'interrompit Oscar, en posant délicatement un index sur les lèvres d'Ophélie, tu ne me convaincras pas. Je sais que j'ai raison, du moins en partie. Lève le voile sur ce que tu vis présentement et je suis certain que tu vas beaucoup mieux te porter par la suite.

À cet instant, il y avait tant de détresse dans le regard d'Ophélie qu'Oscar se dépêcha d'adoucir le propos. S'il y avait une chose qui lui était intolérable, c'était bien de voir la femme qu'il aimait profondément être malheureuse.

— Je veux que tu comprennes que ce n'est surtout pas un reproche que je te fais. J'espère que tu me crois.

— Bien sûr, soupira Ophélie.

— Si je te parle ainsi, c'est uniquement pour que tu sois prête à toute éventualité. Mais de grâce, cesse d'en faire une montagne. Pour l'instant, on ne sait pas du tout ce que ta mère pense de la situation… Ni même si elle en pense quelque chose.

— C'est justement pour ça que cette rencontre me fait peur, Oscar… J'ai la sensation de nager les yeux fermés dans une eau brouillée. L'inconnu m'a toujours effrayée… En fin de compte, je n'aurais jamais dû accepter l'invitation de Justine.

— Et moi, je suis certain que tu aurais fini par le regretter… Penses-y comme il faut !

— C'est vrai, murmura Ophélie au bout d'un instant.

Dans le fond, elle savait très bien qu'Oscar avait raison sur toute la ligne. Elle vivait dans le déni depuis trop de mois maintenant. Et si elle voulait regarder franchement vers l'avenir et en faire quelque chose de beau et d'unique, elle n'avait pas le choix : elle devait accepter d'affronter tous les démons de son passé.

Et Léopoldine Vaillancourt en faisait incontestablement partie.

Pendant le temps que dura cette mise au point qu'Ophélie venait de faire pour elle-même, Oscar avait poursuivi.

— Tu parleras à ta mère sur le même ton et avec les mêmes mots que tu l'as fait avec moi quand on était à New York. Elle ne pourra pas rester insensible à tout ce que tu as vécu avec Connor. En plus, j'ai pour mon dire que si elle veut te voir, ce n'est pas nécessairement pour tout raconter à ton mari dès son retour chez elle. Elle n'avait pas du tout besoin de te rencontrer pour te dénoncer auprès de lui.

— Tu crois ? Et si jamais ce n'était pas le cas ? Si tu te trompais et que ma mère avait bel et bien l'intention de me dénoncer ?

Il y avait tellement d'anxiété dans le timbre de voix d'Ophélie qu'Oscar ne put s'empêcher de la serrer très fort tout contre lui, avant de lui murmurer à l'oreille, comme s'il voulait être bien certain que personne ne l'entende :

— On ne croira jamais à ça, ma toute belle, mais en cas de besoin, je te jure que ta mère n'aura pas eu le temps d'écrire sa lettre, ou qu'elle ne sera pas encore arrivée chez elle, que toi et moi, nous serons déjà très loin d'ici. Au diable la maison et le travail, on se débrouillera avec les moyens du bord pour le temps où ce sera nécessaire !

Et Oscar scella ce serment d'un long baiser auquel Ophélie s'abandonna enfin.

* * *

Si Justine et Ophélie étaient tendues comme les cordes d'un violon, Léopoldine n'en menait guère plus large, bien qu'elle ne montrât aucun signe de son anxiété, vraisemblablement par manque d'habitude de laisser transparaître ses émotions. Il n'en demeurait pas moins que c'était ce soir, dans quelques heures à peine, qu'elle reverrait sa petite Ophélie (l'expression lui était revenue spontanément quand Justine avait admis en rougissant que oui, elle voyait régulièrement sa sœur), et Léopoldine ne savait toujours pas quelle attitude elle adopterait devant elle.

En effet, qu'est-ce qui dominerait la conversation ce soir ? Des banalités ? Des broutilles sans intérêt ? Ou irait-on directement dans ce qu'il pouvait y avoir d'important à dire, et de délicat à éprouver, pour l'une comme pour l'autre, d'ailleurs ?

Léopoldine offrirait-elle un visage sévère devant la faute commise, parce que sans le moindre doute, Ophélie avait mal agi en abandonnant ses enfants ? Ou, au contraire, ouvrirait-elle tout grand les bras à celle qui revenait dans le giron familial, à tout le moins, dans celui des Vaillancourt ?

Trop de pensées disparates embrouillaient l'esprit de Léopoldine, rendant la réflexion pratiquement impossible. C'était tout à fait nouveau pour cette vieille femme de se sentir régentée par les émotions. Elle s'y perdait régulièrement, ne se reconnaissant pas du tout, et elle n'avait pas la moindre envie d'en discuter avec qui que ce soit avant d'être elle-même à l'aise pour en parler.

Si jamais elle pouvait être en mesure, un jour, d'étaler ses sentiments les plus intimes devant autrui !

Voilà pourquoi, dès le déjeuner terminé, elle annonça que pour sa part, elle aimerait bien profiter du retour d'un soleil radieux pour prendre une longue marche sur la plage.

— Pour la fin d'octobre, du moins pour moi, c'est tout à fait inhabituel, un temps pareil ! Si t'as pas besoin de moi, Justine, comme de raison.

Non, Justine pouvait très bien se débrouiller toute seule. Après tout, ce n'était qu'un repas à préparer.

Léopoldine en fut soulagée. Sans le dire à haute voix, elle se doutait bien que ce serait l'une des dernières promenades qu'elle aurait le temps de se permettre avant son départ.

— Avec la pluie qu'on a eue, ça fait une grosse semaine que je ronge mon frein ! déclara-t-elle en se levant de table. Comme il fait beau sans bon sens, j'vas aller me dérouiller les jambes un peu. Attendez-moi pas avant le milieu de l'après-midi ! J'ai trouvé une poignée de petit change qui traînait dans le fond de mes poches, j'vas en profiter pour me payer la traite au petit *snack-bar*, à l'autre bout de la plage. J'ai toujours aimé ça, moi, les pique-niques !

L'instant d'après, Léopoldine sortait par la porte d'en avant.

Ce soir, elle mangerait avec ses filles et son gendre, puis demain matin, elle demanderait à ce dernier de lui procurer un billet aller simple pour le premier train en partance pour Québec, et elle ferait sa valise. Sa décision était prise et personne ne la ferait changer d'avis.

Il lui tardait maintenant de se retrouver chez elle.

Elle partit ainsi d'un bon pas, pressée de rejoindre la mer, dont elle allait terriblement s'ennuyer, il n'y avait aucun doute là-dessus.

La journée s'annonçait donc particulièrement importante pour cette vieille dame.

Il y aurait un temps pour ses adieux à ce coin du monde qu'elle avait beaucoup aimé. Ne sachant si elle aurait la chance d'y revenir un jour, elle voulait en profiter pleinement. À près de quatre-vingts ans, même la mort devenait une possibilité concevable, et elle y pensait de plus en plus souvent.

Combien de printemps, au juste, lui restait-il à vivre ? Combien de saisons des pommes, de retraites paroissiales et de tourtières du jour de l'An ?

Quand elle tentait d'imaginer sérieusement ces années devant elle, Léopoldine en avait le vertige !

Ensuite, il y aurait un moment pour des retrouvailles qu'elle n'aurait jamais envisagées si elle n'était pas venue habiter chez Justine. Un rapprochement qui n'avait que trop tardé, elle en prenait douloureusement conscience en ce moment.

À force de ressasser ces deux pensées qui lui semblaient discordantes, Léopoldine eut l'impression d'avoir un curieux spasme à la poitrine. Pour une femme de sa trempe, qui avait mené sa vie tambour battant sans trop se préoccuper de ses états d'âme, c'était énormément d'émotions en l'espace d'une toute petite journée.

C'était peut-être trop d'émotions ?

Le cœur au galop et l'esprit en ébullition, elle ne se souvenait pas d'avoir déjà éprouvé pareille sensation.

Apeurée, elle ralentit aussitôt le pas.

Et si c'était justement sa vieille patate qui se mettait à faire des siennes ? À son âge, la chose était tout à fait possible, au même titre que la mort.

De plus en plus inquiète, elle respira à petits coups, puis de plus en plus profondément. Elle fut rassurée sur-le-champ. Elle avait entendu dire qu'une crise cardiaque était incroyablement éprouvante et douloureuse. Or, présentement, elle ne ressentait aucune véritable douleur. Que ce petit galop en accéléré qui s'entêtait à l'agacer, avec un infime soubresaut de temps en temps.

Léopoldine reprit alors son rythme habituel, fait de courts pas pressés, comme si elle était toujours aussi affairée que dans ses jeunes années, gouvernée par l'obligation de se dépêcher, sans arrêt et partout.

Alors, si ce n'était pas son cœur qui lui demandait de ralentir, ce drôle de pincement, serait-ce ce que d'aucuns appelaient « le trac », tout bonnement ?

Un peu comme ce léger tressaillement inattendu, suivi d'une sensation de tournis qui lui avait enserré la poitrine, à l'instant où elle avait aperçu Justine devant la porte de son appartement, après toutes ces années ? En revanche, à l'arrivée des Campbell, le malaise lui était rapidement passé, puisqu'elle était chez elle, en position d'autorité.

Ici, la vieille femme n'était qu'une invitée. Alors comment se sentirait-elle, exactement, quand elle verrait Ophélie ?

La question resta sans réponse.

Aurait-elle le droit de dire tout ce qu'elle voulait, tout ce qui lui passerait par la tête ? Les bonnes paroles comme les remarques déplaisantes ?

Encore une fois, cette question resta sans réponse.

Cela faisait bien des inconnues en même temps !

Léopoldine poussa un très long soupir à l'instant précis où elle arrivait à la plage.

Le temps de rejoindre le bord de l'eau, puis elle écarta petit à petit les prénoms de ses filles. Toutes les quatre !

Pour l'instant, elle était émue aux larmes, comme chaque fois qu'elle se retrouvait devant l'océan. Cette sensation d'être à la fois minuscule et essentielle face à l'immensité de la mer ne la quittait pas. Elle s'arrêta brusquement, heureuse au-delà des mots pour l'exprimer.

— De toutes les créations du Bon Dieu, c'est vraiment la plus belle ! murmura-t-elle sans se soucier des passants qui pouvaient l'entendre. J'aurais bien aimé ça que tu puisses voir ça, toi avec, Hector... Par contre, bon pis généreux comme tu l'as été au courant de ta courte vie, tu dois bien pouvoir y jeter un petit coup d'œil depuis ton Ciel, non ?

Depuis qu'elle habitait ici, dans ce qu'elle qualifiait de bout du monde ou de paradis terrestre, selon son humeur, Léopoldine pensait souvent à son défunt mari, sans trop savoir d'où lui venait cette impulsion.

Peut-être était-ce en raison de la nouveauté, de la beauté des paysages, de toutes ces sensations inconnues qu'elle ressentait, et qui l'emmenaient bien loin de sa zone de confort.

Tout en marchant sur le sable durci par la marée baissante, elle se contenta donc d'inspirer profondément, les yeux mi-clos, pour être bien certaine que cette senteur de varech, à la fois âcre et envahissante, apaisante et tenace, ne la quitte jamais.

De toute sa vie, jamais Léopoldine Vaillancourt ne s'était sentie aussi bien, aussi en harmonie avec la nature, que devant ce paysage de mer, beau à couper le souffle. Même le cri des goélands, discordant et chicanier, lui était agréable à l'oreille.

Elle eut une dernière pensée pour son mari qui, lui, n'aura pas eu cette chance de contempler l'infini de son vivant, puis elle revint à Ophélie, qu'elle allait revoir dans quelques heures.

Si sa mémoire ne lui jouait pas de tour, Marjolaine ressemblait beaucoup à l'image qu'elle avait gardée d'Ophélie, le matin où elle l'avait accompagnée à la gare.

— Pis Claudette aussi, tant qu'à ça. J'ai rarement vu deux sœurs ressembler autant à leur mère…

Mêmes cheveux longs et sombres, même taille gracile. Seuls les yeux étaient différents. Alors qu'Ophélie arborait deux perles noires, Marjolaine avait un regard d'émeraude, et Claudette, des yeux noisette qui pétillaient de curiosité en permanence.

Elle l'aurait voulu que Léopoldine n'aurait jamais pu oublier l'image de sa fille, debout sur le quai d'une gare, vêtue de sa petite robe de tous les jours, à la couleur fanée par trop de lavages, une vieille valise à ses pieds. Elle était en route pour Sherbrooke, au bras de celui qui était son mari depuis tout juste vingt-quatre heures, et elle trimballait avec elle tout ce qu'elle possédait au monde, dans une valise à peine plus grande qu'un tiroir de commode.

Léopoldine se souvenait très bien qu'elle s'était dit alors que c'était fort peu de choses pour commencer une nouvelle vie. Elle, à son mariage, c'était un coffre en bois, son coffre d'espérance, comme on l'appelait, qui l'attendait pour la suivre dans sa nouvelle existence. Il était plein à ras bord et elle l'avait fait déménager de la campagne de ses parents à ce petit logement que son mari avait trouvé pour eux en ville.

— Et voilà où ça l'a menée, ce sacrifice de mariage-là ! maugréa Léopoldine, tout en reculant aussi vite que le permettaient ses jambes fatiguées, devant une vague plus téméraire. Elle a fini par se sauver dans un autre pays pour être sûre de s'en échapper à tout jamais.

Pourtant, à l'époque, quand Léopoldine avait été de retour chez elle, après avoir laissé sa fille et son mari à la gare, parce que le train était en retard et qu'elle-même n'avait pas de temps à perdre à l'attendre, elle avait regretté d'avoir dit oui.

Un peu.

— Quelle bêtise de lui avoir permis de se marier si jeune, avait-elle marmonné en troquant la robe bleu ciel qu'elle portait pour les occasions d'importance et pour la messe, contre celle gris poussière, plus pratique, qu'elle portait pour travailler, parce que ce jour-là, comme tous les dimanches, elle faisait le ménage chez elle.

Après tout, ce Connor n'était qu'un étranger pour elle… Comme pour sa fille, d'ailleurs! Elle avait fréquenté le bel Irlandais durant à peine quelques semaines avant d'engager tout le reste de sa vie à ses côtés. Léopoldine n'avait même pas pu amorcer une discussion sérieuse avec lui, afin de connaître ses véritables intentions, ou pour sonder la profondeur de ses sentiments à l'égard de sa fille. Cet homme, si grand que Léopoldine devait se casser le cou pour le regarder droit dans les yeux, ne baragouinait qu'un mauvais français dont elle ne comprenait que dalle. Elle se souvenait très bien que ça l'avait prodigieusement agacée.

En revanche, comme Ophélie n'avait pas l'air malheureuse ni traumatisée, après avoir passé toute une nuit avec lui, Léopoldine s'était dit qu'à partir de maintenant, la vie de sa fille ne dépendrait plus de celle de sa mère, mais bien de celle de son mari, et que tout devrait bien se dérouler pour eux.

Il faut dire, cependant, que ce matin-là, Ophélie était particulièrement radieuse et que cela avait suffi pour atténuer les remords de Léopoldine, avant de les faire disparaître complètement.

Seul le temps pourrait lui dire si elle avait eu raison ou tort de laisser partir sa fille, et pour cela, Léopoldine ne pouvait rien faire de plus que d'attendre.

Dix mois plus tard, elle apprenait la naissance des premiers jumeaux par le biais d'un bref papier, signé par Connor. Elle en avait alors conclu que sa fille se portait à merveille, qu'elle était peut-être même heureuse, et elle était passée à autre chose.

Avec une bouche de moins à nourrir, Léopoldine pourrait donc continuer à mettre un peu plus d'argent de côté chaque semaine, et dans quelques années, elle abandonnerait avec joie les ménages qu'elle faisait jour après jour chez les bien nantis de la ville, parce qu'il fallait bien payer son loyer et manger comme tout le monde.

Toutefois, s'était-elle dit alors, avec Clémence à ses côtés, elle pourrait enfin se reposer, parce que toutes les deux, elles aimaient les choses simples, les repas modestes, les vêtements usés à la corde et les situations sans complications. À cette époque, comme sa fille aînée avait déjà coiffé sainte Catherine, Léopoldine imaginait aisément que celle-ci finirait sa paisible existence en s'occupant de sa vieille mère, et cela lui convenait tout à fait.

Là-dessus, elle ne s'était pas trompée.

Mais pour Ophélie, il en était allé tout autrement!

Le peu de regrets qu'elle avait connus au moment de ce mariage précipité lui était revenu comme une rafale de vent en plein visage le jour où elle avait reçu le télégramme de Connor annonçant la disparition de sa fille. On ne savait ni où elle se trouvait ni pourquoi elle était partie. Léopoldine ne pouvait se tromper, elle avait lu le télégramme, deux fois plutôt qu'une, le cœur serré.

Un peu.

Néanmoins, encore une fois, elle n'avait rien laissé transpirer de son inquiétude. Par la suite, un peu plus tard ce même jour, une courte discussion avec Claudette, qui se félicitait de voir que sa mère avait eu le culot de s'en aller, avait suffi pour la tranquilliser.

Si Claudette, qui était en âge d'avoir les yeux clairs concernant la vie privée de ses parents, jugeait que sa mère avait bien agi en s'enfuyant de la sorte, pourquoi ne pourrait-elle pas en faire autant elle aussi?

Voilà pourquoi, même si Léopoldine, en bonne catholique qu'elle était, désapprouvait tout à fait le geste posé par Ophélie, elle ne condamnait pas sa fille pour autant.

Elle ajusterait le tir au besoin, quand elle en saurait un peu plus sur ce que celle-ci avait vécu, et pour cela, elle devrait écouter Ophélie sans trop intervenir. Après tout, il n'y avait qu'elle seule qui puisse lui donner l'heure juste, n'est-ce pas?

Elle-même n'aurait jamais pu abandonner ses quatre enfants. L'idée ne lui avait jamais traversé l'esprit, malgré la fatigue récurrente de ses journées trop longues et les exaspérations de toutes sortes occasionnées par quatre filles à sa charge qui se chamaillaient pour un oui et pour un non.

«Quelle idée, aussi, d'en avoir eu quatre», avait-elle souvent pensé. Puis, Léopoldine songeait à son mari, et elle faisait marche arrière.

Si elle avait accepté l'arrivée de tant d'enfants, c'était bien parce que cela semblait faire réellement plaisir à son mari. Alors, elle assumerait son choix jusqu'au bout. Pourtant, elle savait fort bien que chez elle, la fibre maternelle n'avait jamais été très développée. Elle était une femme directe, peut-être, autoritaire, sans aucun doute possible, criarde au besoin et prétentieuse à ses heures, mais elle n'était pas obnubilée par un ego parfois démesuré au point de prétendre être une mère parfaite!

— Sacrifice, non!

Mais en ce moment, alors qu'elle attendait la venue d'Ophélie le cœur battant, Léopoldine ne comprenait plus trop qui elle était vraiment devenue, ces dernières semaines. Revoir Justine après toutes ces années, et surtout si bien s'entendre avec elle, avaient remis les pendules de la maternité à zéro. Comme si le Ciel lui donnait la chance de tout recommencer, même si la vieille dame ne se reconnaissait plus vraiment. Mais où donc étaient cachés ces élans de tendresse qu'elle ressentait depuis le retour de Justine dans sa vie?

Pour l'instant, elle avait vraiment hâte de revoir Ophélie, ce qui, en soi, était déjà surprenant, mais en même temps, elle craignait ce moment comme celui d'un désastre annoncé.

Un peu.

Comme trop souvent dans sa vie, et malgré tout ce qui se bousculait en elle, Léopoldine sentait qu'elle continuait tout de même à voguer à la surface des émotions et des instants d'importance, agrippée qu'elle était aux contraintes du quotidien et à plusieurs vieilles habitudes bien ancrées en elle.

Si, à cause de sa nature emportée et parfois trop vive, il fallait qu'elle dise quelque chose qui serait mal compris, quelque parole malencontreuse qui blesserait, elle ne pourrait jamais se le pardonner.

Jamais !

Quand elle revint de sa promenade, rassasiée par un sandwich au jambon et quelques frites, soûlée de grand air et d'odeur marine, Léopoldine se faufila silencieusement vers sa chambre. Elle avait besoin d'un peu de calme et de repos avant l'heure du souper.

Et une jasette superficielle autour d'un menu ou une obstination au sujet des places autour de la table risquait de la rendre irritable.

* * *

La première surprise qui attendait Léopoldine fut de voir apparaître Ophélie au bras d'un homme autre que son mari. Elle ne s'y attendait pas du tout et elle en fut aussitôt déstabilisée. Alors que son instinct lui dictait de venir au-devant d'Ophélie, de prendre l'une de ses mains entre les siennes et de la regarder droit dans les yeux pour lui dire bonjour, elle resta figée sur le seuil de la porte donnant sur le vestibule. Justine avait pourtant mentionné que sa sœur habitait chez un ami masculin, mais la vieille dame ne pouvait s'imaginer que ce serait ce genre d'ami-là.

De ceux que l'on tient par le bras, comme lorsqu'on est fiancés ou mariés et que l'on veut que tout le monde le sache.

La seconde surprise fut de constater à quel point son « bébé » avait vieilli en vingt ans.

Terriblement vieilli.

Justine, et même Clémence, avaient l'air plus jeunes que leur petite sœur, et cela donna tout un choc à Léopoldine, achevant de la décontenancer.

« Pauvre enfant », pensa-t-elle d'emblée, incapable de la moindre parole pour l'instant.

Tandis que les gens se saluaient et s'agitaient autour d'elle, Léopoldine, dans un soupir imperceptible, se sentit responsable de tous les déboires que sa fille avait pu subir au cours des vingt dernières années.

Ophélie avait-elle souffert à ce point que le temps, passant inexorablement pour elle comme pour les autres, avec son lot de soucis et de maternités, ne l'oublions surtout pas, avait gravé petit à petit des rides précoces sur son beau visage ?

Heureusement, elle restait jolie, sa fille, malgré les stigmates de la vieillesse inscrits dans chacune de ses rides profondes.

En comparaison, Jeanne d'Arc, plutôt ridée elle aussi, ne comptait pas dans la balance. À force de vivre dans la prière, les yeux fermés et le front pensif, elle semblait auréolée en permanence de sainteté, ce qui lui enlevait toute forme de normalité humaine. Sous sa cornette immaculée, elle paraissait ne plus avoir d'âge. « Comme les anges », se disait parfois Léopoldine quand elle revenait du monastère.

De toute façon, au paradis comme sur la Terre, le mot « joli » n'aurait jamais été celui que l'on aurait pu choisir pour la décrire, même durant sa jeunesse.

Témoin du malaise de sa mère, Justine prit alors la situation en main. Elle s'attendait à devoir le faire. À force de les côtoyer toutes les deux, elle avait vite compris qu'Ophélie et Léopoldine se ressemblaient beaucoup dans leurs attitudes, leur brusquerie et une timidité que ni l'une ni l'autre n'aurait accepté de reconnaître publiquement.

— Qu'est-ce que vous diriez, messieurs, de laisser Ophélie et maman se retrouver calmement ? suggéra-t-elle en posant un regard soutenu sur son mari, et ensuite sur Oscar. Après plus de vingt ans d'absence, je crois qu'on peut appeler comme ça la réunion d'aujourd'hui… Jack, après avoir accroché les vestes, tu viendras m'aider dans la cuisine. Et toi, Oscar, tu vas nous tenir compagnie. J'ai mis quelques bières au froid pour vous deux.

Ce qui se dit ce jour-là dans le salon des Campbell, entre la mère et la fille, resterait à jamais entre elles. Ni l'une ni l'autre n'aurait envie, par la suite, de se confier à Justine. Ni à Oscar. Ni à qui que ce soit d'autre.

Ophélie fut celle qui parla le plus, parce que c'était elle qui avait tout à raconter. Dans la lignée de ce que son ami lui avait conseillé, elle employa les mêmes mots que ceux qu'elle avait utilisés à New York et le même ton sobre pour décrire ses années de mariage auprès de Connor.

Ophélie s'attendait à ce que Léopoldine l'interrompe à répétition. La vieille dame resta silencieuse, se contentant de hocher la tête de temps en temps.

Ophélie s'attendait à des soupirs d'impatience. La vieille dame tendit tout bonnement le bras pour saisir l'une de ses mains quand elle se mit à bredouiller lamentablement.

Ophélie s'attendait à des reproches. La vieille dame versa quelques larmes pour accompagner les siennes, lorsqu'elle relata sa fuite en plein hiver.

Puis, après un très long silence entre les deux femmes, Léopoldine eut une question, une seule.

— Si t'étais malheureuse à ce point-là, pourquoi tu m'as pas écrit, ma fille ? J'aurais peut-être pu parler à ton mari... Tu me connais, pis tu le sais que j'ai pas la langue dans ma poche.

— Justement, murmura Ophélie sans oser lever les yeux vers elle.

Ophélie se demanda alors si elle irait jusqu'au bout de sa confession. Et si oui, comment pouvez-vous dire à votre mère que vous aviez peur d'elle ? Comment lui reprocher, sans la blesser, qu'au décès de son père, la petite Ophélie aurait tant voulu pouvoir pleurer sur son épaule, mais que sa maman n'était jamais disponible ? Invariablement, Léopoldine répondait qu'elle n'avait pas le temps, et Ophélie comprenait qu'elle n'avait jamais de temps pour elle, jamais de temps pour les câlins ou pour les confidences. À cinq ans, il est facile de déformer des propos d'adulte.

— Il faut que je travaille ma fille, lui rétorquait donc Léopoldine lorsque la gamine tentait de se rapprocher d'elle. Si je prends quelques minutes pour te raconter une histoire, je ferai pas de ménage pendant ce temps-là ! Ça va nous donner moins d'argent pour faire l'épicerie, pis à cause de ça, on va toutes avoir le ventre creux, tes sœurs, toi pis moi. C'est ça que tu voudrais, Ophélie ? Avoir le ventre vide ?

Ce fut à partir d'un bref moment d'impatience d'une femme épuisée, alors que Léopoldine repoussait sa fille derrière elle pour continuer à laver un plancher déjà propre, dans l'une de ces fabuleuses maisons où elle faisait le ménage et où Ophélie rêvait à une vie de princesse, ce fut à ce moment bien précis que la gamine avait cru comprendre, à travers les mots, que le bien-être de toute sa famille passait obligatoirement par elle.

Ce fut donc à partir de cette démonstration d'énervement maternel qu'Ophélie cessa de quémander quoi que ce soit.

Comment aurait-elle pu imaginer que des années plus tard, la situation avait changé, avait évolué ? Quand Ophélie aurait eu besoin de se confier, se faire répondre de se débrouiller toute seule n'était sûrement pas ce qu'elle aurait souhaité entendre... ou lire !

Alors elle n'avait rien dit, rien écrit.

Et elle en souffrait encore aujourd'hui.

Levant enfin les yeux vers Léopoldine, Ophélie comprit que le moment était venu de crever cet abcès qui avait continué de lui empoisonner l'existence, durant toutes ces années, au même titre que les silences et les exigences de Connor avaient tué l'amour en elle.

Présentement, le regard de sa mère avait un petit quelque chose de différent. Peut-être était-ce la sagesse apparue avec l'âge, Ophélie n'en savait rien. Mais cette lueur de bienveillance appelait à la confidence, ça, c'était certain. Alors, Ophélie poursuivit ses aveux, même si les mots étaient difficiles à prononcer parce qu'elle continuait de craindre la réaction de Léopoldine.

Un peu.

— Je savais tout ça, maman. Je savais très bien que vous étiez peut-être la seule personne que je connaissais capable de tenir tête à mon mari, et ça m'a tenté à quelques reprises de prendre du papier et un crayon pour vous écrire. Mais j'avais peur...

— Peur ? Comment ça, peur ? Sacrifice ! Il me semble que j'ai jamais mangé personne !

— Je le sais, mais j'avais peur quand même de votre réaction. C'est comme si j'avais été encore une toute petite fille et que tout ce que vous alliez me répondre, c'était de ne pas vous déranger parce que vous étiez trop occupée. Comme je n'avais surtout pas besoin de ça, en plus de tout le reste, je n'ai jamais parlé de mes problèmes à personne.

— Oh !

Comprenant aussitôt la portée de ces quelques mots, Léopoldine prit une longue inspiration. Ophélie était en train de lui dire qu'elle n'avait pas toujours été à la hauteur de la situation.

Et elle avait tout à fait raison.

En une fraction de seconde, Léopoldine se revit tempêtant après l'une, disputant après l'autre et se couchant le soir, complètement épuisée, pour se lever à l'aube du lendemain afin de recommencer. Encore et toujours...

Non, quoi qu'elle en ait pensé, Léopoldine avait manqué à ce que l'on s'attendait d'elle. Alors, de quel droit pouvait-elle se permettre de lancer la première pierre ?

Ce fut au tour de la vieille femme de détourner la tête. Puis, jetant un coup d'œil par la fenêtre, elle ajouta :

— Ah bon !

Un long silence soutenu par deux réflexions qui devaient probablement se rejoindre scella la confession d'Ophélie.

Après de très longues minutes, Léopoldine se décida finalement à briser ce silence qui s'éternisait, parce qu'il fallait bien que quelqu'un ose le faire, mais aussi parce qu'elle détestait les attentes interminables qui ne servaient à rien.

— On est pareilles, toi pis moi, constata-t-elle avec une lucidité troublante. Il y a des choses qu'on devrait dire pis qu'on dit pas. Pis il y en a d'autres qu'on devrait garder par-devers soi pis qu'on lance tellement de travers que ça ressemble à une gronderie… Si tu vois ce que je veux dire, Ophélie !

— Je comprends, oui. Et je crois que vous avez raison.

— Tant mieux… Pis…

Léopoldine se racla la gorge, soupira, ajusta la manche de son chandail. Quand elle reprit la parole, sa voix était chargée d'une infinie fatigue.

— Si jamais je t'ai déjà blessée au point que t'as pas osé me parler par après, je m'en excuse. C'est comme pas acceptable pantoute… C'est un peu plate à dire, mais au jour d'aujourd'hui, il est quand même un peu tard pour te venir en aide, pis je le regrette. Le mieux que je peux faire, c'est de m'excuser…

— C'est correct, maman. Moi avec, le jour où j'vas devoir m'excuser est peut-être moins loin que je le pense…

— Ça, il y a juste toi qui peux le dire... Astheure, si tu y vois pas d'inconvénient, m'en vas aller vérifier si Justine aurait pas besoin d'un petit coup de pouce. Veux-tu que je demande à ton ami de venir te rejoindre ?

— Vous lisez dans mes pensées, parce que c'est exactement ce que j'allais vous demander.

À ces mots, les deux femmes se regardèrent intensément. Puis, Léopoldine esquissa un tout petit sourire.

— En fin de compte, je pense qu'on a tout ce qu'il faut pour bien nous entendre, toi pis moi. Il nous reste juste à trouver comment y parvenir... Mais j'ai pas de crainte, on va finir par y arriver. On a encore un peu de temps devant nous deux avant la grande séparation, celle qui dure l'éternité. Ouais, j'ai envie d'essayer. Mais il faudra pas trop tarder, par exemple, rapport que je suis plus très jeune... Astheure que je connais l'adresse où je peux t'écrire, je devrais trouver du temps pour le faire... Même si j'haïs ça... J'vas me dire que c'est pour la bonne cause pis ça devrait me donner de l'inspiration.

Le repas qui suivit, quelques minutes plus tard, fut détendu, presque joyeux.

— Malgré ce que tu peux en penser, Ophélie, t'as une vraie belle famille, fit remarquer Léopoldine, entre le poulet rôti et le dessert, sans trop réfléchir à ce qu'elle disait. J'ai rencontré tes filles, comme Justine a dû te le raconter, pis elles sont pas mal belles, bien élevés, pis toutes gentilles. Ta Marjolaine, surtout, c'est toute une femme.

— Merci de le dire.

Le manque d'enthousiasme d'Ophélie laissa Léopoldine sans voix. Avait-elle fait une erreur en parlant ainsi de la famille de sa benjamine devant tout le monde ?

Elle ne voyait pas en quoi elle avait pu gaffer. Après tout, les gens autour de la table savaient tous que sa fille avait une grosse famille.

L'instinct lui suggéra cependant de ne pas renchérir et de ne pas soupirer d'impatience non plus.

Pourtant, présentement, Léopoldine sentait la moutarde lui monter au nez, et elle aurait eu envie de lancer une semonce bien sentie. Ce n'était pas parce qu'Ophélie avait été malheureuse à cause d'un homme qu'elle pouvait rayer de sa vie tous les enfants qu'elle avait eus avec lui ! Si elle n'avait pas été la mère idéale, elle en convenait, Léopoldine avait tout de même pris la relève de son Hector sans que l'idée de tout laisser tomber lui effleure l'esprit. Ophélie lui sembla tout à coup un peu trop centrée sur elle-même, mais ce n'était peut-être qu'une simple question de perception.

Alors, avant de transformer une remarque qui se voulait gentille en une gaffe monumentale qui refermerait à tout jamais la porte qui s'était entrouverte entre sa fille et elle, Léopoldine préféra changer radicalement de sujet de conversation, et pour ce faire, elle se tourna vers Oscar.

— Comme ça, vous êtes vendeur de commerce...

— Depuis l'âge de seize ans, madame.

— Ah oui? C'était pas un peu jeune pour faire ce genre de travail?

— Pas du tout. J'accompagnais mon père dans ses tournées. C'est comme ça que j'ai appris le métier.

— Ben dans ce cas-là, racontez-moi donc comment ça se passe quand vous vous présentez à la porte de quelqu'un que vous connaissez pas encore. J'en ai aucune idée, parce que chez nous, je vérifie tout le temps à travers mes tentures pour voir qui c'est qui frappe à ma porte, pis si jamais ça ressemble à un colporteur, je réponds pas!

— Ah non? C'est probablement parce que vous n'avez jamais rencontré un bon vendeur que vous réagissez comme ça! Mon travail, ce n'est pas de déranger inutilement les gens, mais plutôt de leur faciliter la tâche! Laissez-moi vous expliquer les règles importantes qui distinguent un vendeur ordinaire d'un excellent vendeur!

Et tandis qu'Oscar, aussi à l'aise qu'un poisson dans l'eau, racontait son métier avec moult détails savoureux, Léopoldine et Ophélie étaient pendues à ses lèvres.

L'une parce que chaque fois qu'Oscar parlait de ses tournées, il le faisait avec beaucoup d'humour et qu'Ophélie appréciait ce trait de caractère qui la changeait agréablement de la morosité d'un Connor Fitzgerald.

Et l'autre parce qu'elle découvrait une facette insoupçonnée et fascinante d'une profession qu'elle avait toujours dénigrée, haut et fort, en disant que c'en était une de «casse-pieds».

Chapitre 6

«Gonna tell Aunt Mary 'bout Uncle John
He claim he has the misery but he's havin'
a lot of fun
Oh baby, yeah baby, woo baby
Havin' me some fun tonight, yeah
Well long, tall Sally
She's built for speed, she got
Everything that Uncle John need, oh baby
Yeah baby, woo baby
Havin' me some fun tonight, yeah»

~

Long Tall Sally, Richard Wayne Penniman
(Little Richard) / Robert Blackwell / Enotris Johnson

Interprété par Little Richard en 1956

Le jeudi 26 octobre 1944, aux abords de la gare du Palais à Québec, par une nuit froide et sans lune

Léopoldine avait fait un mauvais voyage de retour. Non seulement la couchette était-elle trop étroite et le matelas trop dur, mais elle avait eu beaucoup de difficulté à garder son équilibre quand elle voulait se déplacer pour se rendre au wagon-restaurant à l'heure des repas qui, soit dit en passant, étaient délicieux. Cependant, chaque fois qu'elle devait traverser d'un wagon à l'autre, la panique la gagnait. La passerelle était instable et elle avait vraiment, mais vraiment très peur de tomber.

Heureusement, à son arrivée à Québec, un gentil steward à la patience angélique avait regroupé ses effets pour les sortir à l'extérieur de la gare, avant de héler un taxi pour qu'il la reconduise chez elle.

Un chauffeur qui portait une casquette et des gants parce qu'il faisait plutôt froid avait pris le relais, et il avait rangé dans le coffre arrière de son auto les deux valises de Léopoldine et de nombreux paquets, réunis dans deux grands sacs à poignées. Ces petits colis de formes variées étaient les témoins des cadeaux que Justine et son mari avaient tenu à lui offrir, tout au long de ses vacances à la mer.

Car c'était ainsi que Jack avait baptisé le séjour de Léopoldine au Connecticut : des vacances à la mer !

— Et vous revenez quand vous voulez ! Ça a été un réel plaisir de vous connaître, belle-maman.

Il est vrai que Jack Campbell et Léopoldine Vaillancourt s'étaient fort bien entendus.

— Comme deux larrons en foire, le disait parfois Justine.

Au point où il arrivait qu'elle-même fasse mine d'être jalouse, avant qu'ils se mettent à en rire tous les trois.

Ce fut donc un très beau séjour au pays de l'oncle Sam, au cours duquel la rencontre avec Ophélie avait été une sorte de point culminant. Cette heure passée en tête-à-tête avec sa fille avait mis un peu de baume sur son cœur de mère.

Sa petite Ophélie était bien vivante, comme l'avait laissé croire son instinct, et ma foi, elle semblait s'en tirer pas si mal. Que pouvait-elle demander de plus, sinon de savoir que de surcroît, la famille d'Ophélie se portait à merveille, elle aussi ?

À tout le moins, les filles Fitzgerald, que Marjolaine avait eu la bienveillance de regrouper auprès d'elle, comme une poule couveuse rassemble ses poussins.

Ce serait un peu grâce à elle et à cette famille O'Brien, plus que gentille et généreuse, si Léopoldine allait garder un bon souvenir de Montréal.

Laissée à elle-même durant deux jours, tandis que le train filait vers le Canada, tout en s'arrêtant dans plusieurs des nombreuses villes que les rails traversaient, Léopoldine avait eu amplement le temps de faire le point sur tout ce qu'elle avait vécu au cours des derniers mois, et elle s'était déclarée entièrement satisfaite de son voyage, et ce, bien au-delà de ses attentes.

Seul le retour en train avait gâché la sauce.

Un peu.

Mais son humeur s'en était tout de même ressentie. Deux jours à ne rien faire, sinon à regarder passer des boisés ou des maisons, assise sur une banquette plus ou moins confortable, avaient eu raison du peu de tolérance dont Léopoldine était capable de faire preuve à l'occasion. Accouplez cette irritation à l'obligation de parler anglais, ce qu'elle faisait avec beaucoup de difficulté au moment des repas, et à la fatigue occasionnée par le voyagement, et vous aurez une femme à bout de nerfs qui se dirigeait présentement vers chez elle, dans un taxi qui sentait le parfum pour homme à plein nez.

La vieille dame n'aspirait plus qu'à une bonne tasse de thé, siroté en compagnie de sa fille Clémence, dont elle s'était finalement ennuyée, surtout durant les derniers jours, elle savait le reconnaître. Un carré de soie aux couleurs de l'automne, choisi avec soin avec Justine, devrait en témoigner éloquemment.

Et pour Claudette, elle avait opté pour un bibelot en forme de phare, jugeant qu'elle avait suffisamment de parures et autres vêtements inutiles, offerts par son vieux cavalier, pour qu'elle songe à en ajouter un de plus à sa collection.

Quant à Jean-Louis, Léopoldine ne s'était même pas donné la peine de réfléchir à ce qui pourrait lui faire plaisir.

Moins elle le voyait, celui-là, et mieux elle se portait !

En revanche, heureuse d'avoir pensé à offrir des cadeaux aux deux femmes qui partageaient sa vie, Léopoldine appuya la tête contre le dossier de la banquette et elle ferma les yeux.

Dès son arrivée, elle parlerait du Connecticut avec sa fille et elle lui ferait miroiter l'éventuelle possibilité de l'accompagner l'an prochain, puisque Justine et Jack, à tour de rôle, l'avaient invitée à renouveler l'expérience, et deux fois plutôt qu'une !

— De toute façon, marmonna Léopoldine sans égard à la présence du chauffeur de taxi, il faut à tout prix que Clémence voye la mer elle avec avant de mourir. C'est franchement trop beau pour qu'elle passe à côté de la chance de pouvoir contempler une telle merveille.

Puis, la maison de Justine était suffisamment grande pour accueillir deux visiteuses en même temps, et le trajet en train ou en autobus serait moins pénible à deux.

Ce fut donc sur cette pensée plutôt agréable que Léopoldine arriva enfin devant le triplex où elle habitait depuis si longtemps qu'elle considérait le bâtiment comme étant le sien.

Malgré l'heure tardive, elle reconnut aussitôt la silhouette de Claudette qui se profilait dans l'ombre du balcon.

Léopoldine fronça les sourcils, l'humeur redevenue d'emblée passablement mauvaise.

— Mais qu'est-ce qu'elle fait là, elle ?

Appuyée nonchalamment contre la colonne de bois qui supportait le balcon de l'étage supérieur, la jeune femme fumait une cigarette.

Le sang de Léopoldine ne fit qu'un tour !

Mais de quel droit sa petite-fille se permettait-elle d'agir ainsi ?

En effet, depuis que Justine ne rapportait plus de cigarettes à la maison, le vendredi soir en revenant de son travail à l'Imperial Tobacco, le tabac était interdit chez Léopoldine.

Aussi bien dire qu'on ne fumait pas chez elle depuis toujours ! Et ce, parce qu'elle-même n'avait jamais réussi à succomber à cette habitude de faire de la « boucane », comme elle le disait si bien.

— Ça pue, pis ça goûte le diable ! Pourquoi je ferais des efforts pour me mettre à fumer, je vous le demande un peu ? De toute façon, j'ai pas ça de « lousse » dans le fond de mes poches, moi, de l'argent de trop pour me payer des cigarettes !

Et voilà que Claudette avait profité de son absence pour enfreindre des règles avec lesquelles la jeune femme avait toujours semblé d'accord ?

C'était à n'y rien comprendre !

Léopoldine subodora la présence d'un certain Jean-Louis derrière cette déplorable habitude de n'en faire qu'à sa tête, et sa rogne décupla aussitôt !

Cette fois, Claudette avait dépassé les bornes.

Le temps de demander au chauffeur de monter ses valises et ses sacs sur la galerie, d'offrir un maigre cinq sous en guise de pourboire, et Léopoldine grimpait péniblement l'escalier à son tour.

— Veux-tu bien me dire ce qui se passe ici, toi ?

Ce fut par ces mots, sans la moindre salutation, que Léopoldine regagna ses quartiers, après avoir passé plus de trois mois loin de chez elle.

— Depuis quand tu fumes, Claudette ?

— Ça doit faire un gros deux mois. Sinon plus !

— Pardon ?

— Ouais... J'ai dû commencer la cigarette dans le courant du mois d'août.

— Quand le chat est pas là, les souris dansent, comme on dit ! grommela Léopoldine. En quel honneur t'as décidé de fumer ? Tu le sais que j'haïs ça en sacrifice, l'odeur des cigarettes dans ma maison !

— Ben oui, je le sais. Pis j'ai pas cherché à vous désobéir non plus... C'est exactement pour ça que j'suis ici, sur le balcon. Pour pas empester toute la maison, comme vous dites.

— Ça change en rien que je trouve ça pas mal niaiseux, ton affaire... Veux-tu bien me dire ce qui t'a pris de commencer ça ? demanda Léopoldine pour une seconde fois.

— C'est à force d'aller dans les cabarets avec Jean-Louis, je dirais bien... Ouais, c'est là que j'ai attrapé le goût de fumer.

— Voir que ça s'attrape de même comme la grippe.

— C'est Jean-Louis qui dit ça comme ça... À force de sentir la fumée des autres, l'envie finit par nous pogner... De toute façon, j'ai toujours trouvé que ça faisait chic, une femme qui fume.

— On aura tout entendu!

— Mais faites-vous-en pas! L'odeur vous dérangera pas trop longtemps parce que je m'en vas dans deux trois minutes.

— Comment ça, tu t'en vas? Où c'est que tu peux ben aller à une heure pareille, ma pauvre p'tite fille? Tu devrais déjà être couchée.

— Voyons donc, grand-mère! Je suis plus un bébé pour me coucher à l'heure des poules... De toute façon, va falloir vous y faire parce que c'est de même une couple de soirs par semaine, depuis que vous êtes partie pour votre long voyage. Pis? C'était comment là-bas?

— C'était ben beau... Mais c'est pas ça l'important pour le moment... Comme ça, tu sors sur semaine, astheure?

— Parce que c'est comme ça. Pis en quoi ça pourrait vous déranger au point d'en faire une montagne?

— Ça change ben des affaires, ma pauvre enfant. En commençant par ta *job*. Que c'est que tu fais de ta *job*? Comment peux-tu être en forme pour aller travailler, si tu veilles jusqu'aux petites heures du matin ? Parce que c'est clair : à l'heure que tu pars, tu seras pas rentrée pour minuit.

— Il y a pas de problème là, parce que je travaille plus à l'Arsenal.

— Tu travailles plus à l'Arsenal ? C'est le monde à l'envers ! Ben voyons donc, qu'est-ce que c'est ça, encore ? Veux-tu bien me dire ce qui s'est passé ici pour que...

— Regardez, grand-mère, Jean-Louis arrive. Vous voyez bien que vous avez pas à vous inquiéter pour moi ! Je vous dis bonne nuit, pis on reparle de tout ça demain matin, quand j'vas me lever.

Décontenancée, choquée et déprimée, Léopoldine regarda l'auto de Jean-Louis s'arrêter, avant de s'éloigner pour finalement disparaître au coin de la rue.

— Sacrifice de sacrifice ! Je peux pas me revirer de bord sans que la foire pogne dans ma maison... Je le savais, je le savais donc, aussi, que c'était risqué de partir, grogna-t-elle après avoir soupiré bruyamment. Il y a rien qui marche dans le sens du monde ici dedans, quand j'suis pas là pour voir à toute... Pis après, on dit que j'suis trop autoritaire... Sacrifice ! On me laisse pas vraiment le choix de l'être !

Là-dessus, la vieille dame jeta un coup d'œil découragé sur ses bagages, avant de hausser les épaules et de se retourner pour entrer chez elle, tout en se disant que l'accueil aurait assurément pu être meilleur.

— Clémence, t'es où, toi là ? lança-t-elle depuis le vestibule. J'aurais deux mots à te dire ! Mais avant, il faudrait que tu mettes mes valises pis mes sacs dans ma chambre !

Partie 3

Décembre 1944 à juin 1945

Chapitre 7

«On l'appell' Mad'moisell' de Paris
Et sa vie c'est un petit peu la nôtre
Son royaume c'est la rue d'Rivoli
Son destin, c'est d'habiller les autres
On dit qu'elle est petite main
Et s'il est vrai qu'elle n'est pas grande
Que de bouquets et de guirlandes
A-t-elle semés sur nos chemins.
Elle chante un air de son faubourg
Elle rêve à des serments d'amour
Elle pleure et plus souvent qu'à son tour
Mad'moiselle de Paris»

~

Mademoiselle de Paris, Henri Contet / Paul Durand

Interprété par Jacqueline François en 1948

Le jeudi 21 décembre 1944, chez les Fitzgerald, en compagnie d'Henry et de Darcy

Henry venait tout juste de revenir du travail et il avait trouvé Darcy assis à la table de la cuisine, penché sur le seul livre de recettes qu'eut jamais possédé leur mère, celui des Dames de la Congrégation. Il lui avait été donné par leur père, et il était probablement l'unique cadeau qu'elle ait reçu de lui.

— Veux-tu me dire ce que tu fais là, toi?

— Je cherche de quoi de pas trop difficile à cuisiner, de pas trop cher non plus, mais de nouveau, pour le soir de Noël.

— Veux-tu que je t'aide?

— Ce ne sera pas nécessaire.

Cette espèce de nonchalance dans la réponse de Darcy amusa Henry. Depuis tous ces derniers mois, en fait, depuis le départ des filles, alors qu'ils s'étaient retrouvés à brûle-pourpoint les piliers et les artisans du bien-être du peu de famille qu'il restait à Sherbrooke, les deux frères, malgré leur différence d'âge, avaient développé une complicité qui les aidait à traverser bien des difficultés. Surtout celles du quotidien, engendrées par le départ de leur mère, d'abord, puis par celui de Delphine ensuite.

Par moments, comme le disait parfois Henry en riant, ils avaient l'air d'un vieux couple.

À cette pensée, ce dernier esquissa un sourire.

Avec Marjolaine aussi, il se sentait parfois comme dans un vieux couple. Cela faisait plus d'un an que l'essentiel de leur relation privilégiée se vivait à distance, et pourtant, il savait que leur connivence était toujours aussi forte, même si la présence de sa sœur lui manquait terriblement.

Et dans quelques jours, cela ferait un an que leur mère Ophélie les avait tous abandonnés.

Depuis, ce que les enfants Fitzgerald espéraient secrètement, ils le gardaient chacun pour soi. C'était soit le fruit de leur imagination ou celui de leurs désirs les plus fous. Ophélie était-elle morte ? Reviendrait-elle un jour ? Personne ne pouvait répondre à ces questions, car les enfants Fitzgerald ne savaient plus rien d'elle.

Les filles, grâce à Marjolaine et aux amis qu'elle s'était faits à Montréal, avaient su réorganiser leur quotidien de belle façon.

Les garçons, malgré la bonne volonté d'Henry et de Darcy, essayaient encore d'y laisser le moins de plumes possible.

— En quel honneur mon aide n'est plus nécessaire ? demanda Henry, feignant d'être offusqué. Depuis quand refuses-tu de recevoir mes conseils, Darcy Fitzgerald ?

— Depuis que je sais que c'est moi qui vais devoir acheter tout ce qu'il faut avec le peu d'argent qu'il me reste de ce que *dad* m'a donné en début de semaine, et que c'est moi aussi qui vais préparer le repas de Noël probablement tout seul, encore une fois, vu que tu travailles samedi et dimanche pour avoir quatre jours de congé au jour de l'An. Il me semble que c'est une bonne raison, non, pour me faire une idée de ce qui m'attend ?

— En effet.

— C'est pour ça que je t'ai répondu qu'il valait mieux que je décide moi-même de la recette.

— Ah bon… Comme tu veux, rétorqua Henry tout en ôtant son manteau et son foulard. Si jamais tu changes d'avis, tu me feras signe… Je vais être dans notre chambre…

Tout en parlant, Henry se dirigeait déjà vers la porte donnant sur le corridor.

— Notre chambre ?

Henry se retourna.

— Oui, notre chambre… Pourquoi cette question ?

— Parce qu'il me semble que ce n'est pas l'endroit le plus agréable de la maison pour attendre l'heure du souper. Si au moins notre père avait voulu que tu prennes la chambre des filles, je comprendrais, mais là…

— Parle-moi pas de la chambre des filles, veux-tu ! coupa Henry, visiblement agacé par ces derniers mots.

Le discours que lui avait servi son père quand il avait osé demander s'il pouvait utiliser la seconde chambre, maintenant qu'elle était vide, lui était resté coincé en travers de la gorge. Pourtant, il avait bien précisé que ce serait juste en attendant un changement quelconque à leur situation, mais Connor n'avait rien voulu savoir de cet arrangement.

— Tu as entendu la réponse de *dad* comme moi, non ?

— C'est sûr... Il criait tellement fort après toi que tout le monde a pu l'entendre. Même nos voisins d'en bas, je pense bien, savent ce qui s'est passé chez nous. Laisse-moi te dire que je n'aurais pas voulu être à ta place ! Je pense que j'aurais fondu sur place comme un bonhomme de neige au printemps ! J'ai rarement vu notre père aussi fâché contre quelqu'un... Par contre, si tu veux savoir ce que j'en pense vraiment...

Avant de poursuivre, Darcy jeta un coup d'œil vers le corridor. Par réflexe, assurément, puisqu'en ce moment, Henry et lui étaient seuls à la maison, Owen ayant décidé d'aller jouer au parc avec des amis après l'école.

— Je pense, poursuivit Darcy en reportant les yeux sur son frère aîné, que notre père se trompe royalement en s'obstinant à dire que les filles vont revenir bientôt, et qu'à cause de ça, on ne doit toucher à rien avant leur retour.

— Je sais, admit Henry en haussant les épaules... En revanche, je sais aussi que jamais Marjolaine ne laisserait repartir une seule de nos petites sœurs dans les conditions actuelles.

Henry poussa alors un long et bruyant soupir.

— Si tu savais à quel point j'aimerais que tu puisses venir avec moi à Montréal la semaine prochaine ! Tu comprendrais facilement de quoi je parle. Tu verrais comment elles sont bien installées, nos sœurs, et combien elles ont l'air heureuses avec Marjolaine.

— Qu'est-ce que tu crois, Henry ? Que le sort de toutes nos sœurs me laisse indifférent ? Si c'est le cas, tu te trompes. C'est pas mêlant, j'en rêve, d'aller à Montréal ! De la manière que tu en parles, ça a l'air d'être une bien belle ville, habitée par des gens qui sont gentils. J'ai hâte de les connaître, moi aussi. Mais tu sais comme moi que pour l'instant, c'est impossible.

La voix de Darcy était posée, comme toujours, mais présentement, le ton était inflexible et dur.

— Et de un : *dad* ne voudrait jamais me laisser partir, même si tu lui offrais de payer le billet de train pour moi ! Je crois qu'il aurait trop peur que je ne revienne pas, expliqua-t-il calmement. Et il n'aurait probablement pas tout à fait tort, ajouta-t-il après un bref moment de réflexion, parce qu'alors qui lui ferait à manger ? Et de deux : je ne serais pas capable de laisser Owen tout seul durant le temps des Fêtes. Sous aucune espèce de considération ! Pas avec *dad* et Thomas dans le décor ! Fais juste revoir dans ta tête à quoi ils peuvent ressembler parfois quand ils partent sur une galère, et tu vas vite comprendre ce que je veux dire !

— C'est vrai. Il arrive de plus en plus souvent qu'ils ne soient pas très beaux à voir quand ils reviennent à la maison.

— Et voilà ! Toi, par contre, tu dois y aller. Pour Marjolaine. Elle serait très déçue que tu n'assistes pas à ses fiançailles... Mais, s'il te plaît, ne m'en parle plus ! Chaque fois que j'entends le mot « Montréal », ça me donne envie de tout plaquer là et de te suivre... Ça me donne surtout le goût de retrouver l'atmosphère d'une vraie famille, comme lorsqu'on était tous ensemble. Notre vie n'a jamais été très facile, mais au moins, elle était... Comment dire ? Elle était normale, quand *mom* était là... Presque normale... Surtout que c'est Noël dans quelques jours ! Je m'ennuie d'elle, tu sais. Et je trouve ça plutôt difficile de me répéter que pour le moment, c'est impossible qu'on soit tous réunis, alors je préfère ne pas trop y penser... Ouf ! Ça ne m'arrive pas souvent de tant parler d'une traite, mais il fallait que je te dise tout ça.

— Bien sûr... Oui, je suis entièrement d'accord avec tout ce que tu viens de dire... Notre mère me manque aussi... Beaucoup ! Et je m'excuse de toujours revenir t'embêter avec ce sujet-là. Ça doit être parce que les fiançailles de Marjolaine me rendent un peu nerveux ! Ouais... Je suis nerveux comme ce n'est pas permis, mais en même temps, je suis très content pour elle, étant donné qu'elle va être heureuse avec Ferdinand. Attends de le connaître, toi aussi, son pompier, et je suis persuadé que tu vas dire exactement la même chose que moi.

— J'espère bien qu'elle va être heureuse... Après tout, c'est ce qu'on souhaite pour chacun d'entre nous, non ?

— Oui... Tu sais quoi, Darcy ? Tu ressembles à Delphine et Marjolaine. Tous les trois, vous avancez dans la vie avec le cœur sur la main... Je ne sais pas de qui vous tenez ça, cette générosité sans bornes, mais ce n'est sûrement pas de nos parents, ajouta Henry avec une certaine aigreur dans la voix.

Le jeune homme regarda alors autour de lui et il se désola une fois de plus de la médiocrité de leur logis. C'était encore pire depuis le départ de leur mère, malgré les efforts de Darcy. Henry soupira, puis il s'étira longuement.

— Bon ! C'est bien beau, tout ça, mais je suis fatigué. On dirait que le patron me fait travailler encore plus fort que d'habitude pour compenser les jours où je serai absent... Je vais aller me reposer un peu avant de manger.

Sur ce, le jeune homme feignit intentionnellement une réelle lassitude par un bruyant bâillement, question d'avoir l'air de quelqu'un qui a de la suite dans les idées, puis il quitta la cuisine pour se réfugier dans la chambre des garçons.

Mais l'envie ou le besoin de dormir ne faisait pas partie de ses plans, loin de là !

Henry voulait plutôt emballer les cadeaux qu'il avait soigneusement choisis pour ses frères, du moins pour les trois qui vivaient encore à Sherbrooke avec lui. Il avait l'intention de leur offrir ses présents au retour de la messe de minuit.

Sans faire de bruit, il sortit de sous son lit un sac de papier kraft contenant quelques objets hétéroclites, du papier doré et un long bout de ruban en satin rouge acheté à la mercerie de madame Johnson.

D'abord, il avait pensé à Darcy, qui se donnait beaucoup de peine pour rendre leur modeste appartement le plus chaleureux possible.

Pour lui, cela avait été facile de deviner ce qui lui plairait.

Il y avait un roman de Jules Verne dont Darcy lui avait parlé en disant qu'il le relirait des dizaines de fois tellement il avait aimé ce livre.

— Pourquoi le relire, puisque tu connais l'histoire?

— Juste pour l'écriture, Henry. Juste pour le plaisir de relire les phrases. J'aime les livres bien écrits. On dirait que les mots sont des pinceaux qui dessinent des images dans ma tête. J'aimerais ça, écrire aussi bien que Jules Verne... J'aimerais écrire un jour, tout simplement!

Et quand Darcy avait prononcé ces quelques paroles, Henry avait entendu des pétillements de joie sincère et de plaisir anticipé dans la voix de son jeune frère qui, pour une toute première fois, avait entrouvert la porte de son avenir devant lui.

— Malheureusement, avait poursuivi Darcy, je dois retourner le livre à la bibliothèque de l'école avant la fin de la semaine et je n'aurai pas le droit de le reprendre avant l'année prochaine.

Henry avait donc décidé qu'il achèterait une belle édition de luxe, si cela existait, du roman *Les enfants du capitaine Grant.* Ainsi, son frère pourrait le lire et le relire autant de fois qu'il le voudrait sans risquer que les pages finissent par se détacher de la jaquette.

Toutefois, quand Darcy lui avait demandé, tout rougissant, une semaine plus tard, s'il pouvait lui emprunter son rasoir parce que le directeur de l'école, avec ce claquement de voix caractéristique de sa sévérité draconienne qui faisait frémir tous les élèves, lui avait dit qu'il avait l'air malpropre avec son semblant de barbe qui poussait de façon clairsemée, mais drue, Henry avait su que cette année, Darcy aurait deux cadeaux.

Un livre avec une reliure à toute épreuve, sous une couverture en cuir fin, avec des dorures, si possible, et une trousse de toilette bien à lui, comprenant rasoir, lames de rechange, blaireau tout doux et un pain de savon à raser.

Quant à Owen, qui passait son temps à jouer dehors, Henry avait hésité entre une traîne sauvage neuve, en rabais à la quincaillerie de la rue Victoria, ou une paire de patins d'occasion, vendue à la brocante de la patinoire municipale. Après avoir longuement soupesé la question, l'aîné des garçons avait opté pour la traîne sauvage. Quand Owen voulait patiner, jusqu'à maintenant, il avait toujours réussi à emprunter des patins et un bâton de hockey à l'un ou à l'autre de ses amis, parce qu'à l'opposé de ses frères, il était plutôt petit. Comme ses amis étaient tous plus grands que lui, ils pouvaient lui refiler ce qui ne leur convenait plus sans problème. Sauf s'ils avaient un jeune frère. Avec la traîne sauvage, en revanche, Owen aurait la possibilité de leur rendre la pareille à l'occasion, et il pourrait organiser de belles parties de glissade avec sa bande de copains.

Puis, il était si rare chez les Fitzgerald de recevoir quelque chose de neuf qu'Owen allait sûrement l'apprécier, lui qui s'ennuyait beaucoup d'Edmund, à peine plus âgé que lui, et qui était parti rejoindre les filles à Montréal depuis des mois !

Afin de ménager la surprise jusqu'au bout, Henry avait laissé le cadeau de son petit frère à la manufacture.

Pour Thomas, le choix s'était avéré plus difficile à faire, car en fin de compte, les deux jeunes hommes ne se connaissaient pas vraiment. À l'exception des repas pris à la même table et de la chambre qu'ils partageaient avec les autres garçons depuis toujours, Henry et Thomas n'avaient pas grand-chose en commun. L'un était plutôt casanier, l'autre détestait devoir passer plus d'une heure à la maison en compagnie des siens. L'un aidait volontiers autour de lui, l'autre s'enfuyait dès qu'une brèche s'ouvrait dans la liste interminable des corvées imposées par leur père. L'un était souriant et patient, l'autre était renfrogné en permanence, sauf lorsqu'il était avec ses amis.

Et depuis quelque temps, Thomas avait changé. D'indifférent qu'il était envers sa famille, il semblait être devenu méfiant, et la moindre conversation avec lui en était désagréable, voire impossible.

Ce fut l'odeur que Thomas dégageait, quand il entrait sur la pointe des pieds pour venir se coucher, aux petites heures du matin, qui avait aidé Henry à prendre sa décision.

Sans l'ombre d'un doute, son jeune frère fumait. Il lui offrirait donc un beau briquet avec ses initiales gravées dessus. Comme ça, personne ne pourrait le lui voler.

Le temps d'emballer les quelques objets contenus dans le sac, et Henry entendit Owen qui venait d'entrer. Il semblait tout joyeux. Le grand frère se dépêcha donc de replacer papier et cadeaux sous le lit, et il se dirigea vers la cuisine à son tour.

Darcy était en train de mettre le couvert.

C'était là une expression bien singulière pour désigner les assiettes empilées au milieu de la table, tout à côté du pichet de fer-blanc rempli d'eau fraîche. Les verres suivaient à la queue leu leu, pour la plupart sans éclat à force d'avoir été lavés régulièrement. Il y avait aussi une miche de pain déposée sur un linge propre et on la déchirerait avec les mains au besoin. Le tout était complété par cinq fourchettes, puisqu'ils seraient cinq à manger ce soir.

C'était ainsi qu'Ophélie avait montré à ses enfants, les uns après les autres, comment il fallait dresser une table.

— On est trop nombreux pour se mettre à faire des flaflas. L'important, c'est ce qu'il y a dans les assiettes, et non la manière de disposer les objets autour de la table... Et ça ne me tente pas du tout d'avoir à repasser des nappes, en plus de tout le reste !

Comme ses fils étaient toujours affamés, ils n'avaient jamais critiqué la façon d'agir de leur mère, expéditive, mais efficace.

— Notre père et Thomas ne sont pas encore là ? demanda Henry en entrant dans la pièce.

— Non, répondit Darcy, en ouvrant la porte du fourneau pour sortir la cocotte dans laquelle avait cuit une sorte de ragoût élaboré à la bonne franquette avec tous les légumes qu'il restait de la semaine : patates, carottes, navet et oignons, plus quelques bouts de viande qu'il avait achetés à l'épicerie sur l'heure du midi.

Le tout avait mijoté à petit feu durant tout l'après-midi, puisque Darcy s'était dépêché de venir préparer le repas après les cours du matin, escamotant son propre dîner pour arriver à tout préparer avant que ne retentisse la cloche annonçant les cours de l'après-midi. Il s'était contenté d'une pomme pour se nourrir, qu'il avait croquée tout en courant vers l'école pour ne pas être en retard.

— Je me demande bien ce qu'ils font, d'ailleurs, fit-il remarquer tout en déposant le lourd chaudron à un bout de la table. Ce n'est pas dans leurs habitudes d'être en retard pour le souper... Est-ce qu'on les attend ?

— Non, trancha Owen, les joues rougies par le grand air et le froid.

Le jeune garçon était assis à sa place et il tendait déjà son assiette à son frère Darcy.

— J'aimerais bien manger tout de suite, si ça ne te dérange pas trop. J'ai promis à Laurent que j'irais le chercher immédiatement après le repas. On n'a pas de devoirs à faire, parce que les vacances commencent demain midi, et la patinoire va être éclairée jusqu'à neuf heures ce soir. On veut jouer au hockey.

Puis, Owen se tourna vers Henry.

— Est-ce que je peux y aller?

— Bien sûr, Owen! approuva le jeune homme, habitué d'être la plupart du temps celui vers qui se tournaient les plus jeunes quand ils avaient une permission à solliciter ou un conseil à demander. Va t'amuser avec tes amis.

Un sourire éclatant répondit à Henry, tandis que Darcy remplissait l'assiette de son petit frère.

Tout était si simple quand leur père n'était pas là!

Autrement, Henry se retenait de parler dès que Connor était présent dans la même pièce que lui, afin d'éviter une possible esclandre.

— Mange et profite de ta soirée! déclara-t-il en ébouriffant les cheveux du gamin.

Puis, se tournant vers Darcy, Henry ajouta:

— Moi, par contre, je préfère attendre. Comme ça, *dad* ne sera pas en rogne parce qu'on aurait mangé avant qu'il arrive. S'il fallait qu'il se mette à bourrasser, c'est là que ma soirée serait gâchée, et ça ne me tente pas du tout !

— Alors je vais attendre avec toi, Henry. Moi non plus, ça ne me tente pas du tout d'avoir de la chicane aujourd'hui. Même si je meurs de faim, précisa-t-il en jetant un regard gourmand et affamé sur le ragoût, qu'il remit au four pour le garder bien chaud.

Les deux frères attendirent donc jusqu'à sept heures et demie, tout en jouant aux cartes pour passer le temps.

— Là, je n'en peux plus ! soupira Darcy en lançant son jeu sur la table parce qu'il venait de perdre cette dernière partie de 31. J'ai sérieusement faim. Mon ventre n'arrête pas de gargouiller.

— Je sais. Je l'entends d'ici !

— On mange ?

— Oui, on mange… Probablement que *dad* s'est arrêté à la taverne. Après tout, on est jeudi, et c'est Noël dans trois jours. Il doit fêter avec ses amis, et comme il s'entête à ne pas faire installer le téléphone, il n'a pas pu nous avertir.

— Et Thomas doit fêter lui aussi, de son côté, avec ses copains… Je vais quand même garder deux portions raisonnables, au cas où ils reviendraient l'estomac dans les talons ! On ne sait jamais, avec ces deux-là. Parfois, ils sont de très bonne humeur, mais en d'autres occasions…

Darcy ne compléta pas sa phrase, sachant très bien que ce serait tout à fait inutile. Henry avait sûrement compris ce qu'il cherchait à exprimer.

En fin de compte, ce fut leur père qui arriva le premier, au moment où les deux garçons terminaient leur repas en sauçant leur pain dans leur assiette.

Connor avait son visage des mauvais jours.

De toute évidence, il était d'une humeur massacrante, et il réclama à manger sans donner la moindre raison pour expliquer son retard, comme il le faisait en temps normal, même s'il ne faisait que répéter ce que ses fils savaient déjà : il s'était arrêté à la taverne pour boire un pot avec ses amis.

Plus rarement, cependant, le retard de Connor était justifié par des heures supplémentaires, ce qui amenait immanquablement un grand sourire sur les lèvres de Darcy. Avec un peu de chance, ça lui permettrait d'avoir une ou deux piastres additionnelles pour l'achat de denrées alimentaires, ce qui lui éviterait de se casser la tête quand venait le temps de cuisiner des repas convenables avec trois fois rien.

Connor s'installa donc à sa place habituelle au bout de la table et, sans dire un mot, il attendit que son fils le serve.

Tout comme il avait attendu, durant des années, qu'Ophélie ou Marjolaine le servent, elles aussi.

Car pour Connor, tout était une question de méthode et de raisonnement. La cuisine et tout ce qui s'y rattachait, c'était le domaine des femmes. Comme il ne voulait surtout pas intervenir dans une branche qui ne le concernait pas, il n'avait jamais levé le petit doigt pour les aider ou pour se servir lui-même.

Et ce n'était surtout pas sa faute si, depuis juin dernier, Darcy, et parfois Henry, devaient s'en occuper parce que les femmes avaient toutes déserté leur appartement.

Connor prit l'assiettée de ragoût que lui tendait Darcy, tout en grommelant un vague merci, puis il avala quelques bouchées, avant de s'essuyer les lèvres du revers de la main et d'écarter son assiette.

Darcy, qui avait regagné sa chaise à la table, se sentit blêmir. Si son père ne mangeait pas, cela voulait dire que le repas n'était pas à son goût, et probablement que les reproches allaient suivre dans l'instant !

Comme de coutume lorsqu'il revenait fatigué…

Ou en boisson !

Pourtant, il n'en fut rien.

Connor repoussa sa chaise, posa les deux mains à plat sur la table devant lui, et il regarda fixement la fenêtre au-dessus de l'évier, toujours sans dire un seul mot. Une petite neige fine s'était mise à tomber depuis l'après-midi, et on apercevait les flocons qui virevoltaient dans la faible lumière de l'ampoule nue, accrochée à la corniche de la maison.

Connor semblait fasciné par ce ballet incessant.

Cette attitude ne lui ressemblait pas du tout. Tellement qu'Henry eut aussitôt l'intuition qu'une mauvaise nouvelle allait suivre bientôt.

Une très mauvaise nouvelle et son père, ne trouvant pas les mots pour la dévoiler, se préparait mentalement.

Cela concernait-il leur mère ?

Le cœur d'Henry se mit alors à battre la chamade.

Au même instant, pour faire diversion, Darcy, qui ressentait vraisemblablement la même chose que son grand frère, se leva précipitamment, et il rafla les assiettes et les couverts sales qui traînaient sur la table afin de les porter à l'évier.

Connor sursauta, puis il soupira.

— Laisse tomber la vaisselle, Darcy, déclara-t-il aussitôt, tout en suivant son fils des yeux.

Le grand Irlandais s'exprimait d'une voix neutre où s'entendait une profonde fatigue.

— La vaisselle peut attendre. Reviens t'asseoir. Il faut que je vous parle, à Henry et à toi.

La voix était si grave, si impressionnante, que Darcy en échappa les ustensiles au fond de l'évier de porcelaine qui avait jadis été blanc, mais qui virait lentement au beige orangé, attaqué par l'eau ferreuse qui sentait souvent le soufre.

Avant que son père ne s'impatiente, le jeune garçon se précipita vers sa chaise, où il se laissa tomber, tout en jetant un regard inquiet et intrigué vers Henry.

Lui aussi s'attendait à ce que le nom de leur mère soit au centre des propos du grand Connor, car le visage de ce dernier dégageait une sévérité implacable.

Ou une grande douleur ?

Toutefois, le nom d'Ophélie ne fut pas prononcé. Du moins pas pour l'instant. Cela viendrait plus tard dans la conversation et ce ne serait agréable pour personne.

Mais pour le moment, ce fut plutôt celui de Thomas qui résonna dans la pièce, comme un caillou lancé avec force dans une mare trop calme et qui dessine des ronds dans l'eau à l'infini.

— C'est à cause de lui si j'étais en retard.

Quand l'heure était solennelle, Connor Fitzgerald revenait instinctivement au gaélique, sa langue maternelle. Pour l'avoir vécu régulièrement, les deux garçons savaient qu'il ne faudrait surtout pas demander à leur père de répéter un seul mot, au risque de déclencher une colère épouvantable. Voilà pourquoi ils avaient pris l'habitude, très jeunes, de se rattacher aux quelques paroles qu'ils connaissaient de cette langue gutturale, mais qui chantait à leurs oreilles, souvenirs d'une enfance où l'insouciance avait réussi à la rendre presque heureuse. Ensuite, ils traduisaient mentalement en français tout ce que le grand Connor disait, afin d'être capables de suivre son discours qui, cette fois-ci, se résuma à quelques phrases.

— Cet après-midi, votre frère Thomas a été arrêté par la police…

Darcy et Henry ne purent se retenir, et ils échangèrent un regard perçant. De toute évidence, l'un comme l'autre, ils n'étaient pas surpris outre mesure. L'attitude récente de Thomas, à la fois méprisante et arrogante, ne présageait rien de bon.

— Entrée par effraction, poursuivit Connor, dans une des maisons cossues de l'autre côté du lac des

Nations, et vol qualifié. C'est ce qu'on m'a déclaré quand je me suis présenté au poste. Lorsque j'ai demandé ce que ça voulait dire, un vol qualifié, l'agent m'a répondu que Thomas et son ami avaient utilisé la violence pour parvenir à leurs fins. Sur un vieil homme sans défense. À partir de là, je n'ai rien voulu savoir d'autre.

L'annonce d'un décès n'aurait pas eu plus d'impact sur eux. Henry et Darcy se regardèrent en fronçant les sourcils, le cœur battant, tandis que leur père reprenait.

— C'est pour ça que Thomas ne s'était pas montré la face à l'ouvrage ce matin, compléta-t-il, en français cette fois. Il préparait son escapade... Pauvre imbécile !

Malgré le désarroi qu'il ressentait, Henry se retint de dire à son père que Thomas n'était pas un imbécile pour autant. Évidemment, ce n'était pas la meilleure idée du siècle d'imaginer qu'un coup d'argent vite fait réglerait tous ses problèmes. À commencer par pallier le manque de considération de leur père, qui continuait d'exiger la plus grande partie des salaires gagnés par Thomas et Henry. Malgré le fait que la famille avait rétréci comme une peau de chagrin, rien n'avait changé en ce domaine.

Henry l'avait déploré, lui aussi, et sur ce point, il était entièrement d'accord avec Thomas. Si lui-même arrivait, tant bien que mal, à épargner suffisamment d'argent chaque semaine pour s'en sortir sans étouffer, car il avait un revenu intéressant, il en allait tout autrement pour Thomas. Se lever à l'aube tous les matins pour ne récolter que quelques dollars à la fin de la semaine devait être particulièrement frustrant pour son jeune frère.

Comme cela l'avait été durant quelques années pour lui aussi.

Mais cela ne justifiait en rien le geste commis ! Le bien d'autrui appartient à autrui, un point c'est tout !

Même si certaines situations nous semblent injustes, ce n'est pas à nous de rectifier les choses à notre convenance.

On ne déshabille pas Jacques pour habiller Jean, comme l'aurait dit si justement leur mère !

En revanche, contrairement à Connor, Henry pouvait concevoir qu'à dix-sept ans, on ne réfléchissait pas toujours avec l'intelligence la plus vive. Et à ses yeux, on ne méritait pas de se faire traiter de débile à cause de cela.

Pendant ce temps, Connor continuait d'expliquer la situation. Selon son point de vue.

— Comme c'est le temps des Fêtes, et que la Cour ne siégera pas avant la semaine prochaine, votre frère va rester en prison jusque là. Après, il devrait comparaître devant un juge. L'offense est considérée comme trop grave pour qu'il soit remis en liberté provisoire. De toute façon, je n'aurais pas les moyens de payer une caution pour lui… Ni l'envie non plus ! Pour l'instant, c'est tout ce que je sais, et j'estime que c'est tout ce qu'on a besoin de savoir.

— Et nous, *dad,* est-ce qu'on peut aller voir Thomas ?

La question venait de Darcy qui, avec son grand cœur, ne pouvait concevoir que l'un de ses frères allait passer Noël en prison.

Manifestement, et malheureusement pour Thomas, Connor n'envisageait pas la situation du même œil.

— Que je te voie visiter ton frère, toi ! Tu aurais affaire à moi, mon pauvre Darcy. Et je te jure que tu n'aimerais pas ça ! Que Thomas croupisse en prison, c'est tout ce qu'il mérite. Ça va peut-être le pousser à réfléchir aux conséquences du geste qu'il vient de poser. Voir qu'on intimide un vieil homme pour lui voler son bien !

— Ben voyons donc, *dad* !

Cette fois, c'était Henry qui avait parlé. Lui non plus ne pouvait imaginer que Thomas allait vivre sa nuit de Noël en prison, ignoré par sa famille. Bien sûr, il venait de commettre une gaffe monumentale, et à l'avenir, il devrait y réfléchir à deux fois avant de refaire une pareille bêtise, son père n'avait pas tort de le dire. Mais pour Henry, ce n'était pas une raison suffisante d'agir comme si, soudainement, Thomas n'existait plus pour eux.

Et ce, malgré son fichu caractère, et l'ensemble des défauts qu'on aurait pu lui reprocher !

Instinctivement, Henry pensait qu'au contraire, il vaudrait peut-être mieux profiter de l'occasion qui leur était offerte pour se rapprocher de lui, au lieu de le laisser à son triste sort durant tout le temps des

Fêtes. Sait-on jamais, cela pourrait porter fruit, un jour ou l'autre.

Alors il insista.

— Je ne suis pas d'accord avec vous, *dad* ! On ne peut pas abandonner Thomas comme ça ! Surtout pas pour Noël.

Malheureusement, à ce cri du cœur, Connor lui lança un regard chargé de mépris.

— Qu'est-ce que tu n'as pas compris dans ce que je viens de dire, Henry ? Il faut que je me répète encore et encore ? Une vraie tête de pioche... À cause de ton entêtement, il faut toujours tout répéter, comme si tu étais borné. Je trouve ça terriblement fatigant.

Connor crachait les mots en même temps qu'il crachait sa colère devant une situation qu'il n'avait pas vue venir, devant des circonstances où il n'avait rien pu contrôler.

— De toute ma vie, je n'ai jamais été humilié comme je l'ai été tout à l'heure, et tu voudrais que j'oublie ça comme on oublie un mal de dents ? On n'est peut-être pas riches, Henry, mais on est fiers de qui on est. Chez les Fitzgerald, du plus vieux au plus jeune, on n'a jamais été des voleurs, et ce n'est pas aujourd'hui que ça va commencer. Pour l'instant, Thomas n'a rien à voir avec nous, alors qu'il se débrouille tout seul. Il n'avait qu'à bien penser à son affaire avant de se mettre dans le pétrin ! Si jamais il fait amende honorable, on avisera. Mais pour le moment, il joue plutôt au fanfaron. Vous m'avez bien entendu, tous les deux ? Pas de visite à la prison ! Si ça prend ça pour que Thomas s'ouvre les yeux et comprenne le bon sens, lui avec, alors qu'il pourrisse dans son cachot ! Je n'ai rien à dire de plus.

Tant de froideur et tant de dureté dans le propos firent tressaillir Henry, qui voyait bien que Darcy était tout aussi bouleversé que lui.

Le jeune homme inspira bruyamment et, incapable de se retenir, il lança :

— Ah oui ? C'est tout ce que vous avez à dire, *dad* ? On va oublier que Thomas est notre frère ?

— Qu'est-ce que tu veux que j'ajoute à ça ? Il est hors de question pour moi de reconnaître qu'un de mes fils a agi en criminel. Ce Thomas qui a bousculé et blessé un vieil homme pour quelques pièces d'argenterie et un peu d'argent ne représente plus rien à mes yeux… Alors, effectivement, c'est tout ce que j'ai à dire… Non, ce n'est pas vrai ! J'aurais une autre chose à dire, oui : si votre mère avait été là, elle aurait pu l'avoir à l'œil et ça ne serait sans doute pas arrivé.

— *Mom ?* Parce que selon vous, c'est de la faute à *mom* si Thomas a pris un mauvais chemin ?

— Ça me paraît évident !

Ce fut la goutte qui fit déborder le vase.

Depuis qu'Ophélie était partie, elle avait bon dos pour devenir le souffre-douleur rêvé, la brebis galeuse de leur famille. Quand l'explication d'un problème échappait à Connor, Ophélie devenait automatiquement la responsable de tous leurs malheurs passés et présents.

Et lui seul avait le droit de prononcer son nom sous leur toit!

Comme en ce moment.

Tant de mauvaise foi fit sortir Henry de ses gonds. Le jeune homme n'avait plus aucune retenue ni limite devant le manque de sincérité flagrant dont leur père faisait preuve maintenant.

— Ah oui? C'est curieux, mais ce n'est pas si clair que ça pour moi! En fait, notre mère n'a absolument rien à voir avec tout ça... Je dirais même que c'est parce que ça vous arrange si vous la tenez responsable de ce que Thomas a fait.

À ces mots, Connor devint rouge de colère. De tous ses enfants, Henry n'avait jamais été son préféré. Même gamin, rien n'échappait à son fils aîné, et comme celui-ci ne se gênait surtout pas pour critiquer, argumenter ou s'obstiner, Connor avait appris à s'en méfier.

Le grand Irlandais était peut-être entêté et prompt, colérique et dur, mais il n'était pas un abruti pour autant, et il savait fort bien que son épouse n'y était pas pour grand-chose dans le présent gâchis. En revanche, elle avait osé s'enfuir, le laissant se débrouiller seul avec leur famille et deux nouveau-nés, et pour cela, oui, il lui en voulait énormément.

De là à lui faire porter le chapeau pour cette nouvelle humiliation, pour cette infamie, il n'y avait qu'un tout petit pas à faire. Et Connor n'allait surtout pas se gêner pour le franchir.

Depuis quelques mois déjà, il n'avait plus l'intention de protéger une femme qui avait agi comme une écervelée.

Même si celle-ci avait été son épouse pendant plus de vingt ans et qu'elle lui avait donné treize enfants.

Si Ophélie avait quoi que ce soit à lui reprocher, et Connor ne voyait vraiment pas ce que cela aurait pu être, ou si elle n'aimait pas la vie qu'elle menait à ses côtés, elle n'avait qu'à le dire, au lieu de se sauver comme une lâche. Une femme digne de ce nom se serait tenue debout et elle aurait fait face à la musique.

Maintenant que l'inquiétude avait cédé le pas à la rancœur et que l'amour s'était étiolé jusqu'à ne devenir qu'un vague souvenir, Connor savait que jamais il ne pourrait pardonner à Ophélie de s'être enfuie. Elle avait détruit non seulement leur belle grande famille, mais elle avait aussi contribué, par ce geste, à salir sa fierté. Face à leurs enfants et face à ses amis.

Pour ça, Connor préférait ne plus jamais la revoir.

Et il n'avait pas l'intention de reconnaître un fils méprisable comme étant le sien.

L'homme serra les poings sans poursuivre cette réflexion qui n'avait duré, en fait, que quelques instants, se résumant pour lui en un amalgame d'émotions désagréables, celles qui faisaient battre son sang bouillant d'Irlandais à ses oreilles chaque fois qu'il se répétait qu'Ophélie l'avait quitté.

Et aujourd'hui, il pouvait ajouter à cela qu'un de ses garçons était un cambrioleur, un voyou.

Sans tenir compte de ce visible débordement, car le visage de son père avait viré au rouge brique, Henry se pencha au-dessus de la table pour le regarder droit dans les yeux et il demanda, avec insolence :

— Et vous, *dad* ? Qu'est-ce que vous avez fait de mieux que *mom* pour retenir Thomas ?

La question d'Henry resta en suspens dans l'air surchauffé de la cuisine, tandis que Connor respirait bruyamment par le nez, comme un taureau enragé, agacé par une cape rouge, le souffle sortant par ses naseaux.

Pendant ce temps, Darcy semblait se recroqueviller sur sa chaise, se refermant peu à peu sur lui-même.

Cette image pitoyable de celui qui faisait tout en son possible pour tenir rassemblé ce qui restait de leur famille décupla la totalité des ressentiments qu'Henry éprouvait à l'égard de son père. Son regard acéré se fit aussitôt foudroyant.

— Au lieu de passer vos soirées à la taverne, argumenta-t-il de plus belle d'une voix tranchante, si vous étiez resté ici, avec nous, vous aussi, vous auriez pu voir venir la catastrophe. Et encore plus que *mom*, devant une tête forte comme Thomas, vous auriez pu intervenir avant qu'il ne soit trop tard.

— C'est ça ! cracha Connor, hors de lui. Selon toi tout serait de ma faute ?

Le silence d'Henry et son regard brûlant furent plus éloquents que la réponse la plus lapidaire.

Les deux hommes se jaugèrent durant une longue minute chargée d'animosité, puis Henry baissa les yeux.

— Je ne peux pas appuyer votre façon de voir les choses, *dad,* reprit-il le plus calmement possible. S'il y a un moment où Thomas a besoin de nous, c'est bien maintenant, et je ne le laisserai pas tomber.

L'intention était louable, la réponse fut brève et incisive.

— Pardon ?

— Je crois que ce serait une erreur d'abandonner Thomas à lui-même, poursuivit Henry en levant lentement la tête. Il a besoin de nous, de nos conseils.

— Il est trop tard pour ça.

— Mais non ! Il est encore temps de l'aider, de lui faire comprendre qu'il a pris la mauvaise route, que c'était une grave erreur et qu'il devra payer pour ça, mais qu'il n'est pas trop tard pour se reprendre.

Connor échappa un rire mauvais.

— Parce que tu crois que Thomas va nous écouter ?

— Pourquoi pas ?

— Parce qu'il est comme toi, mon pauvre Henry, et qu'il n'écoute personne. Il n'en fait toujours qu'à sa tête...

— Parce que vous me comparez à Thomas ?

— Pourquoi pas ?

— Je ne comprends pas... Je n'ai pas grand-chose en commun avec mon frère... Je suis surpris que vous ne l'ayez pas constaté.

— Ce que j'ai constaté, c'est que tu as aidé ta sœur à briser notre famille, au lieu de la convaincre de revenir nous prêter main-forte… Tu aurais aidé ta mère à partir que ça ne me surprendrait pas…

— Vous pensez vraiment que j'aurais pu faire une chose pareille ?

— On ne sait jamais… Tu as toujours été proche de ta mère, non ?

Le temps que cette discussion prenne des proportions hors de contrôle, comme une sorte de lutte à finir entre le père et le fils, Connor s'était approché d'Henry pour tenter de l'intimider. Après tout, c'était lui le père dans cette maison.

— De toute façon, Ophélie ne peut pas avoir planifié une telle mise en scène toute seule, fit-il remarquer. Si je me souviens bien, elle n'était pas la plus imaginative des femmes. On n'a qu'à se rappeler les repas qu'elle nous préparait… Comme Marjolaine habitait déjà à Montréal quand votre mère est partie, je ne vois que toi pour avoir pu l'aider.

— Mais c'est complètement ridicule ! Comment pouvez-vous penser avoir la moindre crédibilité quand vous divaguez comme ça ? Je vous savais étroit d'esprit de temps en temps, mais de là à…

La gifle partit avant même qu'Henry n'ait fini sa phrase. Par réflexe, il porta la main à sa joue, puis il serra les poings.

— Vous n'auriez pas dû me frapper. Je ne suis plus un enfant condamné à être à votre merci.

— Ah non ? C'est vraiment ce que tu penses ?

— Tout à fait !

— Eh bien... On aura tout entendu ! Tu sauras, Henry, que j'ai encore tous les droits face à toi. Si j'ai raté mon coup avec Thomas, comme tu me l'as si gentiment fait remarquer, je ne le raterai pas avec toi.

— Comme si vous aviez encore quelque chose à dire ou à faire pour m'élever ! Je me fous royalement de ce que vous pensez !

— Ah ouais ? Si c'est comme ça, t'as juste à partir. Je ne te retiens surtout pas. Ça va juste me faire une bouche de moins à nourrir.

— C'est vraiment comme ça que vous me voyez ? Une bouche à nourrir ?

— Exactement.

— Tant mieux ! Vous pouvez alors considérer que je ne suis plus à votre charge. Si c'est ce que vous espérez, vous ne me verrez plus jamais la face.

Sur ce, Henry échappa un rire arrogant.

— Ni mon argent non plus.

Connor n'avait jamais aimé se faire damer le pion. Surtout pas par l'un de ses enfants. Il haussa donc les épaules de façon ostentatoire, en esquissant une moue désabusée.

— L'argent ? C'est rien à côté de la chance de ne plus jamais endurer ta maudite manie de toujours t'acharner pour des niaiseries. Ça va être un vrai bon débarras ! Et tant pis pour l'argent. Darcy n'aura qu'à laisser tomber l'école en juin prochain... ou en janvier, tiens ! Ce n'est pas plus compliqué que ça.

Anyway, il va bien falloir que quelqu'un remplace Thomas au CP, non ? Astheure, je vous ai assez vu la face pour ce soir. J'vas rejoindre mes *chums* ! Ça serait bien que tu t'arranges pour être parti avant que je revienne.

Dès que la porte claqua dans le dos de Connor, Henry s'approcha de Darcy, qui était resté prostré sur sa chaise. Se plaçant derrière lui, le jeune homme posa ses larges mains sur les épaules de son jeune frère et il le rassura d'une forte pression.

Darcy frissonna.

— Mais qu'est-ce qu'on va devenir, Owen et moi, si toi et Thomas vous n'êtes plus là ? Et tu as entendu *dad* comme moi, non ? Je vais devoir quitter l'école pour travailler.

Tout en parlant, Darcy avait levé un regard embué de larmes, un regard rempli de désespoir. Bousculant une chaise, Henry prit place tout à côté du jeune garçon et il emprisonna ses mains entre les siennes.

— Tu ne quitteras rien du tout, Darcy ! Je te le promets... Mais j'y pense ! Qu'est-ce que vous diriez de venir fêter le Nouvel An et les fiançailles de Marjolaine avec moi, à Montréal ?

— Ben voyons donc, Henry ! Ce n'est pas vraiment réalisable, ce que tu dis là !

— Pourquoi ? Je ne crois pas qu'il va y avoir de fête pour vous si vous restez à Sherbrooke.

— Je m'en doute un peu. Mais tu ne penses pas que ça va te coûter beaucoup trop cher, trois billets de train ?

Henry fut sur le point de rétorquer que trois billets aller simple étaient tout à fait à sa portée. Mais il se retint au dernier instant. Pourquoi faire naître de vains espoirs alors qu'il n'avait pas la moindre idée de ce qui les attendrait à l'autre bout des rails ?

— Ça peut se faire, Darcy. Ne t'inquiète pas pour l'argent. J'en ai mis quand même un peu de côté. Alors, qu'est-ce que tu en dis ? On va tous ensemble à Montréal pour fêter le jour de l'An ?

— C'est vraiment tentant. Mais *dad,* dans tout ça ?

— Notre père a-t-il réellement besoin de savoir à l'avance ce qu'on a l'intention de faire ? Et comme il travaille toujours durant le temps des Fêtes, ça ne changera pas grand-chose pour lui que vous soyez ici ou pas.

— Ouais... T'as bien raison !

— Tu laisseras une note en partant et tu me feras porter le chapeau, en disant que je vous ai obligés à me suivre. Comme ça, il ne s'inquiétera pas.

— Tu penses ?

— Tout à fait !

— Et toi, en attendant, où est-ce que tu vas dormir ?

— Pour ça non plus, tu n'as pas à t'en faire. Je vais m'organiser avec le patron pour coucher dans un coin de la manufacture. Comme certains d'entre nous le font, quand une grosse tempête se déclare au milieu de la journée. Alors ? Je fais mes bagages et on se retrouve ici au matin du 29 décembre ?

— Je ne sais pas trop...

Darcy semblait encore hésitant, comme s'il n'avait pas le droit de se reposer, d'être heureux, lui aussi. Henry insista.

— Pense à la belle surprise que ça va faire à Marjolaine, quand elle va vous voir arriver avec moi... Puis, ce n'est pas toi qui disais, il n'y a pas deux heures de ça, que tu aimerais voir la famille à nouveau réunie ?

Ce fut cette perspective inespérée qui fit pencher la balance en faveur de la proposition d'Henry.

— Tu as bien raison ! Alors oui, on va te suivre, Owen et moi.

— Vendredi prochain, le 29 décembre, je vais surveiller la porte, et je viendrai vous rejoindre dès que notre père partira pour l'ouvrage. D'accord ?

— D'accord. Je ne dirai rien à personne. Et encore moins à Owen, pour être certain qu'il ne s'échappe pas devant *dad*. Je l'aiderai à faire sa valise à la toute dernière minute...

Darcy jeta un regard autour de lui, dans cette cuisine qu'il n'aimait pas beaucoup, à cause de tout ce qu'elle pouvait représenter de triste ou de difficile pour lui.

Puis, il revint à Henry pour lui offrir un sourire soulagé.

— Ça va me faire du bien d'oublier l'appartement, déclara-t-il alors avec le plus grand des sérieux. Et même si c'est uniquement pour quelques jours, je serai heureux de ne pas être obligé de penser aux repas. Tantôt, en lavant la vaisselle, je vais réfléchir à ce que je dois emporter pour mon voyage pour être certain de ne rien oublier... Finalement, je pense que ranger la cuisine ne sera pas une grosse corvée ce soir !

Ému, Henry serra son jeune frère tout contre lui, puis il quitta la pièce pour se préparer à partir, en se jurant de ne jamais remettre les pieds ici, sauf pour venir chercher ses deux jeunes frères, afin de les éloigner enfin de cette maison de malheur.

À tout jamais !

Et en attendant que ses frères et lui puissent prendre le train tous ensemble, il trouverait bien un moyen de revenir pour leur offrir les cadeaux achetés à leur intention. Ça mettrait un peu de joie dans une journée de Noël qui risquait d'être fort triste pour tout le monde.

Chapitre 8

«Si la France a ses rillettes
Son foie gras, ses crêpes Suzette
La Belgique a ses gaufrettes
Et Milan son escalope
L'Portugal a ses sardines
Toronto sa margarine
L'Espagne a ses mandarines
Et l'Anglais son marin-chops
Mais nous on fait exception
Au diable l'importation
À part la patate (à part la patate)
La patate à porc (la patate à porc)
Le ragoût de pattes (le ragoût de pattes)
La soupe au pois qu'est-ce qu'on dévore
C'est la tour, tour, tour, la tourtière
Qu'on savoure, voure, voure, toute entière
Faite, faite, faite, faite, ménagère
J'trouve ça bon, ça bon, ça bon, la tourtière»

~

La tourtière, interprété par Lionel Daunais
à la fin des années 1940

Le vendredi 29 décembre 1944, par une belle matinée d'hiver, dans la cuisine des O'Brien, avec Kelly et Shanna

Depuis le réveil, c'était un véritable ouragan qui soufflait dans l'appartement des O'Brien !

En effet, si on allait changer d'année dans le plaisir, les danses et la musique, comme le voulait la tradition au soir du 31 décembre, chez Neil et Kelly, cette fois-ci, on allait aussi célébrer les fiançailles de Marjolaine Fitzgerald à Ferdinand Goulet, et Kelly tenait absolument à ce que tout soit parfait, même si ce n'était pas initialement prévu à l'agenda.

En effet, la veille au soir, on observait la routine habituelle pour l'organisation de cette soirée des O'Brien lorsque Ferdinand, surexcité, était arrivé chez eux, peu après l'heure du souper.

— Ma mère a une laryngite ! avait annoncé le jeune pompier, avec une voix catastrophée dès son entrée dans la cuisine, alors qu'il secouait ses bottes sur le paillasson.

Comprenant à demi-mot que sa disponibilité serait sans doute sollicitée, Kelly s'était aussitôt redressée.

— Donne-moi deux minutes, Ferdinand, avait-elle ordonné, les deux bras blanchis jusqu'aux coudes par la farine, car elle préparait la pâte pour quelques tourtières. Laisse-moi me laver les mains et je suis tout à toi !

En moins de temps qu'il n'en faut pour le dire, Ferdinand s'était retrouvé assis à la table, un thé fumant et des biscuits encore tièdes déposés devant lui.

Installées de l'autre côté de la table, Kelly et Shanna sirotaient un thé elles aussi, tout en écoutant le jeune homme avec beaucoup d'attention, tandis qu'il racontait ses déboires.

— Tabarnouche ! On dirait bien que le Ciel est contre nous, parce que ça aurait pas pu tomber plus mal qu'en ce moment !

— De quoi veux-tu parler ?

— De nos fiançailles à Marjolaine et moi, voyons donc ! Hier, ma mère parlait d'une voix éteinte, et ça aurait dû nous mettre la puce à l'oreille, parce que ce matin, elle s'est levée avec une grosse toux. Exactement comme l'hiver dernier, quand elle a eu ce qu'elle a appelé « sa grippe d'homme ». Vous rappelez-vous, Kelly ? Elle avait le bras dans le plâtre en même temps, pis durant quelques jours, j'avais eu l'impression que le ciel m'était tombé sur la tête tellement ma mère était de mauvaise humeur. Elle est pas malade souvent, mais quand ça lui arrive, c'est vraiment pas drôle ! Ce qui fait que déjà ce matin, avant même que je parte pour la caserne, elle tempêtait après moi et contre le moindre petit désagrément, pis depuis que je suis revenu du travail, elle s'obstine avec moi sur tous les tons en affirmant qu'elle peut préparer sa réception quand même. Elle dit que bien des choses sont déjà prêtes, que le rôti a pas besoin d'elle pour cuire et que pour le gâteau, elle va avoir toute la journée de samedi pour le cuisiner, et celle de dimanche pour le glacer. Et la cerise sur le *sundae*, elle prétend que c'est moi qui m'énerve pour rien.

— Et toi, qu'est-ce que tu en penses ?

— Moi ? Je doute sérieusement qu'elle soit assez en forme pour servir le souper du jour de l'An à plus de vingt personnes. Sans compter qu'il faut monter deux tables. Une dans la cuisine et une autre dans le salon. À mon avis, elle y arrivera pas. Tabarnouche ! Elle tousse toutes les deux minutes, elle a le nez pis les yeux tout rouges, et elle parle toujours d'une voix qui grince comme une vieille poulie de corde à linge ! J'ai bien peur que tout ce branlebas de combat la fatigue sans bon sens, que sa grippe empire à cause de ça, pis que finalement, on aura pas le choix d'annuler nos fiançailles à la dernière minute. Et Marjolaine est entièrement d'accord avec moi. Elle trouve que ma mère en fait un peu trop, qu'elle va finir par flancher, rien de moins, et qu'il vaudrait mieux penser à remettre la réception à plus tard.

— Pas question !

À peine le temps d'y réfléchir, Kelly avait pris la situation en main.

— On va s'en occuper, nous, de la réception. Après tout, le quartier au grand complet s'en vient chez nous le 31 au soir. En plus, Henry va être là lui aussi. On a tous les ingrédients qu'il faut pour organiser quelque chose de bien afin de souligner vos fiançailles durant notre veillée... C'est tout! J'ai même déjà une petite idée de quelque chose de spécial qui serait assez joli... Ta mère conservera son rôti dans le tambour, pour le faire congeler, et elle pourra le faire cuire quand elle sera remise de sa grippe... Est-ce que ça pourrait vous convenir, à Marjolaine et toi, de célébrer ça autrement?

— C'est sûr que ça serait vraiment pas pire, même si je reste convaincu que ma mère, elle, sera pas d'accord.

— Si c'est le cas, on fera ce que je viens de te proposer, et on complétera tout ça avec un souper plus intime le soir du jour de l'An, ici, chez moi...

— Ben voyons donc! J'suis pas venu jusque chez vous pour vous demander de tout faire à la place de ma mère...

— J'ai tout compris ça, Ferdinand! C'était très clair, ton affaire. C'est moi qui te l'offre. Et de bon cœur par-dessus le marché!

— Mais deux réceptions en deux jours, ça a pas d'allure!

Puis, devant la visible intention du jeune homme de soulever d'autres objections, Kelly avait levé la main pour l'empêcher d'aller plus loin.

— Et ce n'est ni négociable ni discutable.

— Ma mère voudra pas!

Le jeune homme, mal à l'aise devant ce revirement de situation qui serait exigeant pour les O'Brien, pensait avoir lancé l'argument massue. Toutefois, Kelly l'entendait tout autrement, et elle avait écarté le pronostic de Ferdinand d'un petit geste de la main, balayant en même temps les quelques miettes de biscuits au beurre tombées sur la table.

— Ça, Ferdinand, c'est ce que tu crois. Moi, je te dis que c'est tout le contraire qui va se produire... Ne cherche pas d'où vient la grippe de ta mère, elle vient de la trop grande générosité de notre chère Béatrice !

— Comment la générosité de maman peut-elle...

— Elle lui fait oublier son grand âge ! l'avait interrompu Kelly. Et comme elle n'est plus toute jeune, elle brûle la chandelle par les deux bouts pour y arriver ! Au bout du compte, ça donne ce qui vient de se produire là : cette chère Béatrice est tout bonnement épuisée ! Mais elle ne l'avouerait sous aucune considération, parce qu'elle pense comme la majorité des gens !

— C'est-à-dire ?

— Qu'il est toujours difficile d'admettre qu'on a atteint nos limites. Et ça doit être encore pire une fois rendu à l'âge de ta mère ! C'est probablement pour cette raison qu'elle est tombée malade : dans l'état de fatigue et de nervosité qui doit être le sien, le microbe le plus insignifiant a été capable de l'arrêter. Il y a cinq ans, le même microbe l'aurait fait seulement se moucher... et encore !

Tout en expliquant son point de vue, Kelly s'était détournée pour vérifier l'heure au cadran de sa cuisinière toute neuve, celle que son mari, fier comme un paon, avait tenu à lui offrir pour Noël.

— J'ai le temps, avait-elle constaté.

L'instant d'après, elle était déjà debout en train de dénouer les cordons de son tablier rouge et vert, fêtes de fin d'année obligent !

Kelly l'avait aussitôt tendu à sa fille.

— Tu t'occupes de nos tourtières pendant que je fais une petite visite de courtoisie à ma vieille dame préférée… Et toi, Ferdinand, tu restes ici. Je ne veux pas te voir le bout du nez tandis que je parle à ta mère. Le plus loin que tu as le droit d'aller, si jamais tu ne veux pas rester à l'intérieur, c'est dans notre cour, pour aider les garçons à préparer la patinoire. Ils ont décidé d'inaugurer la saison du hockey demain dans le courant de la journée. Et moi, je vous ferai un compte rendu de ma visite dans l'heure qui vient.

Effectivement, il avait fallu moins de trente minutes pour convaincre Béatrice Goulet que ce dont elle avait le plus besoin, présentement, était une bonne dose de repos.

— Et un bon sirop contre la toux ! Si vous voulez assister aux fiançailles de nos deux tourtereaux, vous n'avez pas le choix.

Béatrice en était tout à fait consciente. Épuisée et les côtes endolories à force de tousser, elle avait consenti sans la moindre résistance à tout ce que Kelly avait prescrit. La seule remarque que Béatrice avait passée, en soupirant, avait été qu'elle était grandement déçue de constater qu'elle ne serait pas en mesure d'offrir le souper de fiançailles comme prévu.

— Parti comme c'est là, c'est évident que ça n'aura pas lieu chez moi, et j'en suis terriblement déçue. J'étais vraiment heureuse de faire ça pour mon garçon, vous savez. Il est tellement gentil à mon égard ! Mais vous avez raison, Kelly : je ne suis pas assez forte pour tout cuisiner et pour servir par la suite autant de personnes en même temps, même avec de l'aide... Que voulez-vous ! Je n'ai plus vingt ans... Mais laissez-moi vous dire que je trouve ça bien dommage.

— Si ça ne prend que ça pour faire votre bonheur, madame Béatrice, on va le faire ici, le souper du Premier de l'an.

— Vous feriez ça pour moi ?

— Qu'est-ce qu'on ne ferait pas pour vous ? Et maintenant, au lit, si vous voulez présider à cette belle tablée dans trois jours !

— Et avec un peu de chance, j'irai aussi chez vous ! N'est-ce pas ?

Voilà pourquoi, en ce vendredi matin, Kelly et Shanna ne savaient plus où donner de la tête. Malgré la liste précise des incontournables que Kelly avait dressée, lesquels devaient tous être biffés avant le souper, la demeure des O'Brien ressemblait à une ruche d'abeilles actives.

En fait, il y aurait deux moments de choix où Marjolaine et Ferdinand seraient les vedettes. Le dimanche soir, à la veillée habituelle du 31 décembre, avec les gens du quartier et les amis. C'était Robert, le fils de Kelly, qui s'était vu confier la tâche de faire les quelques invitations de dernière minute.

— Et tant pis pour ceux qui ne seront pas disponibles. À l'impossible nul n'est tenu ! avait souligné Neil au déjeuner.

Puis, il y aurait le souper plus formel, le lundi soir, où seule la famille rapprochée serait de la fête.

— Et c'est déjà beaucoup de monde pour un logement de la taille de celui de madame Béatrice, qui est un peu plus petit que le nôtre. Si vous voulez mon avis, moi, j'aurais fait un buffet, mais comme la vieille dame tient mordicus à un vrai repas, assis à la table, pour que ce soit plus protocolaire, comme elle le dit elle-même, nous allons donc faire un vrai repas assis à la table ! Point à la ligne ! Avec rôti de bœuf, patates pilées et petits pois, puisque c'était le menu qu'elle avait choisi ! Plus le gâteau... Si on ajoute à ça notre veillée du 31, on n'est pas sorties du bois, ma belle Shanna ! Mais c'est pour une très bonne cause, n'est-ce pas ?

Ce fut aussi pour cette même bonne cause qu'elle ouvrit tout grand sa porte, au premier coup de midi sonné au clocher de l'église de la paroisse, quand Henry se présenta chez elle avec ses deux jeunes frères.

En les voyant, Kelly écarquilla les yeux.

— Je ne t'attendais pas si tôt ! J'avais cru comprendre que tu nous arrivais samedi... De plus, j'étais convaincue que tu venais seul… De toute évidence, ce n'est pas le cas.

— Eh non ! Voici Darcy et Owen… Je vous expliquerai plus tard la raison de leur présence à Montréal… Maintenant, Kelly, pensez-vous que madame Goulet accepterait qu'ils partagent la chambre d'Edmund, le temps que je me trouve du travail et un logement ? Je n'ai pas osé me rendre directement chez elle. Je suis un peu gêné de m'imposer ainsi. Après tout, elle ne me connaît pas vraiment.

Kelly escamota élégamment la question.

— Mais elle connaît très bien ta jumelle et je sais que pour cette adorable vieille dame, ce sera amplement suffisant pour vous accueillir avec joie… Par contre, elle est malade en ce moment. Une vilaine grippe qui, à mon avis, va peut-être changer la donne.

Puis, elle recula d'un pas pour laisser passer les visiteurs.

— Mais rien n'est insoluble ! Allez, entre, Henry ! Et vous aussi les jeunes, entrez ! Vous êtes ici chez vous. On va voir ce qu'on peut faire pour vous accommoder… Avez-vous dîné ?

* * *

Dans un premier temps, il faut savoir qu'Henry avait expliqué à ses frères, durant le trajet en train, qu'il envisageait de rester pour de bon à Montréal.

— Qu'est-ce que vous pensez de ça ?

— Qui va avertir *dad* qu'on ne reviendra pas ?

— Ne t'inquiète surtout pas pour ça, Darcy ! Je vais demander au cousin Neil d'envoyer un télégramme à notre père, et au besoin, j'irai moi-même le voir à Sherbrooke. De toute façon, si on est pour vivre à Montréal, je n'aurai pas le choix de retourner chez nous pour récupérer le reste des choses qui vous appartiennent. À commencer par vos sacs d'école, à Owen et à toi !

— Ah bon...

Darcy était demeuré silencieux durant un bref moment, puis il avait poussé un long soupir qui avait tout d'un grand soulagement et il avait ajouté, tout en levant les yeux vers Henry :

— Ça ne sera sûrement pas un moment agréable à passer, si jamais tu dois discuter avec notre père, avait-il alors observé. Moi, je n'en serais pas capable. Il me fait trop peur... Et tu viens de parler de nos sacs... Est-ce que ça veut dire que si on reste à Montréal, je vais pouvoir retourner à l'école ? avait-il aussitôt enchaîné.

— Sans aucun doute ! Peut-être pas le premier jour parce qu'on va devoir t'inscrire et acheter le matériel dont tu vas avoir besoin, mais c'est certain qu'en janvier, tu retourneras à l'école.

— Dans ce cas-là, pour moi, c'est oui. Je suis d'accord pour rester à Montréal.

— Et moi, est-ce que je vais pouvoir habiter avec Edmund ? avait alors demandé Owen, visiblement très intéressé par la discussion qui se tenait à côté de lui.

— Dans un avenir assez rapproché, je dirais que oui. Le temps que je me trouve un emploi et qu'on se choisisse un appartement. Selon moi, à l'exception du petit Adam, qui va rester avec Marjolaine et notre petite sœur Lisette, tous les garçons vont probablement vivre avec moi... Ce qui ne devrait pas tarder. En attendant, on verra bien ce que les gens de Montréal ont à nous proposer.

— Si c'est comme ça, moi aussi, je dis oui.

Dans un premier temps, comme on s'en doute un peu la connaissant, Kelly avait offert de les loger, le temps qu'Henry se trouve un emploi.

— Dès que notre réception sera passée, vous pourriez vous installer chez nous sans problème. La chambre des garçons est assez grande. On va s'organiser... Toutefois, d'ici au premier janvier, je ne vois pas comment je pourrais t'aider... C'est le grand chambardement, ici, comme chaque année dans les jours qui précèdent notre veillée... En revanche, j'ai suffisamment de nourriture pour vous offrir tous vos repas !

Et ça avait été en partie les mêmes propos qu'avait tenus Marjolaine, en fin d'après-midi.

— C'est que tu n'as pas vu à quoi ressemble cette veillée, mon pauvre Henry ! C'est sûr que Kelly ne peut pas vous recevoir à coucher tout de suite. Par contre...

Marjolaine avait alors proposé de recueillir les trois garçons chez elle.

— Voir que je vais laisser mes frères à la rue ! avait-elle lancé à Henry, pendue à son bras tellement elle était heureuse d'être avec lui.

Avec Béatrice malade et Kelly débordée, la jeune opératrice du téléphone avait demandé à son patron de quitter le travail un peu plus tôt, et c'était avec un petit cri de joie et de surprise qu'elle avait ouvert la porte à ses frères.

Ferdinand, venu prendre une collation avec celle qui avait accepté avec enthousiasme sa proposition de fiançailles, avait donc assisté à la scène des retrouvailles entre les jumeaux. Il s'était dit, à ce moment-là, qu'il valait mieux pour lui d'accepter cette évidente complicité avec indulgence, car des moments comme celui dont il était le témoin à ce moment-là risquaient d'être nombreux tout au long de sa vie.

— C'est chez moi que vous dormirez en attendant que tu trouves du travail, avait alors tranché Marjolaine. Il n'est pas question pour moi que ce soit Kelly qui vous dépanne... Elle en a plein les bras en prévision de sa veillée et de nos fiançailles. On fera du camping dans le salon, c'est tout ! En fin de compte, c'est une situation temporaire, n'est-ce pas ?

— En effet !

Pendant cette discussion, les deux plus jeunes garçons de la fratrie Fitzgerald se regardaient en souriant.

— *Yes !* avaient approuvé à l'unisson Owen et Edmund, qui venait tout juste de revenir du travail, lui aussi, au moment où Henry et Marjolaine s'entendaient sur cette situation temporaire.

— Maintenant, j'aimerais bien que tu m'expliques ce qui s'est passé à la maison pour que vous arriviez comme ça, à l'improviste, tous les trois. Le père a encore fait des siennes ?

Henry avait alors soupiré bruyamment.

— *As usual !*

Quant à Béatrice, lorsque Marjolaine était descendue pour lui présenter ses deux jeunes frères, un peu plus tard ce même vendredi, elle avait accueilli les garçons avec un charmant sourire... entre deux quintes de toux.

— Et en cas de besoin, si la situation perdure, il reste toujours la petite chambre qu'Edmund occupe chez moi, vous savez ! Avec un peu d'imagination, on devrait arriver à caser tout le monde ! Pour le temps où ce sera nécessaire... Mais qu'est-ce que je dis là, moi ? Pourquoi attendre ? Il me semble que tes frères seraient beaucoup mieux ici en bas que dans ton salon, Marjolaine. Qu'est-ce que tu en penses ?

— C'est vrai que ce serait probablement plus confortable pour eux.

— Alors, c'est ce qu'on va faire !

— Et votre grippe ?

— Je ne vois pas en quoi un petit rhume de rien du tout pourrait empêcher d'utiliser une chambre qui est déjà là... Bonté divine ! On ne parle pas de construire une rallonge à la maison !

Malgré une mine qui faisait pitié à voir, Béatrice affichait son attitude de matriarche qui ne tolère aucun commentaire différent du sien. Bien au contraire, elle avait vraiment l'air heureuse de la tournure des événements.

— Va vite chercher Ferdinand avant qu'il ait chambardé ton salon de fond en comble, et dis-lui de descendre tout de suite avec Henry. Je vais voir avec eux comment nous pourrions nous organiser.

Ce fut donc ainsi, bousculant un peu tout le monde, mais accueillis dans la joie, que les garçons de la famille Fitzgerald firent leur entrée dans la vie d'un quartier de Montréal qu'ils apprécièrent d'emblée.

Mais au bout du compte, ce fut Paul, le plus jeune des enfants O'Brien, qui eut le dernier mot en ce vendredi qui resterait mémorable pour tous.

— Parce que toi, tu sais patiner, Owen?

Les cinq garçons, Martin, Paul, Darcy, Edmund et Owen, étaient debout sur un monticule de neige, et ils observaient la patinoire des O'Brien, qui occupait à peu près l'entièreté de la cour. Quant à Robert, il devait venir les rejoindre dès qu'il aurait fini la corvée que sa mère lui avait confiée.

— Ouais... Ça fait même plusieurs années que je patine. J'avais pas mal d'amis à Sherbrooke, tu sais, et on aimait ça jouer au hockey tous ensemble... Ça fait que je connais pas mal tous les règlements aussi... Le seul problème, dans le fond, c'est que je n'ai pas de patins à moi. Ni de bâton.

— Crains pas, je vais t'en trouver, comme je l'ai fait pour Edmund... Et je peux aussi en trouver pour toi, Darcy, si tu veux essayer ça.

— Pourquoi pas ? Je ne suis pas le plus grand sportif qu'on peut connaître, mais ça me tente pas mal de tenter ma chance.

— *All right !* C'est vraiment pas un problème pour moi de trouver des patins pour tout le monde.

Affichant un sourire qui allait d'une oreille jusqu'à l'autre, Paul regarda les trois frères Fitzgerald à tour de rôle.

— Mais j'suis donc content !

Paul continua de promener son sourire de Darcy à Owen, puis à Edmund, avant de se tourner carrément vers son frère Martin.

— C'est donc bien *le fun* d'avoir des cousins qu'on connaissait pas, pis qui viennent de Sherbrooke pour vivre ici, avec nous autres, à Montréal ! lança-t-il, visiblement ravi. Tu trouves pas, Martin ? Mais avant que ce dernier n'ait la chance de répondre, Paul poursuivit avec enthousiasme :

— Maintenant, on va être plusieurs à entretenir la patinoire. Pis laissez-moi vous dire qu'un coup de main sera pas de refus, parce que c'est BEAUCOUP d'ouvrage, une grande patinoire comme celle-là... Il faut l'arroser pas mal de fois avant que la glace soit bien lisse et assez épaisse pour qu'on soit certains qu'elle cassera pas quand on va patiner dessus. Et il faut recommencer l'arrosage au moins deux fois par semaine durant tout l'hiver pour qu'elle reste toujours belle. Mais ce que je trouve encore mieux, c'est qu'à partir de maintenant, la famille O'Brien aussi va avoir son équipe de joueurs de hockey bien à elle. Comme les Tremblay du bas de la rue ! Pis ça, c'est grâce à vous autres, les Fitzgerald... Ouais, je suis vraiment content de vous connaître !

* * *

Au matin du samedi 30 décembre, Kelly était enchantée d'entendre dans son logement le jacassement de toutes les voix de ceux qui, par la force des choses, étaient venus en renfort.

Cela faisait des gens de plus à loger et à nourrir, certes, pour elle comme pour Béatrice et Marjolaine, mais il y avait des bras supplémentaires pour l'aider à préparer la réception du lendemain, et cela faisait grandement son affaire ! Avec les amis des deux tourtereaux qu'on avait réussi à rejoindre, tant ceux de Bell Téléphone que les pompiers qui ne seraient pas en service à la caserne, ainsi que la parenté de Ferdinand et les frères de Marjolaine, qui s'étaient ajoutés aux habituels voisins et amis irlandais, leur appartement serait rempli comme un œuf, avait souligné son fils Martin, à l'heure du déjeuner.

Aussi, Kelly avait-elle vu arriver Henry avec un plaisir indéniable lorsqu'il s'était présenté à sa porte pour voir s'il ne pouvait pas aider. Le large sourire de Kelly avait témoigné de son appréciation. Non seulement trouvait-elle le jumeau de Marjolaine plutôt sympathique, mais de plus, le grand jeune homme était au moins aussi débrouillard et généreux que sa sœur.

— Qu'est-ce que tu dirais, Henry, d'essayer de trouver du gui pour faire une couronne ou une banderole qu'on accrocherait dans l'arche de la porte donnant dans le salon ? proposa-t-elle dès que ce dernier eut retiré son paletot. En fait, je n'ai pas attendu que tu arrives pour mettre ce projet en branle, et Robert est déjà sur le dossier.

Henry venait tout juste d'entrer dans la cuisine en provenance de la maison de Béatrice, où, tel que la vieille dame l'avait suggéré, il avait passé la nuit avec ses frères dans une chambre minuscule, mais somme toute confortable grâce aux matelas qu'on avait montés du sous-sol et posés à même le plancher. Sachant qu'elle était provisoire, la solution trouvée dépassait même ses attentes. Quant aux repas, ils se prendraient surtout chez Marjolaine, et à l'occasion chez les O'Brien.

— Pour des nouveaux fiancés, il me semble que ce serait de mise de s'embrasser sous le gui, n'est-ce pas ? demanda donc Kelly. Qu'en penses-tu ?

— La bonne idée !

Peu habitué à être sollicité par ses parents pour les décisions concernant la famille, Henry n'aurait pas à feindre la bonne humeur ni à fournir de gros efforts pour aider là où l'on aurait besoin de lui. Après tout, la fête se donnerait en partie pour souligner les fiançailles de Marjolaine, et le fait qu'elle était sa jumelle la garderait pour toujours au cœur de ses priorités.

Il l'aimait tendrement depuis leur plus jeune enfance et il trouvait important de faire quelque chose de tangible pour elle et pour Ferdinand aussi, lui qui deviendrait son beau-frère dans un jour pas si lointain. Du moins, Henry le souhaitait.

Puis, l'ambiance qui régnait tout autour de lui, en ce moment, portait à la joie, à la fête, et cela lui plaisait énormément.

Henry ne se souvenait pas d'avoir connu pareille fébrilité chez ses parents, que ce soit pour un anniversaire, pour le Nouvel An ou pour Noël, et en ce moment, il avait la sensation d'avoir le droit de se gaver de joie, de se laisser envelopper par cette ambiance festive pour une première fois dans sa vie.

Et à l'exception de Claudette et de Thomas, l'essentiel de sa famille pourrait fêter avec lui, et cela aussi avait beaucoup d'importance à ses yeux.

Il avait même été convenu avec Marjolaine et Kelly que les petits jumeaux participeraient à la soirée, eux aussi.

— Pas question que quelqu'un de votre famille manque la veillée parce qu'il est obligé de rester chez toi, Marjolaine, pour garder les deux bébés. Ils marchent tous les deux, ils sont toujours de bonne humeur et il y aura sûrement quelqu'un pour s'occuper d'eux en cas de besoin, avait décrété Kelly, mettant ainsi fin à la discussion. Rappelle-toi la petite Adèle, l'an dernier ! Elle s'était endormie sur la pile des manteaux déposés sur mon lit !

Présentement, il flottait dans l'air de l'appartement des O'Brien les relents des efforts culinaires de la veille. Ça sentait bon les biscuits et le ragoût que Darcy avait cuisiné de bon cœur avec Shanna. Revenu très tôt ce matin, il lavait actuellement la vaisselle qu'ils avaient laissée en plan en fin de soirée, l'un comme l'autre trop fatigués pour y voir. Et pour l'instant, Shanna était partie pour faire les courses de dernière minute.

Henry remarqua que Darcy chantonnait un air de Noël tout en travaillant, ce qu'il n'avait jamais fait auparavant !

Il en fut ému.

« Il suffit de si peu, parfois, pour rendre les gens heureux », pensa-t-il alors, le cœur rempli de joie.

Pourquoi ses parents n'avaient-ils pas réussi à insuffler une telle atmosphère chez eux ? Henry l'ignorait, et surtout, il ne comprenait pas. N'avaient-ils pas eu tous les ingrédients pour être heureux ensemble ?

Et cela valait aussi pour Darcy qui, depuis la veille, lui semblait comblé par la tournure des événements.

Comblé comme il ne l'avait jamais été.

En effet, depuis que Darcy savait qu'il pouvait compter sur Henry pour s'occuper de tout régler auprès de leur père, et que, pour cette raison, la menace de ne plus retourner en classe dès janvier s'était estompée, aucune tâche ne rebutait le jeune garçon. La seule tristesse qu'il ressentait de temps en temps était celle concernant leur frère Thomas. Le savoir en prison pour une période indéterminée le chagrinait vraiment. Mais comme Henry lui avait «promis juré» qu'il passerait le visiter lorsqu'il serait de passage à Sherbrooke, il s'en faisait un peu moins pour lui.

— Pour Thomas aussi, j'avais prévu un cadeau, avait déclaré Henry, alors qu'ils arrivaient à la gare Windsor. J'irai donc le lui porter en même temps que j'irai le voir... Ce n'est pas parce que notre frère a commis une grosse erreur qu'il n'est plus notre frère, comme semble le penser *dad*. Moi, au contraire, je crois que Thomas a besoin de notre affection, et j'ai très envie de lui remettre son cadeau... Si jamais j'ai le droit de lui offrir quelque chose... Je ne connais rien aux règlements d'une prison!

— Et mon cadeau à moi?

— Owen! Cesse de tirer sur la manche de mon manteau comme si tu étais encore un bébé! Je vais trouver un moyen de rapporter la traîne sauvage que je t'ai donnée, je te l'ai promis! Maintenant, grouillez-vous, les garçons! C'est ici qu'on descend.

Cette conversation avait eu lieu tout juste la veille au matin, et pourtant, Henry avait l'impression que cela faisait beaucoup, beaucoup plus longtemps. Depuis l'instant où il avait posé le pied sur le quai de la gare, tant de paroles avaient été prononcées et tant de décisions avaient été prises que cela faussait un peu le cours du temps!

Pendant cette courte réflexion, Robert, de son côté, était pendu au téléphone. Il cherchait un fleuriste qui offrirait du gui, ou une verdure qui s'en rapprocherait. Quand il eut enfin trouvé, il poussa une sorte de rugissement qui pouvait ressembler à un cri de joie.

— Enfin ! Ça y est, maman ! J'ai réussi à trouver un fleuriste sur la rue Victoria, de l'autre côté de la rue Sherbrooke, dans Westmount. Ils ont exactement ce qu'on espérait. Je lui ai demandé de tout garder pour nous... Est-ce moi qui dois aller chercher le gui ou tu veux que...

— Je pensais le demander à Henry ! l'interrompit Kelly, qui sortait de sa chambre au même instant.

Elle venait d'y faire un bon ménage, car le lendemain soir, les gens déposeraient leurs manteaux sur son lit.

— Toi, il faut que tu arroses la patinoire maintenant pour qu'elle soit parfaite cet après-midi ! Les garçons aimeraient bien jouer une première partie de hockey, et je les comprends ! Avec la pluie qu'on a connue la semaine dernière, le début de la saison a été un peu retardé. Ton père t'espère justement dans la cour pour finaliser tout ça avec toi.

Puis, Kelly regarda autour d'elle, huma avec plaisir l'odeur de biscuits qui perdurait, emmêlée à celle de la cire à meubles, et elle poussa un long soupir de satisfaction.

— Doux Jésus que je suis contente ! Je ne pensais jamais avoir un jour une aussi belle et grande famille autour de moi... La vie est bonne pour nous, Robert, très bonne ! Ne l'oublie jamais ! Et n'oublie surtout pas de partager la chance qu'on a avec tous ceux que l'existence mettra sur ton chemin… Maintenant, ouste, jeune homme ! Va-t'en dehors, ton père t'attend.

Chapitre 9

« Love me tender
Love me sweet
Never let me go
You have made my life complete
And I love you so
Love me tender
Love me true
All my dreams fulfilled
For my darlin' I love you
And I always will
Love me tender
Love me long
Take me to your heart
For it's there that I belong
And we'll never part »

~

Love me tender, Elvis Presley / Vera Matson

Interprété par Elvis Presley en 1956

Le mardi 9 janvier 1945, dans le logement de la rue D'Aiguillon, en compagnie de Léopoldine, qui regrette intensément le Connecticut

Il tombait une petite neige fine, emmenée par les nuages d'un redoux plutôt bienvenu après l'interminable semaine de climat glacial qui avait suivi le jour de l'An. Comme l'annonceur à la radio l'avait si bien dit : ils avaient eu droit à un froid « sibérien », ce qui avait obligé la vieille dame, et une bonne partie de la population, d'ailleurs, à rester bien au chaud, chacun chez soi.

Inutile de dire que Léopoldine avait trouvé le temps long !

Trois femmes qui se partagent un logis relativement restreint ne salissent pas tellement les lieux, surtout en hiver, alors elle n'avait pas grand-chose à faire !

Donc, hormis le journal qu'elle lisait religieusement tous les jours et les quelques émissions de radio qui parvenaient toujours à l'intéresser, *Un homme et son péché* venant en tête de liste, suivi de près par *Les joyeux troubadours*, la pauvre Léopoldine avait l'impression de tourner en rond. Cette émission qui lui tenait compagnie sur l'heure du midi, tandis qu'elle préparait son repas, plutôt frugal, et qu'elle le prenait par la suite en solitaire, arrivait cependant à la dérider, et il n'était pas rare qu'elle se mette à rire aux éclats, assise toute seule au bout de la table.

Mais pour le reste de ses journées, Léopoldine devait admettre qu'elle passait beaucoup de temps à se morfondre.

Oui, beaucoup de temps !

Quand une heure sonnait à l'horloge coucou de la cuisine, elle délaissait la lecture du journal pour s'installer au salon afin de cultiver son ennui du Connecticut à travers les merveilleux souvenirs qu'elle gardait précieusement de son long séjour chez sa fille.

Elle avait d'abord une pensée affectueuse pour Justine et pour cette étroite communion qui était née spontanément entre elles. Malgré de louables efforts, depuis son retour à l'automne, Léopoldine n'avait pas retrouvé la pareille avec Clémence.

Elle pensait aussi à son gendre, Jack Campbell, et aux longues conversations à trois qu'ils tenaient, le soir après le souper, tout en sirotant un café dans le salon lorsqu'il pleuvait. Ou encore une limonade sur le patio, parce qu'à Bridgeport, en juillet et en août, il continuait à faire chaud même après le coucher du soleil. Ils parlaient de tout et de rien, passant allègrement de la politique à la guerre, du temps qu'il faisait aux repas du lendemain. Toujours en français, parce que Jack, le galant homme, prétendait vouloir apprendre la langue de Molière. Tous les soirs, Léopoldine l'en remerciait chaleureusement, car elle n'arrivait jamais à prononcer correctement les quelques mots qui faisaient partie de son vocabulaire américain, comme elle le disait elle-même.

Puis, invariablement, Léopoldine revenait à ses souvenirs de l'océan !

Ah, l'océan !

— La plus belle invention du Bon Dieu, répétait-elle à l'envi à tous ceux à qui elle avait raconté son extraordinaire voyage au pays de l'oncle Sam.

Du curé de la paroisse au boucher de la rue Saint-Jean, en passant par le teinturier du bout de la rue et par la coiffeuse qu'elle n'avait pas le choix de fréquenter au moins quelques fois par année, maintenant qu'elle gardait les cheveux courts, tous avaient eu droit à son long discours et à ses descriptions imagées, qu'elle terminait toujours par ces mots :

— Sacrifice que c'est beau, cette grande étendue d'eau !

Alors, Léopoldine s'ennuyait profondément de la plage envahie par les baigneurs, de son sable chaud qui collait sur les pieds et de l'écume des vagues qui venait lui lécher les orteils. Poussant l'imagination à son extrême, la vieille dame se voyait très bien en train de se baigner, elle aussi.

— L'été prochain, marmonnait-elle avec une conviction admirable. L'été prochain, sans faute, je m'achète un maillot de bain avec un casque en caoutchouc pour protéger mes cheveux, pis je fais trempette comme tout le monde. Je vais mettre de l'argent de côté juste pour ça. Et tant pis si j'ai l'air d'une vraie folle, avec mes cannes toutes maigres, pis mes bras tout ridés qui «flacotent». Avec Jack pis Justine pour m'aider à garder mon équilibre, je devrais y arriver... Ouais, j'ai bien envie d'essayer ça, la baignade!

Elle rêvait aussi aux longues promenades qu'elle avait pris l'habitude de faire chaque jour, tôt le matin, avant les grandes chaleurs. Parfois, elle se dirigeait vers le phare, et assise sur un banc de parc, elle pouvait passer des heures à l'admirer, à contempler le ballet incessant des goélands qui virevoltaient tout autour de son toit pointu en criant à qui mieux mieux.

D'autres jours, en sortant de la maison, elle tournait à sa gauche en direction du quai, où elle s'arrêtait pour observer les bateaux qui venaient y accoster ou qui en repartaient. L'odeur du poisson qu'elle avait trouvée tout à fait désagréable lors de son arrivée dans la région – Ça pue donc ben par chez vous, Justine! – avait fini par passer quasiment inaperçue, et même par lui plaire, symbole vivant de la vie quotidienne au bord de la mer.

Il y avait aussi le plaisir indicible de n'avoir jamais besoin de manteau!

— À Québec, c'est pas mêlant, il y a des matins où on gèle sur place juste à rentrer la pinte de lait!

Léopoldine avait énormément de difficulté à croire sa fille quand celle-ci affirmait, en riant, que chez elle aussi, il faisait passablement froid en hiver, et qu'elle n'avait pas le choix de s'emmitoufler de la tête aux pieds pour sortir faire les commissions.

À l'occasion, il arrivait que la vieille dame éprouve un peu d'ennui pour ses petits-enfants Campbell, tous aussi gentils les uns que les autres. Cependant, elle se languissait beaucoup plus souvent de ses arrière-petits-enfants qui la faisaient rire, ce qu'elle n'aurait jamais cru possible avant son voyage.

Et finalement, Ophélie occupait une grande partie de ses jongleries, chaque jour, sans exception. Léopoldine s'était jurée de ne plus jamais négliger sa plus jeune comme elle l'avait fait pendant plus de vingt ans. La vieille dame se surprenait à regretter de ne pas avoir eu l'occasion de la côtoyer plus régulièrement durant son séjour. Allez donc savoir si elle ne se serait pas aussi bien entendue avec elle qu'avec Justine!

Voilà pourquoi, depuis son retour au Québec, Léopoldine avait fait parvenir à Ophélie trois lettres qui avaient toutes reçu une réponse gentille.

Cette correspondance entre son logement et le Connecticut, que les lettres soient destinées à Justine ou à Ophélie n'ayant que fort peu d'importance, entretenait son désir de repartir dès que la chose serait possible, c'est-à-dire dès le jour où elle considérerait qu'elle avait suffisamment d'argent de côté pour voir aux obligations de la maison durant son absence et pour s'acheter un billet aller simple pour Bridgeport.

Pour le retour, elle s'en remettrait à son gendre, parce qu'il avait visiblement beaucoup plus de moyens qu'elle.

Bref, Léopoldine s'ennuyait énormément de la vie qu'elle avait menée au Connecticut, et il n'était pas rare qu'elle se mette à feuilleter les pages du calendrier de l'année 1945, qu'elle avait acheté dans un des petits kiosques au bord de la plage juste avant de quitter Bridgeport.

En effet, dès le lendemain de son arrivée chez elle, Léopoldine s'était dépêchée de l'afficher au mur de sa cuisine, juste à côté du réfrigérateur, même si l'année 1944 n'était pas terminée. Quand elle avait un irrépressible vague à l'âme, elle trottinait vers la cuisine et elle s'amusait à tourner les pages pour retrouver, tout émue, les paysages qu'elle avait tant aimés.

— Regarde, Clémence, avait-elle exigé au retour du travail de sa fille, le lendemain de son arrivée. Regarde les images avec moi. J'vas t'expliquer la ville où demeure ta sœur Justine. Tu vas vite comprendre pourquoi j'aime ça sans bon sens, les États-Unis !

La veille au matin, déprimée par le froid qui persistait et par son logement assombri par le givre qui recouvrait les vitres, Léopoldine avait calculé qu'il lui restait encore au moins cinq pages de calendrier à tourner avant de pouvoir espérer repartir pour le Sud une seconde fois.

Et six ou sept pages seraient plus probables !

Peut-être avec Clémence, cette fois-ci ?

La possibilité d'un voyage à deux était devenue une des rêveries préférées de Léopoldine.

— Et pourquoi pas? soupirait-elle chaque fois qu'elle y revenait.

Comme on parlait de plus en plus régulièrement de l'envisageable fin de cette fichue guerre qui durait depuis près de six ans, et ce, avant l'été, il était donc raisonnable de croire que Clémence perdrait son emploi à l'Arsenal à ce moment-là, puisqu'on n'aurait plus besoin de munitions. D'un côté, ce serait quand même un peu dommage, car son aînée, qui n'avait pas beaucoup d'instruction, avait trouvé là un emploi grassement payé par l'armée canadienne. Ses chances de dénicher un autre poste aussi bien rémunéré étaient minces, pour ne pas dire inexistantes. Toutefois, en contrepartie, elle aurait la liberté de l'accompagner au Connecticut avant de songer à se trouver quelque chose d'autre.

— Il faut qu'on parle tout de suite de cette possibilité-là, pour qu'elle puisse commencer à mettre de l'argent de côté en prévision du voyage, elle aussi, marmonnait régulièrement Léopoldine, tout en rinçant le bol à soupe ou l'assiette de son dîner, avant de se réfugier au salon.

En revanche, à leur retour, dans l'esprit de cette femme économe par la force des choses et qui avait passé la majeure partie de sa vie à compter le moindre sou qui entrait sous son toit, il ne faisait aucun doute que Clémence devrait se trouver un autre boulot. Léopoldine n'avait aucune idée de ce que sa fille aînée en pensait ni même si elle avait l'intention de continuer à travailler, mais Léopoldine estimait, pour sa part, que Clémence n'aurait pas vraiment le choix. En bonne gardienne des cordons de la bourse familiale, la vieille dame ne voyait pas comment elles pourraient arriver à joindre les deux bouts sans le pécule que Clémence rapportait à la maison, semaine après semaine.

— C'est juste de même qu'on va réussir à se payer des voyages à l'occasion, parce que moi, j'ai bien envie d'en faire d'autres. Sacrifice que c'est plaisant de changer d'air de temps en temps ! De toute façon, tant que Clémence aura pas soixante ans, c'est comme normal qu'elle continue de travailler un peu, voyons donc ! Je l'ai bien fait, moi, pis jusqu'à soixante-douze ans, à part de ça. Jusqu'à nouvel ordre, on peut pas dire que ça m'a fait mourir ! Mais entre ses deux *jobs*, Clémence aurait pas volé de profiter d'un mois de vacances, par exemple ! C'est quasiment depuis la mort de son père qu'elle arrête pas, la pauvre enfant, sauf pour une petite semaine de congé par-ci par-là qu'elle utilise pour faire du ménage ici dedans, parce que moi, j'ai assez donné dans ce domaine-là. Clémence peut bien avoir l'humeur à pic, par bouttes ! Par contre, si elle vient avec moi, elle pourrait se reposer tant qu'elle le voudrait, pis faire le plein de patience en regardant l'océan, comme moi j'ai fait pendant plus de trois mois... Ouais, j'suis sûre que ça lui ferait du bien, pis ça lui donnerait l'occasion de revoir ses sœurs en même temps. Ça fait qu'en revenant chez nous, elle serait d'humeur plus agréable… Comme moi, finalement. Depuis l'automne, j'suis pas mal plus parlable que je l'étais avant de partir. Ouais, c'est astheure que je me rends compte comment je pouvais être déplaisante, de temps en temps !

Et comme Clémence et elle s'étaient vite accoutumées à recevoir chaque semaine la quote-part de Claudette, celle-ci n'aurait qu'à continuer à le faire, en augmentant le montant, au besoin.

— Sauf que je me demande bien où c'est qu'elle prend cet argent-là, astheure qu'elle travaille plus à l'Arsenal…

C'était là un mystère que Léopoldine n'avait pas encore réussi à éclaircir jusqu'à maintenant, malgré un nombre incalculable d'heures de réflexion, de suppositions et de questionnements.

— Elle a beau dire que ça vient de ses économies, j'ai comme le sentiment qu'elle me mène en bateau… J'ai toujours eu le pif pour ces affaires-là… En plus, elle rentre juste aux petites heures du matin, comme si c'était normal pour une jeune femme de son âge de vadrouiller jusqu'à pas d'heure… Pis ça, c'est quand elle rentre ! En plus, son garde-robe est à la « veuille » de plus fermer, tellement elle s'achète des robes neuves… À croire que le porte-monnaie de son damné cavalier est un puits sans fond… Pour les robes, par contre, c'est de mieux en mieux ! On dirait que son Jean-Louis a plus de goût qu'avant… Même que des fois, je la trouve pas mal chic, la belle

Claudette… Mais c'est pas une excuse pour découcher en me racontant qu'elle va chez une amie par exemple! Oh non! J'suis certaine qu'il y a anguille sous roche… Elle me reviendrait en famille à cause de Jean-Louis que ça me surprendrait pas. En plus, c'est une amie que je connais pas pantoute, pis qui, paraîtrait-il, a pas le téléphone pour que je puisse vérifier… Il faut dire que j'suis pas mieux… Maudit argent, aussi, qui nous empêche de faire ce qu'on veut, des fois! Sauf qu'il faudrait vraiment que je me décide à avoir le téléphone… J'vas en parler avec Clémence… Peut-être ben qu'on aurait les moyens de nos ambitions, pis que je le sais pas. Depuis mon voyage, j'ai comme qui dirait perdu le contact avec nos finances. J'vas être obligée de me reprendre! Mais en attendant, sacrifice que je trouve ça plate de pas savoir ce qui se passe dans la vie de Claudette! Sinon, je dirais que ma petite-fille est encore plus d'adon, plus gentille qu'avant mon voyage… C'est comme si j'avais laissé une petite fille qui s'énervait pour pas grand-chose pis qu'à mon retour, j'avais retrouvé une jeune femme. Ouais, une jeune femme plus calme, plus sûre d'elle… Ça serait-tu son satané Jean-Louis qui se serait décidé à lui parler de mariage? Pourtant, je lui ai pas vu la face tellement souvent depuis l'automne! Comme s'il voulait plus me rencontrer… Même que, quand je me donne la peine d'y penser ben comme il faut, il me semble qu'il vient la chercher pas mal moins souvent qu'avant mon voyage… Ça fait que je dois me tromper. Ouais, je me trompe sûrement ! S'il était question de mariage entre ces deux-là, c'est comme rien que Claudette nous en aurait parlé en long pis en large, pis qu'elle laisserait traîner des tas de photos de robes de mariée un peu partout dans l'appartement... Ouais, c'est bien curieux, tout ça ! Par contre, c'est bête à dire, mais j'aimerais ça, moi, avoir des belles noces dans la famille ! Ça nous sortirait un peu de l'ordinaire.

Habituellement, c'était sur cette remarque que Léopoldine s'endormait dans son fauteuil, pour ce qu'elle appelait sa sieste de digestion, une formulation comme une autre pour expliquer ce qu'elle voyait comme étant une petite faiblesse de sa part.

— Dormir en plein jour, murmura Léopoldine d'une voix ensommeillée. Quelle perte de temps !

* * *

Si, pour Léopoldine, dormir le jour était un caprice, une sorte d'absurdité causée probablement par son grand âge, pour Claudette, c'était devenu une nécessité, parce qu'elle vivait surtout la nuit depuis ces derniers mois.

Et ce nouveau rythme de vie qui, dans un premier temps, avait passablement irrité Clémence, datait du soir où Claudette avait passé quelques heures avec Estelle, dans sa magnifique chambre, à l'étage de la non moins magnifique maison de madame Irène.

En revanche, même si l'initiation vécue avec Estelle et la découverte du plaisir avaient été déterminantes pour Claudette, au point de la rendre capable de tenir tête à sa tante afin de sortir quand et avec qui elle le voulait, la semaine qui avait suivi avait été très particulière, voire éprouvante, pour cette jeune femme beaucoup trop laissée à elle-même depuis le départ de sa grand-mère.

Mais pouvait-on en faire le reproche à Clémence?

Pas vraiment!

Après tout, la pauvre femme n'avait jamais eu à élever qui que ce soit, n'est-ce pas?

Néanmoins, quand bien même Léopoldine serait restée chez elle, et malgré le fait qu'elle soit une vieille femme au caractère bien trempé, aurait-elle su affronter le bellâtre qui, d'un regard soutenu et coquin, avait chaviré le cœur de Claudette?

Rien n'était moins sûr, et de toute façon, pourquoi s'y attarder, puisqu'on ne le saurait jamais.

Donc, ce qui devait arriver était arrivé!

Malheureusement, diraient certains, et pourquoi pas, avait finalement conclu Claudette.

Sans même s'en rendre compte, éblouie qu'elle était par Jean-Louis Breton et sa fortune, la jeune femme avait mis le doigt dans un engrenage difficile à arrêter, et elle s'apprêtait à vivre de nouvelles expériences qui ne seraient pas toujours nécessairement heureuses.

On était alors encore au mois d'août, et la jeune Claudette avait baptisé ces quelques jours de sa vie la semaine des toutes premières fois.

Premiers émois et premiers plaisirs, celui que l'on reçoit, puis celui que l'on procure à l'autre, dès le lendemain soir, encore avec la belle Estelle.

Ensuite, quelques soirs plus tard, il y avait eu le premier homme à qui Claudette s'était donnée, et qui n'était pas du tout celui dans les bras duquel elle avait espéré se retrouver.

Ces trois soirées particulières avaient été suivies de près par les premières déceptions et les premières désillusions, car au bout de la semaine, malgré beaucoup d'hésitation et d'appréhension, il y avait eu une première et dernière discussion, franche et directe, avec deux femmes en qui Claudette avait entièrement confiance.

Malgré tout ce qu'elle venait de vivre en si peu de temps sous le toit de madame Irène, qui ne s'était jamais opposée à quoi que ce soit, Claudette persistait à croire qu'il n'y avait aucune mauvaise intention de sa part. Quoi qu'il en soit, vers qui aurait-elle pu se tourner pour avoir des explications, je vous le demande un peu?

Ce n'était surtout pas Clémence qui aurait pu calmer le bouillonnement de ses interrogations!

En fin de compte, c'était la grande rousse, la belle Estelle, qui lui avait ouvert les yeux, secondée en ce sens par madame Irène, qui s'était enfin décidée à parler de la situation... Non, plutôt des situations qui avaient bouleversé l'existence de la jeune femme.

Et jusqu'à un certain point, madame Irène s'était même gentiment moquée de Claudette, malgré le fait que la quinquagénaire éprouvait une réelle affection pour cette dernière.

— Chère Claudette ! Ce n'est pourtant pas si compliqué à comprendre, tout ce qui t'arrive, tu vas voir... C'est tout bonnement parce que tu es très jolie, un peu naïve, beaucoup trop confiante, et que Jean-Louis en a profité... J'avoue, cependant, qu'on peut l'expliquer, compte tenu du métier qu'il exerce... Si on peut appeler ça un métier.

— Je vous suis pas, moi là ! Qu'est-ce que vous essayez de me dire, madame Irène ? Jean-Louis aurait pas une *biseness* d'import-export ?

— Pas vraiment, non ! Mais toi, tu l'as cru sans te poser la moindre question, et ça l'a bien servi...

— Ben voyons donc ! Vous devez vous tromper parce que j'ai même rencontré plusieurs de ses clients, vous savez !

— Chère enfant ! Une vraie petite oie blanche !

— Je continue à pas comprendre, avait avoué Claudette d'une voix très lente, chargée d'incertitude... Je suis quoi, moi ? Une oie ? Mais qu'est-ce que ça veut dire, tout ce charabia-là ?

— Que tu étais l'innocence même, ma belle Claudette ! avait alors glissé Estelle, s'invitant ainsi dans la conversation. Il sait très bien comment plaire aux femmes, le beau Jean-Louis. Même moi, j'ai succombé à ses attentions, avait-elle reconnu en haussant les épaules.

— Et pour un homme comme Jean-Louis, avait enchaîné madame Irène, les femmes candides et innocentes, comme toi, ça vaut de l'or. Comme Estelle avant toi et Murielle et Joséphine et Doris... Vous avez toutes été des trésors de pureté dont il a monnayé le prix.

— Ben là... Je saisis encore moins! Je vaux de l'or, moi?

Claudette avait ramené les yeux sur Estelle.

— Pour toi, je peux comprendre, Estelle, avec la chambre que t'as, pis toutes tes robes, tes parfums et ta tonne de souliers; je pense que t'es un peu riche. Mais moi? Valoir de l'or? Non, ça se peut pas... Pis pourquoi vous me traitez d'innocente, toutes les deux? Qu'est-ce que vous voulez dire par là, madame Irène? Que je serais juste une imbécile, une cruche?

— Pas du tout!

— Ma chère Claudette, était alors intervenue Estelle, je te répondrais que tu avais la fraîcheur du printemps... C'était là ta principale qualité et c'est encore un bel atout pour toi. Je me revois, il y a de ça à peine quelques années, et je te ressemblais.

— Pourquoi parler comme ça? T'es encore très belle, Estelle! Pis pas vieille pantoute.

De toute évidence, Claudette avait beaucoup de difficulté à suivre le discours que lui tenaient Estelle et madame Irène. Mais peut-être qu'inconsciemment, elle ne voulait pas comprendre, parce que la bouchée était trop grosse à avaler d'un seul coup?

Sourcils froncés, la toute jeune femme avait promené son regard de l'une à l'autre à quelques reprises, sans que la moindre question lui vienne en tête.

C'est alors que madame Irène avait pris la relève.

— Quand Estelle te parle du printemps, quelles sont les images qui te viennent spontanément à l'esprit, Claudette ? Es-tu au moins capable d'imaginer quelque chose ? Je commence à en douter.

Piquée au vif par cette insinuation malveillante, cette dernière s'était retournée rapidement.

— C'est sûr que je vois de quoi ! avait-elle alors rétorqué, insultée de voir qu'on la prenait vraiment pour une idiote. J'suis pas niaiseuse à ce point-là, quand même ! Pour moi, le printemps, c'est Pâques, les fleurs pis les petits lapins... Ça fait que je vois pas en quoi on peut s'imaginer que je fais penser au printemps ! J'suis pas une fleur... Pis encore moins un petit lapin !

— C'est simplement une image, Claudette.

Cette dernière avait alors poussé un long soupir d'impatience.

— Comme si je le savais pas ! Si vous arrêtiez de me parler en paraboles, comme les curés de toutes les paroisses que j'ai connues, pis si vous disiez clairement les choses, hein ? Peut-être que je finirais par comprendre quelque chose qui pourrait avoir un certain bon sens !

— Si c'est ce que tu veux...

Ce fut donc ainsi, par une matinée pluvieuse et humide du mois d'août, peu de temps après une première puis une deuxième nuit passées dans les bras d'Estelle, suivies d'une toute dernière nuit passée avec un homme qu'elle ne connaissait presque pas, qu'Estelle et madame Irène avaient expliqué à Claudette certaines réalités un peu crues et très décevantes qui appartenaient à l'univers dans lequel, sans vraiment l'avoir recherché, elle venait de mettre les pieds.

Un immense désespoir teinté de tristesse avait aussitôt traversé le regard de la jeune femme. Par pudeur, elle avait détourné les yeux, tandis qu'Estelle poursuivait.

— Jean-Louis a jamais été en amour avec toi, Claudette ! avait-elle lancé bien froidement.

Puis, voyant le désarroi de celle qu'elle appréciait de plus en plus et pour qui elle avait une indéniable attirance, et aussi beaucoup de tendresse, la grande rousse avait rapidement ajouté, pour adoucir les angles :

— Pas plus qu'il l'a été avec moi, dans le temps, tu sais. Ça, il faut que ça soit bien clair pour toi. Jean-Louis aime pas vraiment les jeunes femmes comme nous, sauf pour les regarder et les jauger.

— Parce que t'as déjà été la blonde de Jean-Louis ?

— Si on peut le dire comme ça, oui, j'ai déjà été la blonde de Jean-Louis.

À ces mots, Claudette s'était retournée vers madame Irène, comme si elle avait besoin que celle-ci valide les propos de la grande rousse.

— Mais tous les cadeaux que Jean-Louis m'a donnés, avait-elle allégué, les belles sorties, pis les repas au…

— Tout ça, c'était pour que toi, tu tombes en amour avec lui, avait alors expliqué la quinquagénaire, tout en jouant machinalement avec le collier de perles de culture qui ne quittait jamais son cou et qui reposait sur son imposante poitrine.

— Ah bon...

Claudette avait secoué la tête en soupirant, comme si elle était exaspérée par quelque chose.

— Si vous voulez mon avis, c'était pas tellement brillant de sa part de dépenser autant d'argent pour quelqu'un qu'on aime même pas, pis qu'on va laisser tomber comme une vieille chaussette un jour ou l'autre. Ça lui donne quoi, à Jean-Louis, de...

— Ça lui donne exactement ce qu'il espérait recevoir de toi. De l'argent ! Et crois-moi, à cause de ça, il ne te laissera jamais tomber.

— Comment ça, puisque vous venez de dire vous-même qu'il m'aime pas ?

— Claudette ! Il faut vraiment que je te fasse un dessin ? Qu'est-ce qui s'est passé la nuit dernière ?

— Je...

Au souvenir de la nuit précédente, Claudette s'était mise à rougir violemment jusqu'à la racine des cheveux.

— J'ai couché avec un homme pour la première fois de ma vie, avait-elle alors murmuré.

Puis, la jeune femme s'était enfoncée dans un silence embarrassé plutôt long, avant d'être enfin capable de poursuivre, sur un ton hésitant.

— Mais Jean-Louis m'avait dit que c'était un très bon client à lui, qu'il serait très gentil avec moi et que si j'acceptais de passer quelques heures avec ce vieil homme chauve qui sent le cigare à plein nez, ça l'aiderait dans sa *biseness* d'importation et qu'il pourrait me gâter encore plus. Il a dit que...

Aux regards que lui avaient alors lancés Estelle et madame Irène, Claudette avait enfin compris l'odieux de la situation, et elle s'était tue brusquement, tandis que madame Irène finissait d'assommer la jeune femme par ces mots :

— Cet homme a payé Jean-Louis pour t'avoir dans son lit. Le gros prix, parce qu'il serait le premier à t'approcher vraiment, si tu vois ce que je veux dire.

Effectivement, Claudette voyait très bien. Tout était même devenu d'une limpidité évidente pour celle qui avait eu, à ce moment-là, une sorte de clairvoyance douloureuse.

Sans le moindre scrupule, Jean-Louis Breton avait donc proposé, sur un plateau d'argent, sa virginité au plus offrant.

La pilule avait été très difficile à avaler pour celle qui était persuadée que la bague de mariage viendrait bientôt.

Le temps d'encaisser la nouvelle, de calmer son cœur affolé, d'arriver à refouler ses larmes, le tout suivi de quelques minutes à détester cordialement Jean-Louis, au moins autant qu'elle l'avait déjà aimé, puis Claudette avait levé les yeux vers madame Irène.

— Et vous avez laissé faire ça, ici, chez vous? Je... Je croyais que vous m'aimiez bien!

— Ça n'a absolument rien à voir avec l'affection que je porte à l'une ou à l'autre d'entre vous. C'est mon métier de laisser faire, comme tu dis.

— Oh...

Ainsi, tout avait été manigancé, planifié et calculé.

Et pas uniquement par Jean-Louis.

La maison de madame Irène n'était rien de plus qu'une maison de passe, comme en avaient parfois parlé ses compagnes de travail.

— Ces maisons-là, Claudette, c'est juste du tape-à-l'œil pour que les clients en aient pour leur argent. Mais ce qu'ils veulent surtout, les hommes qui vont là, c'est du sexe.

Ça, c'était Louisa de l'Arsenal qui l'avait déclaré, sur le ton de quelqu'un qui sait très bien de quoi elle parle.

Claudette était restée prostrée durant un long moment avant de prendre une très longue inspiration et d'oser lever la tête.

— Ah bon... Et je peux savoir comment vous avez rencontré Jean-Louis? Dans les petites annonces d'un journal?

Claudette se voulait sarcastique, une attitude qui appartenait à son enfance et qui lui était revenue avec une spontanéité déconcertante. Sans doute avait-elle réussi à être drôle, car madame Irène avait esquissé un sourire.

— Jean-Louis et moi, on se connaît depuis l'enfance. Ce n'est pas par hasard s'il est entré dans ma vie et qu'il y est resté. Depuis longtemps, nous nous soutenons mutuellement, et pour l'instant, je vais m'en tenir à cette explication, si tu veux bien.

Le détachement du ton employé par madame Irène avait fait en sorte que Claudette n'avait pas insisté. Elle aussi, en guise de réponse, elle avait joué de son indifférence, comme jadis elle l'avait fait avec ses parents quand ils l'envoyaient jouer plus loin, parce qu'ils la trouvaient encombrante.

En revanche, c'était à cet instant bien précis qu'elle avait choisi en toute connaissance de cause que désormais, elle n'accorderait plus sa confiance au premier venu. Cela concernait Jean-Louis, bien entendu, mais cette nouvelle façon d'être convenait parfaitement à madame Irène aussi, elle qui affichait un détachement qui la blessait profondément.

Quant à Estelle...

Pour la grande rousse, ça avait été la déception qui avait dominé. Tous ces mots doux n'avaient-ils été que de la poudre aux yeux pour mieux ferrer le poisson qu'elle était?

— Pis toi, bien sûr, tu étais de connivence avec eux, c'est ça? Et viens surtout pas me dire que tu savais pas ce qui allait se passer dans ta chambre, Estelle. Je te croirais pas.

— Pourquoi est-ce que je dirais ça, parce que ce serait mentir? Oui, je savais très bien ce qui devait se passer, puisqu'on me l'avait demandé. Mais est-ce que j'avais le choix de répondre oui ou non?

Cette réponse coulait de source. Elle avait été servie d'une voix très douce, un peu lasse, car elle était à la fois vérité et tentative d'explications.

Il y avait surtout que cette réponse était probablement la seule qu'Estelle avait pu trouver pour préserver l'amitié qu'elle espérait voir grandir entre Claudette et elle. Toutefois, par souci de franchise, et pour que les choses puissent évoluer sans la moindre ambiguïté entre elles, Estelle avait ajouté:

— Dis-toi bien que Jean-Louis va vouloir être remboursé jusqu'à la dernière des cennes qu'il a dépensées pour toi. Tes robes, tes sorties, tes repas... Tout va être compté, crois-moi! C'est ce que je fais, ici, Claudette: je paye mes dettes. C'est ce que nous faisons toutes... Quand bien même je te dirais que oui, tu me plais beaucoup, et que oui, j'aime sincèrement être avec toi parce que tu me fais rire et que tu apportes de la joie dans mes journées, Jean-Louis était tout de même derrière tout ça. Quand il jugera que notre dette est remboursée, peut-être que...

— Là, ma belle, tu vas un peu trop loin dans tes explications, l'avait sèchement coupée madame Irène. Personne ne peut prédire l'avenir, et ce serait bien dommage que notre bonne entente s'arrête ici, en ce moment, n'est-ce pas? Vous avez toujours été libres de partir si vous le souhaitez. Et tu le sais. Mais tu sais aussi que tu n'as nulle part où aller. Et comme après tout, tu ne manques de rien et que ton petit porte-monnaie se porte fort bien, tu as choisi de rester.

— C'est vrai…

— C'est merveilleux de voir que tu comprends aussi vite…

Puis, se tournant vers Claudette, madame Irène avait alors demandé, comme on parle du temps qu'il fait :

— Et toi, ma belle enfant, dis-moi… Qu'est-ce que tu comptes faire à partir de maintenant ?

Le ton était mielleux, infantilisant. Claudette l'avait jugé tout à fait insultant, humiliant. Elle s'était alors redressée pour regarder madame Irène droit dans les yeux.

— Ai-je vraiment le choix ? Je ferai ce que vous me direz de faire, pis à la longue, comme Estelle, moi aussi, j'aurai peut-être un petit porte-monnaie bien garni… N'est-ce pas ?

— En effet.

Ce fut ce matin-là, tout en remontant la côte qui la menait jusque sur la rue D'Aiguillon, que Claudette avait commencé une lente et profonde réflexion sur son avenir. Une réflexion amère, désabusée, porteuse tout de même d'un peu d'espoir aussi, mais qui ne ressemblait en rien à ce qu'elle avait réellement souhaité pour les années à venir.

Bien qu'elle soit cruellement consciente que la présence de Jean-Louis ne serait désormais plus un sésame qui pouvait lui ouvrir toutes les portes, surtout celles d'une existence aisée et oisive, elle avait néanmoins choisi de ne pas l'écarter de sa vie.

Il la croyait idiote, elle le laisserait donc se bercer d'illusions pour encore un certain temps, mais elle l'aurait à l'œil. Et elle continuerait de profiter des miettes qu'il consentirait à lui jeter.

Comme elle l'avait si bien constaté devant Estelle et madame Irène : avait-elle vraiment le choix ? Le souvenir qu'elle gardait de certaines impatiences intimidantes, de certains propos outrageants et d'une main qui serrait trop fort son bras avaient l'étrange pouvoir de la persuader qu'elle serait infiniment mieux d'entrer dans le rang et de ne pas protester trop fort.

La peur était peut-être une bien mauvaise conseillère, certes, mais ses arguments étaient des plus convaincants.

De toute façon, Estelle ne semblait pas malheureuse, et elle avait elle-même avoué qu'elle avait des économies.

Puis, ce qui s'était passé la nuit précédente derrière les portes closes de la chambre de madame Irène n'avait pas été si désagréable, après tout.

Claudette commencerait donc par abandonner son emploi à l'Arsenal. Sinon, à force de brûler la chandelle par les deux bouts, elle y laisserait sa santé. On était alors au mois d'août et sa grand-mère ne manifestait toujours pas la moindre impatience pour revenir chez elle. Tant mieux ! Elle aurait donc toute latitude pour un petit moment encore.

Quant à Clémence, Claudette l'avait déjà mise à sa main.

En effet, elle avait fini par trouver le petit point faible de sa tante !

La vieille célibataire qu'elle était, rarement choyée par une existence plutôt terne, adorait les gâteries en tous genres. Bonbons, chocolats, fleurs et produits de toilette engendraient toutes les indulgences voulues.

Alors, Claudette l'entourerait de toutes les prévenances nécessaires, mais de plus, elle n'oublierait jamais de faire sa part des corvées dans l'appartement.

À partir de là, son quotidien était lentement devenu une sorte de routine qu'elle ne détestait pas vraiment. Faire la grasse matinée dans une maison silencieuse avait un certain charme et se faire murmurer à l'oreille qu'elle était belle comme le jour aussi.

Il y avait les hommes qui savaient y faire pour plaire à une dame et il y avait les autres, qu'elle se dépêchait d'oublier.

Quand Claudette en avait assez des malotrus, elle trouvait son réconfort dans les bras d'Estelle, qui avait su se faire pardonner sa trahison.

Et lorsque la belle rousse n'était pas disponible, la jeune femme s'offrait une séance de magasinage chez Pollack, ou à la compagnie Paquet, où, désormais, elle choisissait elle-même ses robes !

Rien ne lui plaisait autant que de se faire dire qu'elle était élégante, un compliment qui n'avait jamais effleuré ses oreilles à l'époque où elle se pavanait au bras de Jean-Louis. Avec lui et ses décolletés plongeants, et ses bas en résille, il n'y avait que des regards de convoitise qui croisaient le sien...

Ainsi, de fil en aiguille, avec le temps et les rencontres agréables, Claudette avait pris conscience que d'être sans Jean-Louis présentait certains avantages, comme celui, entre autres, de ne plus être obligée de se taire dès qu'elle était en présence d'un autre homme.

Et ils étaient nombreux à vouloir se confier à elle, après l'amour.

Et encore plus nombreux à lui demander si elle accepterait de les accompagner lors de certaines soirées.

Quand ils avaient été gentils avec elle, Claudette acquiesçait facilement à leur demande, et elle fixait un prix pour la soirée, même si elle savait que le moindre sou empoché pour quelque service rendu que ce soit serait partagé avec Jean-Louis. Alors, il lui arrivait parfois de proposer un repas copieux dans un excellent restaurant plutôt qu'une poignée d'argent qu'elle devrait partager avec un profiteur qui s'était octroyé le droit de se servir dans tout ce qu'elle gagnait. Et comme le voyou connaissait la majorité de ses clients, il lui était quasiment impossible de tricher.

Un repas, en revanche, cela ne se partageait pas.

Puis, au début du mois de novembre, sa grand-mère était revenue.

Toutefois, contrairement à ce que Claudette anticipait, celle-ci n'avait pas levé le ton devant cette vie nocturne qui semblait être devenue la sienne.

— On vit dans un ben drôle de monde ! Dans mon temps pis dans ma campagne, il faut bien le reconnaître, on fréquentait pas les restaurants, et encore moins les cabarets, comme toi tu le fais… Pis vois-tu, ça m'a pas empêchée de marier un cuisinier. T'es ben certaine que c'est dans les cabarets que tu vas finir par te trouver un mari ?

— Pourquoi pas ? En plus, hier soir, grand-mère, j'ai eu la chance d'entendre chanter madame Lucille Dumont au cabaret Chez Gérard. À défaut de trouver un mari, pour l'instant, c'est quand même agréable.

— Ouais…

— Vous le savez que j'ai raison, avouez-le donc ! Les boîtes de nuit sont pas des lieux mal famés, comme vous dites… Même le maire de Québec, monsieur Lucien Borne, était là, l'autre soir… Pis la semaine dernière, j'ai vu monsieur Jean Lalonde.

— Ah oui ?

Léopoldine en était restée sans mots. Qui ne rêvait pas de voir le beau Jean Lalonde en personne ?

— Eh ben… T'es pas mal chanceuse, toi, de voir des grandes vedettes comme ça ! Pis avec qui tu vas là ?

— Ça dépend ! J'ai pas mal d'amies, vous savez. Alors, on sort entre filles… Mais ça arrive aussi que j'accompagne leur frère ou un ami de celui-ci. Mais c'est toujours des soirées plaisantes, croyez-moi.

— Si c'est de même, profites-en pendant que t'es encore jeune, avait approuvé Léopoldine. Le jour où tu vas avoir des enfants, ça va être fini, tout ça ! En autant que t'as de l'argent de côté pour voir venir, tu peux en profiter un peu.

Claudette s'était bien gardée de relancer la discussion en avouant qu'elle ne voulait pas d'enfants. Un mari, peut-être, surtout s'il était bien nanti. C'était un objectif qu'elle n'avait pas perdu de vue. Mais elle n'aurait jamais de bébés.

En revanche, la jeune femme n'avait pas l'intention d'indisposer cette vieille dame grincheuse qui était revenue de son long séjour aux États-Unis avec un caractère nettement plus amène.

Et comme ce matin-là, alors qu'elle sortait lentement des brumes du sommeil, Claudette avait cru entendre prononcer le nom d'Ophélie, elle avait dirigé la conversation en ce sens.

— Comme ça, si j'ai bien compris ce que vous avez dit à matante Clémence, tout à l'heure, vous auriez rencontré ma mère aux États-Unis ?

— En plein ça... Mais c'était à prévoir, non ? Sa sœur Justine habite là !

— Comment est-ce que je pouvais prévoir que ma mère irait chez sa sœur, rapport que je savais même pas que ma mère avait une sœur qui demeurait aux États-Unis ?

— D'accord, tu as raison. Mais maintenant que tu sais ça, où c'est que tu penses que ta mère aurait pu aller ? Pauvre Ophélie, elle avait même pas d'amies proches, du temps qu'elle vivait à Sherbrooke... À part ici ou chez sa sœur, il y avait pas grand monde pour l'accueillir... Comme ça, tu m'as entendue?

— Oui. Je dormais plus vraiment... Je me doutais bien qu'elle s'était tout simplement sauvée d'une vie plate... Alors? Comment elle va, ma mère?

— Mieux que jamais! Mais pas besoin de crier ça sur les toits, hein?

— À qui vous voudriez que je parle de ma mère?

— À ton père, peut-être?

— Jamais de la vie! S'il y en a un que j'ai pas l'intention de revoir, c'est bien lui!

— Tant mieux... Pis il faut que tu saches, aussi, que j'suis allée chez ta sœur Marjolaine, quand Justine, Jack pis moi, on est passés par Montréal.

— Comment ça, chez ma sœur? Elle demeure plus à Sherbrooke chez nos parents?

— Pantoute! Elle est partie pour Montréal pas longtemps après que tu soyes arrivée ici. C'est te dire à quel point on vivait déconnectés les uns des autres, hein? Ça avait aucune espèce de bon sens! Mais c'est fini, ce temps-là. J'ai bien l'intention de rester en contact avec tout mon monde... Pis j'ai tellement aimé mon voyage qu'il est pas dit que je retournerai pas au Connecticut un jour ou l'autre.

— J'suis bien contente d'entendre ça.

Léopoldine n'avait pas osé demander ce que Claudette avait voulu dire par là, et chacune était retournée à ses affaires.

C'était ainsi que l'hiver 1945 avait passé.

Dans l'ennui du Connecticut pour Léopoldine, qui feuilletait son calendrier de plus en plus souvent ; dans le travail à l'Arsenal pour Clémence, avec la perspective d'un voyage à l'été ; et dans l'attente d'un signe quelconque du destin pour Claudette qui, une fois remise de ses émotions, ne détestait pas la vie qu'elle menait… sans pour autant repousser l'idée d'un mariage fastueux.

Et le mois de mars était arrivé avec ses redoux, ses giboulées et l'espoir d'effacer enfin tout ce blanc grisâtre grâce à un trait de verdure et quelques jonquilles.

En fait, tout ce qui manquait au bonheur actuel de Claudette était de mettre enfin les choses au clair avec celui qu'elle avait cru être son ami de cœur durant bien des mois et qui n'avait plus droit qu'à un sentiment mitigé, fort éloigné de ce qu'elle considérait comme étant le grand amour.

Restait-il un petit fond d'amitié entre eux ?

Claudette en doutait de plus en plus. Savoir que Jean-Louis empochait une bonne partie de l'argent qui lui revenait, sans avoir à lever le petit doigt, la mettait en rage. Mais elle cachait bien son jeu, et chaque fois qu'il l'invitait à l'accompagner quelque part, elle acceptait.

Avec le sourire.

Elle se disait, toutefois, qu'un jour viendrait où elle négocierait sa présence d'égale à égal.

— Oh que oui ! avait-elle grommelé en se maquillant avec soin avant de le rejoindre, parce que ce soir-là, il avait besoin d'une escorte.

Un jour viendrait où Jean-Louis Breton devrait payer pour avoir le privilège de l'avoir à ses côtés. Comme tous les autres hommes qui traversaient sa vie.

Claudette se l'était bien promis.

Et en attendant que ce jour béni arrive, Jean-Louis n'avait plus le droit de l'appeler *sweettie,* depuis le soir où elle l'avait croisé au cabaret en compagnie d'une autre femme !

Quant à madame Irène, bonne joueuse, elle ne lui demandait presque rien, puisque Claudette n'habitait toujours pas chez elle. Au besoin, elle lui cédait sa propre chambre pour quelques heures, lui promettant une belle chambre ensoleillée, juste pour elle, le jour où l'une des filles quitterait le métier.

— Peut-être Joséphine. Elle n'est plus très jeune... Ou Doris, parce qu'on lui a parlé mariage récemment. Garde espoir, ma belle, ça ne devrait plus tarder.

— Il le faudrait bien, avait soutenu Claudette, parce que j'suis pas certaine pantoute que ma grand-mère me croit quand je lui répète que je vis sur mes économies... Laissez-moi vous dire que ça serait pas drôle pantoute, pis pour personne à part de ça, s'il fallait qu'elle mette le nez dans vos affaires pis qu'elle découvre le pot aux roses !

— Tu crois? D'après ce que Jean-Louis m'a dit, c'est juste une vieille femme qui connaît probablement rien à ce...

— C'est que vous la connaissez pas, madame Irène! avait tranché Claudette tout en se servant un café, car la soirée ne faisait que commencer et elle s'endormait déjà. Oubliez jamais que Léopoldine Vaillancourt est peut-être une vieille femme, mais c'est aussi une vieille ratoureuse dont on ferait mieux de se méfier!

Chapitre 10

«Qu'est-ce qu'on attend pour être heureux?
Qu'est-ce qu'on attend pour faire la fête?
La route est prête
Le ciel est bleu
Y'a des chansons dans le piano à queue
Il y a d'l'espoir dans tous les yeux
Et des sourires dans chaque fossette
La joie nous guette
C'est merveilleux
Qu'est-c'qu'on attend pour être heureux?»

~

Qu'est-ce qu'on attend pour être heureux?,
André Hornez / Paul Misraki

Interprété par Ray Ventura et Ses Collégiens en 1938

Le dimanche 17 juin 1945, dans la cour des Goulet, alors que l'on souligne la fête des Pères

Assise à l'ombre du grand frêne qui avait poussé par inadvertance dans le fond de sa cour, Béatrice prenait le frais, confortablement installée sur la chaise de parterre en treillis de jute que la famille Fitzgerald lui avait offerte pour la fête des Mères.

— Vous êtes comme une vraie grand-maman pour nous tous, Béatrice, avait expliqué Marjolaine devant la surprise évidente de la vieille dame. Laissez-vous dorloter un peu, vous le méritez bien!

Béatrice, donc, somnolait en dodelinant de la tête, éloignée des cris stridents des enfants que Ferdinand s'amusait à taquiner, tout en jouant à la tague, au fond de la cour.

Marjolaine porta naturellement les yeux sur ses petites sœurs, qui débordaient de joie de vivre. Leur bonheur si évident la rendait indulgente devant des cris perçants qui, autrement, l'auraient beaucoup agacée. Mais pour l'instant, du moment que leur excitation ne perturbait pas trop le repos de Béatrice, elle était tout à fait encline à fermer les yeux. Tant les garçons que les filles Fitzgerald, ils avaient été suffisamment brimés durant leur petite enfance pour qu'elle se fasse un devoir de les laisser s'amuser en paix.

Marjolaine les observa un moment, puis elle tourna la tête vers le rassemblement des garçons, qui disputaient une partie de ballon coup de pied dans la ruelle jouxtant le terrain des Goulet. Henry s'était joint à eux, et il semblait s'amuser ferme, presque autant que ses jeunes frères et que les cousins O'Brien.

Marjolaine esquissa un sourire attendri. De toute évidence, son jumeau évoluait dans ce nouveau milieu de vie avec assurance, et la jeune femme en était fort aise.

L'arrivée de son frère dans la métropole, à l'abri des critiques et des remarques désobligeantes proférées à tout propos par Connor, lui avait permis d'entamer une sorte de métamorphose, laquelle s'était opérée lentement mais sûrement au fil des jours, puis des semaines.

D'avoir obtenu un poste de débardeur au port de Montréal, au tout début du printemps, avait achevé la mise au point de son évolution.

Et la présence de plus en plus fréquente de Ruth à ses côtés l'avait aidé à prendre confiance en lui.

En effet, à la veillée des O'Brien, en décembre dernier, alors qu'elle était invitée à la soirée de fiançailles de son amie Marjolaine, Ruth s'était fait un réel plaisir d'annoncer à Henry qu'elle croyait avoir trouvé un logement convenable pour une bande de garçons.

— Dès qu'on a su que tu venais rejoindre Marjolaine au printemps, Suzanne et moi, on est parties à la recherche de la perle rare.

— En quel honneur ? Vous me connaissiez à peine.

— Quelle importance ? On connaît très bien Marjo, ça nous suffit. De toute façon, les logements vacants se font rares par ici. Quand il y en a un qui se libère, il ne faut pas laisser passer la chance de mettre le grappin dessus. On l'a visité, on l'a montré à ta sœur, qui l'a trouvé parfait, alors, on a donné une avance pour être certaines que l'appartement ne nous échapperait pas. Il devrait être libre au début de février parce que la famille qui habite là déménage en Ontario.

— Wow ! C'est vraiment gentil de votre part.

— C'est juste normal de s'aider entre amis...

— Il n'en reste pas moins que c'est très gentil d'y avoir pensé... Si c'est de même, et que le problème est réglé, je vous dis un gros merci... Et il n'y a pas de crainte à avoir ! Dès que je me trouve un emploi stable et surtout plus lucratif que celui de livreur pour l'épicier du coin, je vais vous rembourser jusqu'au dernier sou.

— Ça nous a fait plaisir de t'aider, Henry, et on verra au remboursement plus tard... Il n'y a aucune presse ! Et de grâce, cesse de me vouvoyer ! Je suis un peu plus âgée que toi et Marjolaine, c'est vrai, mais pas tant que ça.

— Pas de trouble ! avait accepté Henry, tout en faisant un petit clin d'œil à Ruth qui, aussitôt, s'était mise à rougir.

Était-ce le hasard qui avait fait en sorte qu'au premier coup de minuit, tandis que les fiancés s'embrassaient sous le gui, Henry se trouvait justement à côté de Ruth ? Peut-être bien, après tout. Mais une chose était certaine : dès que les applaudissements avaient cessé, Ruth avait été celle qui avait eu droit au baiser soulignant l'arrivée de la nouvelle année. Sur les deux joues, en toute amitié, avec les vœux d'usage de santé et de bonheur pour 1945.

— On va surtout se souhaiter la fin de cette satanée guerre qui n'en finit plus de finir, avait déclaré Ruth en guise de réponse, avec un charmant sourire à l'intention d'Henry. J'en ai assez des restrictions… Et j'en connais une qui n'en peut plus de se languir de son fiancé.

Clotilde avait même refusé l'invitation à participer à la fête, alléguant qu'elle ne voulait pas s'amuser tandis que son fiancé se battait en France au même instant. Quant à Suzanne, elle travaillait ce soir-là.

Les jeunes gens avaient donc terminé la soirée en tête-à-tête, alors qu'Henry épuisait Ruth avec sa kyrielle de questions concernant la ville de Montréal… et aussi le logement déniché à bon prix.

— Comment ça se fait que Marjolaine ne m'en a pas parlé ? Je ne comprends pas.

— C'est à cause de moi, Henry ! Je lui avais demandé de me laisser le plaisir de te l'annoncer moi-même.

À partir de ce jour, le jeune homme n'avait plus jamais reparlé de Clotilde qui, elle, n'en avait toujours que pour son fiancé Jean-Pierre, même si ce dernier n'avait toujours pas donné signe de vie depuis le jour du Débarquement qui avait eu lieu au printemps 1944. Autour de Clotilde, la plupart de ses amis étaient persuadés que le jeune homme était décédé, en héros, disaient ceux qui l'avaient bien connu, sans pour autant, cependant, oser l'affirmer ouvertement devant la jeune femme.

Quant à Henry, il débordait d'enthousiasme depuis qu'il était revenu d'une visite éclair à Sherbrooke pour ramasser l'ensemble des biens appartenant à ses frères. Sans entrer dans les détails, il avait raconté à sa jumelle, à qui il ne cachait jamais rien, que la rencontre avec leur père s'était déroulée dans une atmosphère tendue, mais curieusement teintée d'indifférence de part et d'autre.

— Pour moi, c'est fait ! Les liens sont rompus, et je te jure que ce ne sera pas moi qui vais essayer de les renouer. Si *dad* tient à nous aussi fort qu'il le prétend, si son plus cher désir est de revoir la famille à nouveau réunie autour de lui, il fera les premiers pas.

— Et Thomas, lui ?

— On ne m'a pas autorisé à le voir… J'ai donc écrit un petit mot qui devait lui être donné et j'ai laissé ton adresse si jamais il voulait me répondre.

Par la suite, de toute évidence libéré d'un poids énorme, Henry s'était mis à changer.

Du grand adolescent muselé par la présence de leur père et obligé malgré tout d'agir au meilleur de sa connaissance en prenant des décisions qui touchaient l'ensemble de sa famille, il était ainsi devenu un adulte de plus en plus sûr de lui, et ce n'était plus une simple question d'apparence.

Et qu'il s'entende à merveille avec Ferdinand rendait Marjolaine particulièrement heureuse.

Pour les taquiner, elle les appelait les deux hommes de sa vie !

Présentement, depuis la cuisine de Béatrice, on entendait le cliquetis de la vaisselle que Kelly, Shanna et Delphine étaient en train de laver avant de rapatrier tout le monde pour le dessert. En fin de compte, il y aurait un magnifique gâteau au chocolat que Shanna avait cuisiné la veille et un autre aux épices, préparé par Béatrice. On avait décidé d'attendre le réveil des jumeaux pour les déguster.

Cette réunion familiale avait été décidée un peu à l'improviste, au moment où les O'Brien s'étaient joints aux Goulet-Fitzgerald sur le parvis de l'église et que Kelly avait décrété qu'il faisait trop beau pour passer la journée à l'intérieur.

— Et si nous faisions un pique-nique, tous ensemble ?

— Quelle belle idée ! avait aussitôt approuvé Béatrice qui, malgré ses quatre-vingt-cinq ans bien sonnés, était toujours partante pour une petite fête improvisée.

— Il me semblait aussi que vous seriez d'accord ! Alors, préparez des boissons et peut-être des cornichons, si vous en avez encore de l'été dernier, et moi, je fournis le reste.

Puis, dans un grand éclat de rire, Kelly avait avoué :

— En fait, j'avais prévu le coup ! J'ai tout ce qu'il faut pour combler les plus gros appétits. Des sandwichs de toutes les sortes que vous pouvez imaginer et des petits pains fourrés à la salade de poulet. Plus un gâteau pour souligner la fête des papas. Même s'il n'y a que mon Neil qui soit un vrai papa, je vois ici deux hommes qui mériteraient d'être fêtés eux aussi, avait souligné Kelly en désignant Henry et Ferdinand.

— Bien d'accord avec vous ! avait approuvé d'emblée une Béatrice toute souriante… Coudonc, si c'est comme ça, on fera la fête chez nous, puisqu'on a déjà tout ce qu'il nous faut en tréteaux et en planches pour improviser deux grandes tables. Et vous garderez votre gâteau pour le souper. Moi aussi, j'avais prévu marquer la fête des Pères par un repas hors de l'ordinaire, alors j'ai fait un gâteau, hier après-midi, et j'ai commandé des liqueurs douces en même temps que mon épicerie de la semaine. Tôt ce matin, j'ai coupé de belles tranches de jambon et j'ai préparé deux salades. Une aux patates et une autre au chou.

Elles attendent au frais. Comme vous venez si bien de le dire, même si Ferdinand et Henry ne sont pas encore papas, ils agissent tout comme depuis un bon moment déjà, et j'avais envie de le souligner. On se retrouve chez nous dans une heure !

— C'est parfait ! J'aime bien ces réunions décidées à la dernière minute ! Mais je vais tout de même apporter notre gâteau, si ça ne vous dérange pas. Avec une bande d'affamés comme celle qu'on va nourrir ce midi, je crois qu'il ne sera pas de trop.

— À vous de décider, Kelly... On se revoit tout à l'heure, dans la cour chez moi ! Et surtout, n'oubliez pas d'apporter quelques chaises !

Puis, se retournant vers son fils, Béatrice avait exigé qu'il vienne la rejoindre.

— Maintenant, aide-moi, Ferdinand, et donne-moi ton bras, pour que je puisse accélérer la cadence ! Tu sais que j'ai le pied moins solide qu'avant ! Dépêche-toi, on a du travail qui nous attend... Mon doux que j'aime ça, les pique-niques ! Ça me fait rajeunir de dix ans à chaque fois !

Le repas avait été un beau moment gourmand, souligné d'éclats de rire et de prédictions d'orage.

— Vous allez voir que j'ai raison ! Quand il fait chaud et humide comme aujourd'hui, il est fréquent que la journée se termine par un orage violent et beaucoup de pluie !

Puis, les jeunes avaient débarrassé les tables avant de s'éparpiller dans la cour et la ruelle.

Quant à Marjolaine, l'accès de la cuisine lui avait été interdit.

— Tu en fais assez dans une semaine, Marjo, avait fait remarquer Delphine. Tu mérites bien un moment de répit.

— Ben voyons donc !

— En plus, tu as travaillé devant ton standard toute la journée hier et jusqu'en début de soirée pour remplacer une compagne malade, avait complété Delphine.

— Allez, ouste ! avait alors ordonné Kelly. Couche les jumeaux pour leur sieste et va te reposer dans la cour.

Marjolaine ne se l'était pas fait dire deux fois.

Quand elle revint dans la cour, une fois les bébés au lit, la jeune femme se laissa tomber sur la chaise Adirondack que Ferdinand rafraîchissait d'une couche de peinture chaque année, avant de la placer au bas de l'escalier menant au balcon de leur appartement. Cette chaise avait été offerte à Béatrice par son mari, lors de l'un de ses anniversaires. Comme son Arthur l'avait construite lui-même, la vieille dame y tenait comme à la prunelle de ses yeux.

Ce fut au moment où Marjolaine allait baisser les paupières à son tour qu'elle aperçut Ruth du coin de l'œil. Pas besoin qu'on lui fasse un dessin pour qu'elle comprenne que son amie avait l'air soucieuse, ce qui éloigna aussitôt le petit coup de fatigue qu'elle venait de ressentir. Elle se redressa immédiatement et, d'un large signe du bras, elle salua son amie.

–Allô, Ruth ! Je suis ici !

Sans même chercher à voir si Henry était présent, ce qu'en temps normal, elle ne manquait jamais de faire le plus discrètement possible, cette dernière fonça droit vers son amie.

— Contente que tu sois là !

Puis, en s'asseyant machinalement sur une marche de l'escalier, elle poussa un long soupir.

— Ça va pas bien !

— Comment ça ?

— C'est Clotilde.

— Oh !

Persuadée qu'elle connaissait la raison de ce soudain malaise chez Clotilde, Marjolaine enchaîna :

— Notre amie vient d'apprendre que son Jean-Pierre est bel et bien mort, finalement. C'est bien ça ?

— Si c'était ça, elle finirait probablement par s'en remettre un jour, que ça soye au fond d'un couvent ou ailleurs, parce qu'on ne meurt pas d'une peine d'amour, souligna alors Ruth, avec humeur. Sauf peut-être dans les vues. Mais ce n'est pas ce qui est arrivé. Sur ce point-là, elle avait raison, notre Clotilde, parce que son Jean-Pierre est bien vivant... Mais selon moi, après ce qui vient de se passer, c'est encore pire que s'il était mort au combat en héros !

— Ben voyons donc ! Aboutis, Ruth, tu me mets les nerfs en boule ! Il est blessé ? Handicapé pour le restant de ses jours ?

Ruth se contenta d'un signe de tête et d'un soupir impatient en guise de réponse.

Marjolaine s'affola.

— Non ? Alors veux-tu bien me dire ce qui s'est passé pour que ça te rende aussi agitée ? Tu as l'air en furie et triste en même temps. Je ne comprends pas.

— Premièrement, le beau Jean-Pierre Nolet n'a même pas eu la délicatesse d'écrire à Clotilde. Ça fait tout de même plus d'un mois que la guerre est finie en Europe. Juste pour ça, je lui en veux terriblement... Ça, c'est pour mon côté choqué ! Après tout, ils étaient fiancés, et toi comme moi, on sait très bien que notre Clotilde, malgré un silence qui s'est éternisé, a continué d'envoyer une lettre par semaine, juste au cas où il la recevrait... Mais non ! Après avoir laissé poireauter tout le monde depuis le mois de mai, il a plutôt écrit à ses parents pour leur dire que tout allait bien pour lui. Comme tu peux voir, jusque-là, ça va, vu que c'est un peu ce que tout le monde espérait.

— Oui, pis ? Arrête de tourner autour du pot, pis accouche !

— Il a ajouté dans sa lettre qu'il ne reviendrait pas tout de suite, même si les combats étaient terminés.

— Tout ça, c'est bien beau, mais pourquoi Clotilde n'est pas là pour nous annoncer elle-même la bonne nouvelle ? Puis comment ça, Jean-Pierre a dit qu'il ne reviendrait pas ? Est-ce qu'il a donné une raison, au moins ?

— Et comment qu'il a donné une raison! Imagine-toi donc qu'il vient de se marier avec une Hollandaise.

Ce fut plus fort qu'elle, et Marjolaine écarquilla les yeux, comme si elle venait de voir un fantôme.

— Pardon? Non, non, tu dois te tromper, Ruth! Ça ne se peut pas! Il était fiancé à Clotilde!

— Je le sais, mais c'est pourtant ce qui est arrivé. Il s'est marié à une Hollandaise... Dans le fond, on ne savait pas vraiment comment lui se sentait, tout seul au bout du monde. Et on a toutes tenu pour acquis qu'il s'ennuyait autant que Clotilde, sans se poser plus de questions. Son silence aurait dû nous alerter.

— Pauvre Clotilde... Comment est-ce qu'elle t'a raconté ça?

— Ce n'est pas elle qui me l'a dit, c'est Suzanne, parce que c'est chez elle que Clotilde s'est réfugiée en larmes, comme on peut bien s'en douter. Je pense même qu'elle va rester à coucher chez elle parce qu'il paraît que Clotilde ne veut même pas en parler à ses parents. Du moins, pas pour l'instant. Suzanne a profité de ce que Clotilde était dans la salle de bain pour m'appeler. Elle voulait qu'on soit au courant, toi et moi, pour éviter de parler de Jean-Pierre devant elle.

— C'est sûr qu'on n'en parlera pas, voyons donc!

— Je le sais bien, mais pour ça, il fallait que je te le dise... Bon bien, le message est fait, et comme on ne peut pas y changer quoi que ce soit, si ça ne te dérange pas trop, j'aimerais bien aller voir les garçons jouer au ballon.

— Tiens, tiens !

— C'est ça, moque-toi de moi !

— Je ne me moque pas, je ne fais que constater, répliqua Marjolaine sur un ton amical. Tu l'aimes bien, mon frère, n'est-ce pas ?

— Plus que ça… Je… Il est vraiment très gentil.

— Je sais, oui. Je le connais aussi bien que je me connais moi-même et je peux t'affirmer que ce n'est pas une simple apparence. Henry est comme ça depuis toujours.

Marjolaine fut sur le point de rétorquer que cette attirance était partagée. Elle savait depuis si longtemps comment déchiffrer les regards, les attitudes et les mimiques de son frère qu'elle avait compris que tout chez lui tendait vers ça. Néanmoins, elle se retint à la dernière seconde. Ce n'était pas à elle de déclarer ces choses-là, mais plutôt à Henry lui-même.

— Vas-y, Ruth ! Je crois que ça va lui faire plaisir, se contenta-t-elle d'ajouter… Et moi, pendant ce temps-là, je vais penser très fort à Clotilde. Pauvre fille ! Elle doit être complètement anéantie.

Et tandis que Marjolaine tendait machinalement le bras pour indiquer la ruelle à son amie, un rayon de soleil frappa le diamant de la bague que Ferdinand lui avait offerte.

La jeune femme esquissa un sourire et elle ramena la main vers elle pour admirer le bijou. Elle n'y pensait peut-être pas en permanence, les journées étaient trop bien remplies, mais elle aussi, elle était fiancée, et de se le répéter, chaque soir avant de s'endormir, la rendait heureuse.

Comme Clotilde, qui rêvait souvent à voix haute, devant ses amies, décrivant dans les moindres détails la cérémonie qui se tiendrait à l'église de sa paroisse et le repas qui suivrait dans l'une des grandes salles de réception de l'hôtel Windsor.

— Ça fait des années que mes parents mettent de l'argent de côté pour mon mariage. Comme mon père a dit : il a juste une fille, pis il veut faire ça en grand ! Si vous saviez, les filles, à quel point j'ai hâte d'être enfin madame Jean-Pierre Nolet.

La robe était même achetée depuis des années, et Clotilde l'essayait au moins une fois par mois pour s'assurer qu'elle lui faisait toujours.

Tout était prévu. Tout était prêt. Tout était attendu avec impatience.

Et pourtant, il n'y aurait aucun mariage.

Brusquement, Marjolaine se sentit immensément triste pour son amie. Le choc avait dû être terrible pour celle qui avait attendu si longtemps, avec tant d'espoir dans le cœur.

Pour rien !

Si Jean-Pierre avait choisi de se marier, au lieu de partir se battre, Clotilde ne serait pas en train de pleurer son grand amour. De pleurer celui qui, en ce moment, ne méritait sûrement pas ses larmes.

Cette pensée était à peine formulée que Marjolaine sentit qu'elle était profondément injuste envers Jean-Pierre.

Aussi désolante et ignoble que pouvait être la situation présente, personne d'entre eux ne savait ce que le jeune homme avait réellement vécu au cours des dernières années.

Alors, personne n'avait le droit de lui lancer des pierres, et seul son manque de courage et son trop long silence envers Clotilde valaient des reproches.

Et malgré cela, malgré la déception, l'amertume et la douleur, son amie finirait bien par s'en remettre un jour. Comme l'avait si bien dit Ruth, on ne meurt pas d'une peine d'amour. Sauf parfois au cinéma.

Puis, Clotilde était trop ricaneuse, elle aimait trop la vie et ses petits plaisirs pour que son désir de prendre le voile soit réellement sincère.

Par simple besoin de le voir, Marjolaine chercha Ferdinand des yeux. Il s'amusait toujours avec ses petites sœurs, feignant de ne plus être capable de courir, se laissant tomber pour être facilement attrapé.

Une bouffée de tendresse fit débattre le cœur de la jeune femme. S'il fallait que Ferdinand disparaisse, elle serait totalement dévastée, tout comme Clotilde.

L'image, la comparaison et tout ce que cela sous-entendait laissèrent Marjolaine figée durant un court instant.

Sa relation avec le jeune pompier était bien différente de celle de son amie avec Jean-Pierre, et pourtant, bien malgré elle, Marjolaine ne pouvait s'empêcher d'y voir des ressemblances.

Bien sûr, Ferdinand ne partirait jamais à la guerre, son travail de pompier l'en avait préservé, et l'armistice avait été signé en Europe. Ne restait plus que le Japon où la guerre sévissait encore, et on parlait de quelques semaines pour que la Seconde Guerre soit chose du passé.

En revanche, ce qui restait bien réel, dans la vie et le cœur de Marjolaine, c'était le métier de son fiancé.

Chaque jour, Ferdinand Goulet mettait sa vie en danger pour sauver celle des autres.

Chaque matin, quand elle le regardait partir pour la caserne, elle ne savait jamais si elle le verrait revenir sain et sauf.

Et sous quels vains prétextes encore Marjolaine voulait-elle repousser la date du mariage ?

La jeune femme secoua la tête vigoureusement.

— C'est uniquement de la fierté mal placée, mon affaire ! Voir que monsieur Kennedy va me montrer la porte pour ça... Il a bien engagé Edmund malgré son jeune âge, et il ne l'a jamais regretté... C'est lui-même qui me l'a avoué... Et si jamais il décidait de me congédier quand même, à cause de leur règlement un peu stupide, ce sera tant pis pour lui !

Fébrile, Marjolaine se leva d'un bond. Elle se connaissait suffisamment bien pour savoir qu'elle n'avait pas le choix : il lui fallait parler tout de suite, sinon elle se mettrait à tergiverser.

Levant le bras, elle héla Ferdinand.

— Ferdinand, viens ici une minute.

Incapable de résister au moindre appel de sa belle Marjolaine, ce dernier approcha en courant.

— Quelque chose va pas ?

— Pour Clotilde, oui. Jean-Pierre ne reviendra pas, finalement.

— Oh non… Il est mort ?

— Non, il s'est marié en Europe… Voilà pourquoi les nombreuses lettres de Clotilde n'ont jamais reçu de réponse.

— Ben voyons donc ! Si je m'attendais à ça…

— Clotilde non plus ne devait surtout pas s'attendre à ça… En fait, personne ne pouvait s'attendre à ça. Clotilde en parlait avec une telle flamme !

— C'est un peu pour cette raison que c'est vraiment triste… Et c'est pas tellement correct de la part de Jean-Pierre d'avoir agi comme ça.

— Si on veut… Mais comment savoir ce qui s'est réellement passé ? On ne contrôle pas toujours nos sentiments…

— Ça, c'est vrai… Tiens, prends moi, par exemple ! Je ne savais pas ce qui m'attendait, quand je t'ai vue passer devant la maison de ma mère, par un froid matin de novembre. C'est quand je t'ai revue à la veillée des O'Brien que j'ai compris que l'amour venait de me tomber dessus sans le moindre préavis.

— Est-ce que tu le regrettes ?

— Tabarnouche, Marjolaine ! Tu parles d'une question inutile… Tu le sais très bien que je regretterai jamais ça.

— Et moi non plus !

Les deux amoureux se regardèrent intensément durant ce qui leur parut être une éternité. Puis, posant sa tête sur l'épaule de Ferdinand, Marjolaine demanda :

— Et si je t'annonçais que j'aimerais beaucoup me marier à l'automne, qu'est-ce que tu en dirais ?

Ferdinand en arrêta de respirer. Son cœur battait si fort qu'il fut persuadé que Marjolaine devait l'entendre. Alors, la voix enrouée par l'intensité de sa joie, il la serra très fort tout contre lui et il avoua :

— Tu ferais de moi le plus heureux des hommes… Et si je me fie à toutes les fois où ma mère m'en a parlé, je sais aussi que tu rendrais heureuse la plus gentille des vieilles dames.

Chapitre 11

« Quand on n'a que l'amour
À s'offrir en partage
Au jour du grand voyage
Qu'est notre grand amour

Quand on n'a que l'amour
Mon amour toi et moi
Pour qu'éclatent de joie
Chaque heure et chaque jour

Quand on n'a que l'amour
Pour vivre nos promesses
Sans nulle autre richesse
Que d'y croire toujours »

~

Quand on n'a que l'amour, Jacques Brel

Interprété par Jacques Brel en 1956

Le mardi 7 août 1945 dans la cuisine de Marjolaine, en toute fin de soirée

Les petites dormaient à poings fermés depuis un bon moment. Même Delphine était partie se coucher, épuisée par une longue journée passée au bord du fleuve avec Adèle, Patricia et Simone. Une promesse de longue date qu'elle avait enfin pu tenir grâce à Shanna, qui était venue s'occuper des jumeaux à sa place.

Pour lui tenir compagnie présentement, Marjolaine n'avait donc plus que l'œil indiscret de la lune qui furetait dans la cuisine depuis la fenêtre au-dessus de l'évier et le tic-tac monotone de l'horloge qui égrenait les secondes.

Devant elle, à portée de main, une feuille de papier brouillon encore vierge, car l'inspiration n'était pas au rendez-vous.

Voilà pourquoi, depuis de longues minutes, la jeune femme était songeuse. Elle soupirait à répétition tout en mordillant nerveusement l'efface au bout de son crayon pour aussitôt recracher les petits morceaux de gomme rose en grimaçant de dégoût, avant de tout balayer hors de la table d'un geste de la main impatient et saccadé.

Puis de recommencer à grignoter l'efface l'instant d'après, car les mots se refusaient obstinément à elle. Pourtant, au souper, quand Marjolaine avait promis à Ferdinand, sur un ton tout léger, que le faire-part de mariage serait prêt dès le lendemain matin, afin qu'il puisse le confier à l'imprimeur en se rendant à la caserne, elle était persuadée que cet exercice ne serait qu'une banale formalité. Or, il n'en était rien, car la formule consacrée ne s'appliquait pas du tout dans leur cas.

En effet, monsieur et madame Connor Fitzgerald n'étaient pas heureux de convier parents et amis au mariage de leur fille, parce qu'ils n'étaient même pas au courant de ses intentions !

Pire, Marjolaine ne savait même pas s'ils assisteraient à la cérémonie, ce qui, il faut cependant l'avouer, la laissait plutôt indifférente. Elle avait pourtant appris que sa grand-mère Léopoldine avait rencontré Ophélie lors de son voyage au Connecticut et que cette dernière se portait très bien. En revanche, au-delà du soulagement que la jeune femme avait ressenti à savoir sa mère vivante et apparemment heureuse, elle n'avait pas éprouvé grand-chose. La vie avait fait en sorte que la destinée d'Ophélie allait se poursuivre ailleurs et sans elle, et si sa mère préférait ne plus jamais la revoir, Marjolaine respecterait ce choix. Sa propre vie allait malgré tout se poursuivre dans le bonheur aux côtés de Ferdinand, et ses priorités n'étaient plus celles du moment où sa mère avait disparu, même si jamais Marjolaine ne pourrait abandonner ses petites sœurs.

N'empêche qu'elle enverrait tout de même une invitation à sa mère et à cette tante Justine qu'elle avait brièvement rencontrée au cours de l'été.

— Si j'arrive à l'écrire, le fichu faire-part !

Un petit coup frappé à la porte de la cuisine la fit sursauter. C'était Ferdinand, qui en avait assez de tourner en rond chez lui. Il venait donc aux renseignements.

— Pis, ma belle ? As-tu fini ?

Un regard noir fut la réponse la plus polie que Marjolaine eut à lui offrir. Lequel fut suivi séance tenante d'un long soupir contrarié.

— Parle-moi z'en pas ! Je ne sais pas comment je peux formuler notre invitation pour que ça se tienne. Je ne peux pas faire allusion à mes parents, parce que ça n'aurait aucun sens, et ton père est décédé. Il ne reste que ta mère. Je trouve important que son nom soit mentionné, ainsi que ceux de Neil et de Kelly, qui vont s'occuper de la réception, mais je n'ai pas la moindre idée de comment la rédiger sans que ça paraisse pompeux.

— Tabarnouche, Marjolaine, il me semble que c'est pas si compliqué que ça de dire au monde qu'on s'aime, toi et moi, et que ça serait gentil d'être avec nous deux à l'église et à la fête, le jour de notre mariage !

— Tu trouves ça simple, toi ?

— Ben oui ! Et si on parlait juste de nous deux ?

— De nous deux ?

— Pourquoi pas ? Après tout, c'est toi et moi qui allons nous marier, pas le reste de la famille.

— C'est vrai.

— Bon ! Tu vois bien que c'est pas compliqué. J'vais t'aider, déclara Ferdinand d'une voix ferme, en prenant place tout à côté de sa fiancée. C'est pas parce que j'étais pas fameux en français à l'école que j'ai pas d'idées.

Ce fut ainsi que dès le lendemain matin, Edmund se rendit en courant sur la rue Sherbrooke, afin de porter l'invitation qui serait imprimée sur de beaux cartons blancs ornés de deux cœurs, puis envoyée à tous ceux que Marjolaine et Ferdinand souhaitaient voir à leur mariage.

« C'est avec plaisir que monsieur Ferdinand Goulet et mademoiselle Marjolaine Fitzgerald vous annoncent leur mariage, prévu pour le samedi 13 octobre 1945 à 10 heures, en l'église Sainte-Anne, située au 18, rue de la Montagne, à Montréal.

Sans votre présence, leur bonheur serait incomplet.

Une réception offerte par madame Béatrice Goulet, mère du marié, se tiendra chez monsieur Neil O'Brien et son épouse Kelly, cousins de la mariée, et elle suivra la cérémonie.

Une réponse avant le 15 septembre serait appréciée. »

Puis, Marjolaine et Ferdinand se mirent à attendre les réponses avec beaucoup d'impatience.

* * *

Autant Léopoldine avait exécré recevoir du courrier tout au long de sa vie, car hormis les factures, le facteur n'avait jamais rien de bien intéressant à lui livrer, sauf peut-être la carte de Justine un peu avant Noël, autant, depuis son retour de voyage, la vieille dame trottinait joyeusement vers la porte d'entrée dès qu'elle entendait la malle tomber sur le plancher du vestibule.

Ensuite, surtout s'il y avait de la correspondance personnelle, elle s'empressait de porter son courrier sur la table de la cuisine où elle s'installerait plus tard pour lire ses lettres avant le repas du midi, tout en écoutant la radio.

Aujourd'hui, véritable aubaine, il y avait trois missives adressées à son nom.

Deux enveloppes blanches et une dernière d'un bleu pâle qui tirait indéniablement sur le gris. Curieusement, une enveloppe de cette couleur était aussi envoyée au nom de Claudette.

Léopoldine la plaça donc sur la commode de la chambre de sa petite-fille qui, encore une fois, n'était pas rentrée coucher, se disant que c'était fort triste pour Clémence de ne jamais recevoir de lettre. Les quelques amies qu'elle fréquentait à l'occasion habitaient toutes beaucoup trop près pour se donner la peine de lui écrire.

— Ouais, c'est ben désolant pour elle, parce que c'est plein d'agrément d'avoir des nouvelles de ceux qu'on aime.

Léopoldine se passa alors la remarque qu'elle demanderait à Justine et Ophélie d'envoyer de temps en temps un mot à leur grande sœur. Après tout, Clémence s'était occupée d'elles sans rechigner lorsque leur père était décédé. Elle méritait bien un peu de considération.

Puis, résistant à la tentation de lire son courrier immédiatement, Léopoldine retourna au salon pour terminer l'époussetage des tables d'appoint et du buffet. Rigoureuse de nature, mais surtout par obligation durant de nombreuses années, la vieille dame n'arrivait pas à déroger à ses anciennes habitudes. Ce que le facteur livrait se lisait encore et toujours le midi ou le soir tandis que le repas cuisait, sauf en de rares exceptions.

« Tous les jours de la semaine, les joyeux troubadours ont confiance en leur veine et rigolent toujours ;
Ce sont des philosophes, (qui) au lieu de s'affoler devant une catastrophe, se mettent à répéter :
Ne jamais croire, toutes ces histoires, c'est comme ça qu'on est heureux !
Faire un sourire, quand tout chavire, c'est comme ça qu'on est heureux !
Aimer la vie, et ses folies, c'est comme ça qu'on est heureux !

Et trouver le ciel bleu quand il tonne et quand il pleut, oui c'est comme ça qu'on est heureux!»

Chaque jour, le thème musical de l'émission *Les Joyeux Troubadours* était le signal que Léopoldine attendait pour se rendre à la cuisine.

Et aujourd'hui, la ritournelle convenait particulièrement bien à la joie qu'elle ressentait à la perspective d'avoir trois lettres à lire. La vieille dame monta donc le volume du poste de radio pour que le son parvienne jusqu'à la cuisine, puis elle quitta le salon.

Ensuite, machinalement, elle ouvrit une boîte de soupe Campbell qu'elle transvida dans une casserole. Elle y ajouta un peu d'eau, avant de déposer le tout sur un rond du poêle, pour enfin s'installer en soupirant de plaisir anticipé devant les trois enveloppes qui patientaient au bout de la table.

Incapable de résister à la curiosité qui la titillait, Léopoldine tendit immédiatement la main vers l'enveloppe bleue, puisqu'elle avait reconnu l'écriture de Justine et celle d'Ophélie sur les deux autres, et qu'elle se doutait un peu de ce que ses filles avaient de bon à lui raconter. Après tout, d'une semaine à l'autre, la routine ne changeait pas tellement.

La lecture de l'invitation de Marjolaine lui fit pousser un petit cri de joie. Non seulement la rencontre avec l'aînée des enfants d'Ophélie lui avait laissé un souvenir très plaisant et qu'elle se réjouissait pour elle, mais de plus, la perspective d'un mariage lui procurait un bonheur immense.

— Pis c'est pas mal mieux que d'avoir appris que Claudette serait pour se marier avec son bon à rien de Jean-Louis Breton ! Maudite face de rat, ouais...

Elle relut le bref papier, esquissa un second sourire, et quand elle vint pour replacer l'invitation dans l'enveloppe qu'elle avait soigneusement ouverte avec la pointe d'un couteau, elle fut agréablement surprise d'y trouver un petit carton à remplir pour faire parvenir la réponse dans une enveloppe déjà affranchie.

— Ça va me faire l'économie d'un timbre, pis puisqu'on demande le nombre de personnes qui vont être présentes, m'en vas écrire un beau gros deux. Comme ça, j'aurai pas l'air d'une effrontée en m'informant si Clémence peut m'accompagner. Un mariage ! Pis en grande pompe, à part de ça, rapport qu'on s'est donné la peine de lancer des invitations sur papier. Sacrifice que c'est une bonne nouvelle, ça là ! Va ben falloir que je me trouve un peu d'argent pour m'acheter une robe neuve. On rit plus ! J'vas être la grand-mère de la mariée. C'est comme rien que tout le monde va me regarder.

* * *

La réaction de Claudette fut cependant plus mitigée que celle de sa grand-mère.

Pressée par Léopoldine de décacheter l'enveloppe dès son arrivée à la maison, la jeune femme fut amèrement déçue, et un peu jalouse, à la lecture de cette invitation. C'était elle qui aurait dû préparer un mariage, cet automne, pas sa sœur Marjolaine.

Claudette réprima un sanglot, et plutôt que de se donner en spectacle à sa grand-mère, elle fila vers sa chambre.

— Donnez-moi deux minutes pour me changer, pis je reviens.

Toutefois, à la seconde lecture, Claudette s'imagina sans peine dans une robe tout aussi somptueuse que celle d'une mariée, mais plus courte, bien entendu, et d'une couleur nettement plus avantageuse que le blanc, et elle oublia rapidement qu'un jour son cœur avait battu pour un certain Jean-Louis qu'elle espérait alors comme époux. Aujourd'hui, si elle le tolérait encore parfois à ses côtés, c'était bien parce qu'elle n'avait pas le choix.

Aussitôt, un franc sourire éclaira son visage.

— Et pourquoi pas ? murmura-t-elle. Ça me donnerait l'occasion de montrer à toute ma famille que j'ai besoin de personne pour réussir dans la vie... Ouais... Pis personne aura jamais vu une robe aussi belle que celle que j'vas m'acheter... Dans les tons de rose orangé, parce que c'est la couleur qui *fitte* le mieux avec mon teint. Finalement, c'est une bonne affaire, le mariage de Marjolaine. Pis si jamais quelqu'un me demande ce que je fais comme métier pour être bien habillée de même, j'aurai juste à répondre que j'suis la secrétaire particulière d'un homme qui a une *biseness* d'import-export... Ouais, c'est ça que j'vas dire, pis ça sera quasiment pas un mensonge.

Quand Claudette se présenta à la porte du salon, elle avait conservé son sourire radieux.

— En fin de compte, à bien y penser, j'suis bien contente de l'invitation de Marjolaine.

— Pis moi donc! C'est-tu pas une bonne nouvelle, ça là?

— Parfaitement! Pis en même temps, ça va me permettre de revoir toute ma famille. Je me demande seulement si ma mère va être là... Mais ça l'a pas tellement d'importance. Une noce, ça doit être bien agréable. On va y aller ensemble, vous pis moi... En train, à part de ça, pis c'est moi qui vous paye le billet!

Devant cette belle générosité, Léopoldine glissa un regard soupçonneux vers sa petite-fille.

— Coudonc, toi! Où c'est que tu prends ça, tout cet argent-là? Je trouve que tu dépenses pas mal pour une fille qui travaille plus à l'Arsenal... Pis réponds-moi surtout pas que tu vis encore sur tes économies, parce que je te croirais pas pantoute.

À ces mots, Claudette se retourna et marcha vers la fenêtre qui donnait sur la rue afin de camoufler la rougeur qui lui était subitement montée aux joues.

— Ah... Je vous l'ai pas dit?

— Quoi donc?

— Ben que j'ai une *job*, astheure.

— Ah ouin?

Le ton n'aurait pu être plus suspicieux.

— Quelle sorte de *job*?

— Je travaille pour Jean-Louis... Dans sa *biseness*.

Sur ce, la jeune femme se retourna carrément vers la vieille dame.

— Les choses ont quand même changé un peu, expliqua-t-elle avec juste ce qu'il fallait de nonchalance dans le ton pour se montrer crédible. Depuis que Jean-Louis s'est trouvé une autre blonde, c'est plus vraiment pareil entre nous deux. Vous devez bien vous en douter. N'empêche qu'on continue de se voir à tous les jours, pis on s'entend encore pas pire, lui pis moi. Ça fait que j'suis devenue sa secrétaire particulière…

— Eh ben !

— Pis laissez-moi vous dire que c'est très bien payé. C'est pas mal d'ouvrage, par exemple, parce que Jean-Louis a une grosse clientèle, pis je finis souvent ma journée assez tard le soir, mais le salaire est meilleur que celui que je faisais à l'Arsenal ! Juste pour cette raison-là, ça vaut la peine de travailler pour lui. C'est pour ça, depuis un petit bout de temps, que j'ai en masse d'argent pour m'habiller pis pour sortir avec mes amis, quand j'en ai l'occasion…

— Je sais pas trop si je trouve que c'est une bonne affaire, ta nouvelle job, mais au moins, tu travailles, pis t'as l'air de bien te porter. C'est ça l'important.

— En plein ça ! Pis, grand-mère ? Pour le mariage de Marjolaine, ça vous tente-tu de faire la route en train avec moi ?

* * *

Quand la jolie enveloppe bleu pâle arriva chez Justine, au Connecticut, Ophélie était de passage. En effet, malgré le départ de Léopoldine au mois d'octobre précédent, la mère des Fitzgerald avait choisi en toute connaissance de cause d'habiter chez Oscar Caldwell, devenu officiellement son amoureux. Les deux sœurs continuaient néanmoins de se visiter régulièrement, et il arrivait qu'Ophélie passe de longues semaines avec les Campbell, lorsque son ami Oscar prenait la route pour son travail. Comme présentement.

La mère de Marjolaine resta un bon moment songeuse, à la suite de sa lecture de la gentille invitation que Justine et son mari venaient de recevoir.

— Je ne sais pas si j'vais en recevoir une, moi aussi, murmura-t-elle enfin en levant les yeux vers Justine.

— Pourquoi pas ?

— Je ne sais pas... Même si je suis au courant que tu lui as écrit que je vivais ici et que tu lui as donné mon adresse en lui demandant d'être discrète vis-à-vis son père, je n'ai rien reçu de sa part.

— Je vais peut-être me répéter, Ophélie, mais pourquoi ne fais-tu pas les premiers pas ? De son côté, Marjolaine n'attend peut-être que ça.

— Je n'ose pas. Je... Je ne veux pas m'imposer. Ma pauvre fille doit m'en vouloir terriblement d'être partie comme une voleuse. À deux jours du réveillon de Noël en plus !

— Et alors ?

— Alors ? Ben voyons donc, Justine ! Ça dit tout. S'il y a quelqu'un dans la famille dont j'ai bouleversé l'existence, c'est bien Marjolaine. Encore plus que celle de Connor, selon moi. Comme je la connais, ma fille aînée a dû tout reprendre sur ses épaules. Depuis le réveillon de Noël jusqu'à rebâtir une vie sensée pour tous les enfants de la famille... C'est énorme ce que je lui ai imposé. Et le pire dans tout ça, c'est que je me doutais bien qu'elle prendrait la relève. Pire, je m'en remettais à elle pour me sauver, l'esprit en paix, et je me fichais de ce qu'elle pourrait éventuellement ressentir. Et je n'avais pas tort. D'après tout ce que tu m'as raconté, si la famille Fitzgerald est restée unie, c'est en grande partie grâce à Marjolaine, et aussi à Henry, soyons honnêtes. Et tu dis, après tout ça, que ma fille ne m'en voudrait pas ?

— Exactement.

— Moi, vois-tu, je n'y crois pas.

Justine poussa un long soupir. Même si Ophélie se portait beaucoup mieux et que le regard qu'elle posait sur son passé était désormais empreint d'une lucidité qu'elle n'avait jamais ressentie auparavant, elle n'en demeurait pas moins fragile. Alors, elle n'insisterait pas.

— D'accord. Si c'est ce que tu penses réellement, je vais dire comme toi, à cette exception près que la femme qui a quitté sa famille en décembre 43 n'est pas celle qui vient de me parler.

— Pourquoi dis-tu ça ?

— Parce que celle qui a abandonné sa famille n'aurait jamais pu reconnaître tout ce que tu viens de constater devant moi.

Ophélie demeura silencieuse, le regard vague. Puis, elle tourna les yeux vers sa sœur tout en poussant un léger soupir à son tour.

— Peut-être, en effet... Il me reste seulement à espérer que Marjolaine a aussi pensé à moi en adressant ses invitations. Si tu savais le plaisir que ça me procurerait !

— Et moi j'ajoute que le peu que je connais d'elle me laisse croire que oui.

* * *

Le lendemain, lors du retour d'Ophélie à la maison d'Oscar, à l'image de celle qu'elle avait toujours souhaité habiter, mais qu'elle n'arrivait pas à considérer tout à fait comme la sienne, le premier geste qu'elle posa fut de rafler la poignée d'enveloppes qui jonchaient le plancher du vestibule.

Puis, elle passa au salon où, le cœur battant, elle se laissa tomber sur le premier fauteuil venu.

Dès qu'elle entrevit l'enveloppe bleue à travers la pile des autres, de grosses larmes perlèrent à ses paupières et ses mains se mirent à trembler. Se pouvait-il vraiment que Justine ait eu raison et que Marjolaine ne lui en veuille pas ?

En quelques instants, le visage d'Ophélie fut inondé de larmes qui brouillèrent sa lecture.

Il n'y avait aucun doute : c'était bien une invitation au mariage de Marjolaine Fitzgerald à un certain Ferdinand Goulet.

Les larmes d'Ophélie redoublèrent. Toutefois, elle n'aurait su dire si elles étaient les témoins de son regret ou de son soulagement.

* * *

L'enveloppe bleue qui finit par arriver à l'appartement de la rue Frontenac, à Sherbrooke, eut droit au même traitement que toutes les factures qui étaient adressées à Connor Fitzgerald : elle s'ajouta à la pile du courrier qu'il dépouillait le dimanche matin, au retour de l'église.

Depuis le départ de Darcy et d'Owen en compagnie d'Henry à l'époque des Fêtes, et surtout à la suite de l'appel de son cousin Neil et de la visite de son fils Henry, venu lui expliquer la situation et rapatrier les derniers effets appartenant aux garçons, l'Irlandais n'avait plus entretenu la moindre illusion quant au retour éventuel des membres de sa famille, et il s'était octroyé la plus vaste chambre de ce logement étriqué qui lui avait alors paru beaucoup trop grand et trop silencieux.

Les regrets avaient été amers le temps d'une soirée bien arrosée.

Le lendemain, il déménageait l'ensemble de ses affaires dans la chambre des garçons sans aucune arrière-pensée.

Tant qu'à vivre seul, aussi bien le faire confortablement.

La lettre de Marjolaine s'empoussiéra donc, chauffée par un rayon de soleil sur le dessus de sa commode, durant plusieurs jours.

Il n'eut pas besoin de décacheter l'enveloppe pour deviner qu'elle contenait une invitation. Au fil des dernières années, il en avait déjà reçu plusieurs, lors des mariages des enfants de ses copains de taverne. Il les avait cependant toujours déclinées, faute d'argent pour un cadeau qui aurait eu un peu de classe. Alors, il se contentait de lever son verre à la taverne au bonheur des futurs époux.

Et pour ne pas décevoir Ophélie, qui se lamentait régulièrement de ne jamais avoir l'occasion de sortir, sauf pour la messe et les courses, il ne lui en avait jamais parlé.

Toutefois, quand il aperçut le nom de sa fille dans le libellé de l'invitation, le cœur de Connor battit un grand coup. Ainsi, Marjolaine allait se marier. Dire qu'hier, elle n'était encore qu'un bébé, celui qu'il avait probablement le plus aimé.

Puis, la colère l'emporta dès qu'il eut terminé de lire le court message.

Non seulement son aînée allait épouser un homme qu'il ne connaissait pas sans avoir demandé sa permission, ne serait-ce que par principe, mais de plus, son nom en tant que père de la mariée n'apparaissait nulle part dans la formulation de l'invitation, et cette omission le blessait profondément.

Et Marjolaine avait le culot d'imaginer qu'il serait présent ?

D'un geste vif, Connor déchira la lettre, l'enveloppe et les quelques papiers qu'elle contenait, puis il les jeta aux ordures, en sortant de l'appartement.

Brusquement, le grand Connor avait la sensation de manquer d'air.

À suivre

Ce livre a
été entièrement
imaginé, créé
et fabriqué
au Québec

Saint-Jean Éditeur
est une maison d'édition québécoise
fondée en 1981